Paul Domino

Perdita – Sünden der Vergangenheit

AF214925

Das Buch

Auf ihrem täglichen Morgenspaziergang durch die Hügel des Chianti entdeckt die deutsche Auswanderin Eva van Laak auf einem Weinberg den leblosen Körper eines Mannes. In Panik informiert sie Capitano Bardi, den Leiter der Carabinieri-Wache des beschaulichen Toskana-Städtchens San Pietro. Doch als dieser den Weinberg inspiziert, fehlt von der Leiche jede Spur. Wenig später werden Bardis bester Freund Luigi Mirri und ein Mönch aus dem nahe gelegenen Benediktinerkloster als vermisst gemeldet.

Der Capitano steht vor einem Rätsel: Gibt es einen Zusammenhang zwischen den beiden Vermissten und dem vermeintlichen Toten auf dem Weinberg? Als Bardi seine Ermittlungen aufnimmt, stößt er auf eine Mauer des Schweigens, die er nur langsam mit List und Tücke zum Einsturz bringen kann. Doch die Abgründe des dunklen Geheimnisses, das sein Freund in sich zu tragen scheint, lassen den Capitano schaudern ...

Der Autor

Paul Domino wurde 1969 in Hildesheim geboren. Während seiner Schulzeit arbeitete er als rasender Reporter für verschiedene Lokalzeitungen. Es folgte ein Lehramtsstudium in Bamberg. Nach dem Referendariat in Regensburg wechselte Paul an ein Gymnasium in München, wo er mittlerweile seit über 15 Jahren die Fächer Latein und Deutsch unterrichtet. Mit seiner italienischen Frau Antonia und Tochter Lucia verbringt er den Sommer gerne auf dem Landgut seiner Schwiegereltern in der Nähe von Siena. Zwischen den sanften Hügeln der Toskana entstehen hier auch seine Krimis rund um den sympathischen Capitano Bardi. Pauls Leidenschaft gehört dem Kochen, der Musik von Paolo Conte und dem Fußball des AC Florenz.

PAUL DOMINO

PERDITA

Sünden der Vergangenheit

1. Fall für Capitano Bardi

TOSKANA-KRIMI

Die Erstausgabe erschien 2014 unter dem Titel
»Perdita – Sünden der Vergangenheit« im Selbstverlag.

Veröffentlicht bei
Edition M, Amazon Media EU S. á. r. l.
5 Rue Plaetis, 2338 Luxembourg
August 2015
Copyright © der Originalausgabe 2014
bei Paul Domino
Umschlaggestaltung: semper smile, München, www.sempersmile.de
Umschlagmotiv: © nobleIMAGES / Alamy
Lektorat: Rotkel Textwerkstatt
Satz: Monika Daimer, www.buch-macher.de
Gedruckt durch
Amazon Distribution GmbH
Amazonstraße 1
04347 Leipzig, Deutschland

ISBN: 978-1-503-94863-1

www.amazon.de/editionm

Il lupo perde il pelo, ma non il vizio.

Der Wolf verliert das Fell, aber nicht das Laster.

Altes italienisches Sprichwort

Prolog

Der Mann lag bäuchlings auf dem vom Regen durchweichten Boden zwischen den Spalieren der abgeernteten Sangiovese-Reb-stöcke. Die Arme hatte er weit von sich gestreckt, den Kopf nur leicht zur Seite gewandt, sodass sein Gesicht von oben nicht zu erkennen war. Ein paar Fliegen hatten die große Wunde am Hinter-kopf entdeckt, die sein schwarzes Haar ölig glänzen ließ. Aufgeregt führten sie einen wirren Tanz in der Luft auf, während ein schma-ler Blutstrom vom Haar über den Nacken unter den Kragen der dunkelblauen Windjacke des Mannes rann. Fast wirkte er wie eine vom Kreuz gefallene Jesusfigur. Nur die Dornenkrone fehlte.

Wie jeden Morgen, seitdem sie sich mit ihrem Mann in der Toskana, genauer gesagt in der sanften Hügellandschaft des Chianti mit seinen Olivenhainen, Wäldern und Weinbergen niedergelassen hatte, war Eva van Laak bei Sonnenaufgang aufgestanden. Sie hatte ihre Yogaübungen zelebriert und war danach zu einem ausgedehnten Spaziergang aufgebrochen.

Signora van Laak liebte den Wechsel der Jahreszeiten, der hier freilich in viel milderer Form vonstatten ging als im nord-deutschen Tiefland, wo sie und ihr Mann bis zur Pensionierung an einem humanistischen Gymnasium im niedersächsischen Meppen unterrichtet hatten.

Der Rundgang führte sie von ihrem liebevoll restaurierten mittelalterlichen Haus am Rande des kleinen Ortes San Pietro hinunter ins Tal, vorbei an dem modernen, gläsernen Flachbau der Grundschule, hoch zum Wendepunkt auf dem Gipfel des Weinbergs, der San Pietro gegenüberlag.

Auch an diesem Morgen legte sie an diesem Ort eine kleine Rast ein. Sie hielt ihr Gesicht in den schwachen Wind, der hier stetig blies. Mit tiefen Zügen atmete sie die frische Luft ein, während sie hinüber zur Stadtmauer von San Pietro schaute, über der sich der hohe Turm der Kirche erhob, dessen Dachziegel in der Sonne glänzten.

Dieser Duft war etwas ganz Besonderes: Der angenehm harzige Geruch der Zypressen vereinte sich mit der würzigen Mittelmeerluft. Und immer entdeckte sie neue Gerüche, die sich daruntermischten. Mal war dies der Duft von Thymian, mal das rauchige Aroma eines Lagerfeuers. An diesem Morgen roch es ganz leicht nach frischer Zitrone. Vielleicht hatte der Regen, der in der Nacht gefallen war, diesen Hauch freigesetzt.

Hier oben bedeckte lehmiger Boden den Sedimentuntergrund. Signora van Laaks Wanderstiefel sanken tief im durchweichten Boden ein und ihre Füße wurden kalt. Sie blickte auf ihre Schuhe hinab. Hob erst den linken, dann den rechten Fuß. Das schmatzende Geräusch, das durch das Vakuum unter den Sohlen entstand, ließ sie grinsen. Es erinnerte sie an eine Wattwanderung, die sie als kleines Mädchen im Urlaub an der Nordsee unternommen hatte. Sie wiederholte die Prozedur und kam sich dabei herrlich albern vor. Als sie wieder aufblickte, entdeckte sie zwischen den Rebstöcken den Mann, der reglos auf dem Boden lag.

Zögernd ging sie um die lange Reihe der Weinpflanzen herum und erreichte den Gang zwischen den Spalieren. Ihr Herz begann in einem rasenden Stakkato zu pochen, als sie sich dem Mann auf dem Boden näherte.

»Hallo!«, rief sie. Der Mann zeigte keine Regung.

Vorsichtig trat Signora van Laak einen Schritt näher. »Hallo«, sagte sie. Diesmal etwas leiser. Doch der Mann am Boden bewegte sich nicht.

War er verletzt? War er gar … tot? Signora van Laak beugte sich über den leblosen Körper. Dann entdeckte sie die Wunde und das Blut.

Schon als kleines Kind war ihr beim Anblick von Blut stets schlecht geworden. Obwohl sie im Laufe ihres mittlerweile recht langen Lebens einige Situationen überstanden hatte, bei denen sie ihr eigenes oder fremdes Blut hatte fließen sehen, überkam sie noch immer jedes Mal Übelkeit.

War da nicht ein Knacken? Plötzlich fühlte sie sich beobachtet. Ein kalter Schauer lief ihr über den Rücken. Als jetzt auch noch eine Wolke, die sich vor die Sonne schob, den Hang von einer Sekunde auf die andere verdunkelte und der Wind auffrischte, konnte Signora van Laak nicht anders als wegzurennen. Ihre Panik war so groß, dass sie am Ende der Rebreihe ausrutschte. Erde blieb an ihrer Jeans und am Ärmel der grünen Fleecejacke haften. In ihre Handflächen bohrten sich kleine spitze Steine.

So schnell sie konnte, rappelte sich Signora van Laak auf und warf einen letzten Blick auf den leblosen Körper wenige Meter von ihr entfernt. Ihr schauderte erneut. Sie zitterte so sehr, dass ihre Beine nicht gehorchen wollten.

Endlich gewann der Fluchtinstinkt wieder die Oberhand. Sie eilte mehr schlitternd als rennend den Hang hinab und durchquerte das schmale Waldstück unterhalb des Weinbergs. Signora van Laak richtete ihre Augen starr nach vorn, wie ein kleines Kind, das Angst vor Geistern hat. Deshalb bemerkte sie den weißen Lieferwagen nicht, der zwischen den Laubbäumen parkte.

Auch das verwunderte Gesicht des Mannes auf dem Beifahrersitz sah sie nicht. Er aber duckte sich instinktiv, als die ältere grauhaarige Frau nur wenige Meter vor der Windschutzscheibe an ihm vorbeihuschte.

Schließlich erreichte Signora van Laak die asphaltierte Straße, die nach San Pietro führte.

Hier beruhigte sie sich etwas. Sie zwang sich, ruhig zu atmen – tiefe, gleichmäßige Züge wie beim Yoga. Die Ebene des Tals bot ihr einen weiten Blick über Wiesen, Olivenhaine und von Zypressen flankierte Alleen. Nichts Unheimliches haftete dieser Landschaft an.

Signora van Laak verlangsamte ihre Schritte. Die Übelkeit wich einem flauen Gefühl im Magen, die Panik einer leichten Verwirrtheit. Plötzlich kam ihr das Erlebte unwirklich vor, wie nach einem Fiebertraum. Früher hatte sie zur Überspanntheit geneigt. Besonders wenn sich die Klausurtermine zum Ende des Schuljahres geballt hatten. Die Folge war eine Art hypersensible Nervosität gewesen. Hinter jeder Ecke hatte sie Gefahren gewittert: War das Ausbleiben des morgendlichen Kusses ein Indiz dafür, dass ihr Mann sie verlassen wollte? Bedeutete der fehlende Gruß des neuen Schuldirektors auf dem Gang, dass er ihr die Leitung der Fachschaft entziehen wollte? Lauerte hinter dem leichten Kopfschmerz ein todbringender Gehirntumor?

Genau deshalb hatten sie die Toskana als Ruhesitz auserkoren. Ihr Mann hatte es eine Entscheidung für die Entschleunigung ihres Lebens genannt. Tatsächlich fühlte sich Signora van Laak hier so entspannt wie nie zuvor.

Nein, sie war keinem Trugbild aufgesessen. Dort, zwischen den Rebstöcken, hatte ein toter Mann gelegen. Oder … zumindest hatte sein Körper vollkommen reglos dagelegen.

Erst jetzt kam ihr in den Sinn, dass sie hätte prüfen müssen, ob der Mann noch lebte. Signora van Laak tastete nach ihrem *Telefonino*. Im selben Augenblick fiel ihr ein, dass es zum Aufladen in der Küche lag. Kurz überlegte sie, ob sie zum Weinberg zurückkehren sollte. Doch San Pietro war nicht mehr weit. Und bei dem Gedanken, an jenen – nun so unheimlichen – Ort zurückzukehren, gruselte es ihr.

1. Kapitel

Capitano Giulio Bardi, Dienststellenleiter der Carabinieri-Wache von San Pietro, saß zur morgendlichen Rasur beim Barbier seines Vertrauens, als ein lautes metallisches Scheppern durch die Gassen des Städtchens hallte.

Giovanni, der Barbier, der soeben noch mit dem feierlichen Ernst eines Bildhauers Bardis Wangen abgeschabt hatte, wischte die Klinge des Rasiermessers an seiner weißen Schürze ab und warf seinem Kunden einen verschwörerischen Blick zu. Dann eilte er mit ausladenden Schritten zur Ladentür, um zu sehen, was geschehen war.

Alles bei Giovanni war großes Theater: seine Gesten, wenn er den Bartwuchs seiner Kundschaft begutachtete, genauso wie seine Art, einen Schritt zurückzutreten, wenn er die Rasur beendet hatte. Ja, dies galt selbst für alles, was er sagte: Jeder seiner Sätze schien in Wortwahl und Betonung einem Shakespeare-Drama entsprungen zu sein.

Giovanni öffnete die Tür mit solchem Schwung, dass die altertümliche Glocke, die über eine dünne Schnur mit der oberen Kante des Türblattes verbunden war, schrill klingelte.

»Der Lärm rührt von der Piazza her, Capitano«, rief er Sekunden später von der Gasse in seinen Salon.

Die achteckige Piazza Grande mit Laubengängen rundherum bildete den Mittelpunkt San Pietros, nicht nur geografisch, sondern auch im öffentlichen Leben. Keiner wusste, wie dieser kleine Platz zu seinem Namen gekommen war. Vielleicht weil seine Ausmaße zwar nicht groß waren, seine Bedeutung für San Pietro jedoch umso größer. Denn hier befanden sich die *Chiesa del Gesù*, der *Palazzo Comunale* und die *Stazione Carabinieri*. Neben der Kirche, dem Rathaus und der Carabinieri-Wache stand dort auch noch die mächtige Eiche, unter der sich die Einwohner schon seit Jahrhunderten abends trafen, um gemeinsam zu trinken, zu rauchen und den neusten Tratsch auszutauschen.

Seufzend nahm Bardi eines der Handtücher vom Stapel unter dem Frisierspiegel und wischte sich die Rasierseife aus dem Gesicht. Zum Glück hatte Giovanni sein Werk schon fast vollendet, als sie gestört worden waren. Nur unter dem kantigen Kinn, das den Gegenpol zu seinen sanften, immer etwas schläfrig wirkenden Augen bildete, fühlte Bardi noch ein paar Bartstoppeln. Eilig fuhr er sich mit den Händen durch sein widerspenstiges schwarzes Haar, das schon von einigen silbergrauen Strähnen durchzogen war. Dann nahm er seine dunkelblaue Uniformjacke vom Haken neben der Tür und schlüpfte hinein.

In der Gasse vor dem Salon stand Giovanni und musterte ihn mit missbilligendem Blick.

»Die Rasur muss warten«, erklärte Bardi und gab dem Barbier das Handtuch, das er noch in der Hand hielt.

»Und der Kaffee auch«, rief er dem Barista der Bar Puccini zu, die sich neben Giovannis Salon befand. Normalerweise pflegte Bardi dort am Tresen ein schnelles Frühstück einzunehmen, bestehend aus einem starken Espresso und einem mit Aprikosenmarmelade gefüllten *Cornetto*. An den kleinen Tischen in der Gasse saßen meist nur Touristen, für die es jetzt freilich noch zu früh war. Die Einwohner San Pietros bevorzugten wie Bardi die Theke, an der immer jemand für einen Plausch zugegen war.

Die enge Passage beschrieb einen weiten Bogen, bevor sie in die Piazza mündete. Die kleinen Läden, die die Gasse säumten, hatten noch nicht geöffnet. Trotzdem streckten hier und dort einige der Besitzer ihre Köpfe neugierig aus den Türen.

Bardi grüßte jedes Gesicht mit dem dazugehörigen Namen. Auf die Frage, was denn passiert sei, reagierte er mit einem Schulterzucken und eilte weiter.

Als er am Laden seines besten Freundes Luigi Mirri vorbeikam, wunderte sich Bardi, dass die Gitter vor dem Gemüse- und Feinkostgeschäft, das zudem auch eine kleine Trattoria beherbergte, heruntergelassen waren.

Normalerweise musste sein Freund um diese Zeit schon längst damit begonnen haben, die frische Ware vom Großmarkt und den Bauern aus der Gegend in die Regale zu räumen. Vielleicht war Mirri krank?

Bardi konnte sich jedoch nicht erinnern, dass dies jemals vorgekommen war. Schließlich besaß Mirri eine ähnlich robuste Natur wie ein toskanischer Chianina-Stier. Zudem hatte er am Vortag noch sehr munter gewirkt, als er mit Bardi ein Schwätzchen gehalten hatte. Aber vielleicht hatte Mirri sich den Magen verdorben oder eine verfrühte Grippe ihn ereilt. Für einen Augenblick war Bardi versucht, bei seinem Freund zu klingeln. Doch sein dienstliches Pflichtbewusstsein ließ den Capitano weitereilen.

Noch bevor die Piazza in Sicht kam, hörte er schon die aufgeregten Stimmen. Er legte einen Schritt zu und erreichte das Ende der Gasse. Das silbergraue Fahrzeug der kommunalen Müllabfuhr stand eingekeilt zwischen den Häuserwänden und versperrte den Zugang zum Platz.

Obwohl Bardi für sein Alter – er war 51 – gut in Form und dementsprechend schlank war, konnte er sich nur mit Mühe zwischen dem Haken für die Müllbehälter und der Hauswand hindurchquetschen.

Im Schatten eines leicht erhöhten Hauseingangs blieb er stehen, um sich unbemerkt einen Überblick zu verschaffen.

Auf der Piazza herrschte große Aufregung. Hinter dem Müllwagen stand die protzige Lancia-Limousine des Bürgermeisters Daniele Tavano, die nichts mit dem eleganten Design früherer Modelle des italienischen Autobauers gemein hatte. Dies war allerdings kein Wunder, da der Wagen von Chrysler produziert wurde, wie Tavano Bardi stolz erklärt und dabei auf das Blech des Wagens geklopft hatte, als handele es sich um einen kostbaren antiken Mahagonitisch.

Offensichtlich hatte es einen Auffahrunfall gegeben, denn der Kühlergrill von Tavanos Limousine war leicht eingedrückt und der rechte Scheinwerfer zu Bruch gegangen. Soweit Bardi das beurteilen konnte, hatte der Müllwagen keinen Schaden davongetragen. Allerdings war er ohnehin mit Beulen und Kratzern übersät.

Um das Chaos zu vollenden, hatten vor dem Rathaus einige Handwerker mit dem Aufbau der Stände begonnen, an denen zum alljährlichen Weinfest, das am nächsten Tag beginnen würde, Weine und allerlei andere Köstlichkeiten aus der Umgebung feilgeboten werden sollten.

Auf einer kleinen Bühne probten dicht gedrängt die Kinder des Schulchores von San Pietro, die wie jedes Jahr unter der Leitung des Pfarrers, Padre Adriano, geistliche Lieder, aber auch ein Medley aus bekannten Schlagern und Volksliedern einstudiert hatten.

Ein paar Meter von seiner Limousine entfernt diskutierte Bürgermeister Tavano hitzig mit einem jungen, schlaksigen Mann, der wie Bardi in einer Carabinieri-Uniform steckte. Allerdings trug er im Gegensatz zu Bardi ein weißes Bandelier quer über dem Oberkörper, wie es bei den unteren Dienstgraden üblich war.

Bardi hatte den Mann noch nie gesehen und brauchte einen Augenblick, bis der Groschen fiel. Bei dem jungen Carabiniere musste es sich um seinen zukünftigen Assistenten handeln. Allerdings sollte dieser seine neue Stelle erst Anfang der nächsten Woche antreten.

Tavano, ein Mann mittleren Alters, legte großen Wert auf sein Äußeres. Von den stets blank polierten Schuhen bis zu den ordentlich gestutzten, wenngleich getönten Haaren war stets alles perfekt. Viele ließen sich von Tavanos Äußerem betören und verwechselten sein aasiges Lächeln mit Charisma, weshalb Tavano auf wundersame Weise schon in der zweiten Amtsperiode seit Beginn seiner politischen Karriere den Bürgermeisterstuhl besetzte – den er freilich für einen Thron hielt. Wundersam, da die Toskana, was die politische Farbenlehre betraf, von jeher eher rot war. So hatten es lange auch die San Pietroer gehalten. Zumindest bis der Schuldenberg der Gemeinde durch die Misswirtschaft der Roten so weit angestiegen war, dass die Zahlungsunfähigkeit drohte. Die weltweite Wirtschaftskrise hatte sich hinzugesellt, weshalb die Mehrheit Tavano gewählt hatte, der mit seiner Eloquenz und seinem scheinbaren Sachverstand in wirtschaftlichen Dingen zu blenden wusste.

Bardi jedenfalls gehörte nicht zu seinen Anhängern, da Tavano stets versuchte, aus den Amtsgeschäften einen persönlichen Vorteil zu ziehen. Der Familie des Bürgermeisters gehörten mehrere Weinberge, das größte Hotel des Städtchens samt Spa und der Golfplatz vor den Toren San Pietros.

Nur wenige hatten den Taschenspielertrick durchschaut, mit dessen Hilfe Tavanos Familie für einige zusätzliche Löcher ihres Golfplatzes Gemeindeland zu einem spottbilligen Preis hatte erwerben können. Im Gegenteil: Tavano wurde von seinen zahlreichen Anhängern gefeiert, weil er im Gegenzug einen Kunstrasenplatz für den örtlichen Fußballverein hatte anlegen lassen – natürlich auf Kosten der Gemeindekasse.

Überhaupt hatte Bardi noch nie einen Stimmzettel ausgefüllt. Als junger Mann hatte er sich nicht für Politik interessiert. Später hatte sich dies freilich geändert. Immerhin war er einst für den Personenschutz diverser Minister verantwortlich gewesen. Im persönlichen Umgang war Bardi immer gut mit diesen Politikern ausgekommen.

Aber was ihren Beruf betraf – in Italien galt Politik mehr als Beruf denn Berufung –, hatte keiner dieser Männer ihn überzeugt. Kein Wunder, war Italien doch die einzige Demokratie in Europa, die nach dem Zweiten Weltkrieg keine große Persönlichkeit auf dem Feld der Politik hervorgebracht hatte. Die anderen hatten Churchill, De Gaulle, Brandt und Gonzáles. Italien musste sich mit Grillo, Berlusconi und Andreotti begnügen. Clowns allesamt.

Amüsiert, aber auch etwas mitleidig sah er den verzweifelten Versuchen des jungen Beamten zu, den Bürgermeister in die Schranken zu weisen.

Für einen kurzen Augenblick war Bardi versucht, seinen neuen Kollegen ins Verderben rennen zu lassen. Vielleicht würde die Stelle dann noch etwas länger unbesetzt bleiben. Eine Tatsache, die Bardi nicht unlieb gewesen wäre, da er gern allein arbeitete.

Zwischen den aufgeregten Eltern, die vor der Bühne der Generalprobe beiwohnten, entdeckte er jetzt Carla, die Frau seines Freundes Mirri. Bardi winkte ihr zu, doch sie bemerkte ihn nicht. Also verließ er seinen Platz und ging auf Carla zu, um sie zu fragen, ob Mirri krank sei. Fast hatte Bardi sie erreicht, als er neben sich eine vorwurfsvolle Stimme vernahm.

2. Kapitel

»Na endlich, Bardi«, rief Bürgermeister Tavano, als er Bardi entdeckt hatte. Er löste sich – seine Sekretärin Signorina Bella und den jungen Carabiniere im Schlepptau – aus der Menschentraube, die sich mittlerweile um die beiden Streithähne gebildet hatte.

»Dieser junge Mann behauptet, für die hiesige Station zu arbeiten.« Tavano bohrte dem jungen Carabiniere seinen Zeigefinger in die Brust.

Der Carabiniere nahm Haltung an und grüßte militärisch, indem er zackig die rechte Hand an den Rand seiner Dienstmütze legte. »Carabiniere Emanuele Rossi, Maresciallo …« Er stockte kurz, als er das Rangabzeichen auf Bardis Kragenspiegel sah, und verbesserte sich: »Capitano.«

Bardi nahm es dem jungen Mann nicht übel, dass er ihn mehrere Dienstgrade herabgestuft hatte. Denn normalerweise sollte für eine solch kleine Carabinieri-Station wie die von San Pietro tatsächlich ein Maresciallo, ein Stabsfeldwebel, zuständig sein und nicht ein Capitano, also ein Hauptmann. Doch wie stets verspürte Bardi nicht das Bedürfnis zu erklären, warum er als Capitano eine untergeordnete Funktion innehatte.

»Sie sind sicher mein neuer Mitarbeiter.« Bardi wählte bewusst diese zivile Bezeichnung, damit Rossi den steifen militärischen Respekt ablegte. »Ich hatte Sie erst am Montag erwartet.«

»Offiziell soll ich meinen Dienst auch erst Anfang nächster Woche antreten, aber ich war neugierig«, erwiderte Emanuele.

»Dann mischen Sie sich nicht in Sachen ein, die Sie nichts angehen«, herrschte Tavano den jungen Carabiniere an.

»Ich war Zeuge, wie dieser Herr mit seinem Auto auf den Müllwagen aufgefahren ist«, erklärte Emanuele. »Offensichtlich hat er nicht genügend Abstand gehalten.«

»Seit wann stellen die Carabinieri Sehbehinderte ein?«, rief Tavano. »Der Müllwagen hat plötzlich zurückgesetzt. Natürlich ohne dass der Fahrer in den Rückspiegel geschaut hat.«

»Woher wollen Sie das wissen?«, fragte der junge Carabiniere.

»Meine Augen sind Gott sei Dank noch völlig in Ordnung«, schrie Tavano.

»Aber wie wollen Sie bemerkt haben, dass der Fahrer des Müllfahrzeuges nicht in den Rückspiegel gesehen hat, wo sich Ihre Limousine doch ganz knapp dahinter im toten Winkel befand«, beharrte der junge Carabiniere. »Außerdem haben Sie gegen die Gurtpflicht verstoßen.«

Schon zu diesem Zeitpunkt wurde Bardi klar, dass der junge Carabiniere noch viel lernen musste, wollte er vor den Einwohnern San Pietros bestehen. Und mit Grauen dachte Bardi daran, dass die Aufgabe, seinem jungen Untergebenen dies beizubringen, ihm oblag.

Tavanos Hände schnellten nach vorn und packten den Kragen des jungen Carabinieres. »Sie werden in meiner Stadt nicht glücklich werden.« Der Bürgermeister betonte jedes Wort einzeln.

»Beruhigen Sie sich«, sagte Bardi streng zum Bürgermeister und umfasste dessen Hände so fest, dass Tavano von Emanuele abließ. »Und ein bisschen mehr Respekt täte Ihnen auch gut.«

Wütend das Kinn vorgereckt, trat Tavano bis auf wenige Zentimeter an Bardi heran. »Gurtpflicht ... Das ich nicht lache ... Noch bin ich hier als Bürgermeister derjenige, der Respekt verlangen darf. Vor allem von einem Grünschnabel, der meint, nur weil er eine Uniform ...«

»Vorsicht, Tavano«, knurrte Bardi, und tatsächlich verstummte der Bürgermeister. Nun wandte Bardi sich seinem neuen Untergebenen zu. »Emanuele, gehen Sie schon vor in die Wache.«

Er friemelte seinen Schlüsselbund aus der Hosentasche und zeigte Emanuele den Schlüssel für die Eingangstür. Bardi hätte sich eine angenehmere Situation für ihr erstes Zusammentreffen gewünscht. Aber immerhin hatte er jetzt seinen neuen Assistenten direkt bei der Arbeit kennengelernt. Vielleicht war dieser Emanuele Rossi etwas zu pedantisch, aber er hatte Einsatz gezeigt. Mehr Einsatz jedenfalls als sein Vorgänger, der behäbige Filippo, der im Juni in den nicht ganz verdienten Ruhestand versetzt worden war, nach all den Jahren, die er unter Bardi seinen Dienst versehen hatte.

Bardi blickte sich suchend um, bis er die beiden Müllmänner entdeckte, die im Laubengang vor dem Rathaus Zigaretten rauchten. Gerade als er zu ihnen hinübergehen wollte, um ihre Sicht der Dinge zu erfahren, tippte ihm jemand auf die Schulter. Unwirsch fuhr Bardi herum.

»Was denn noch, Tavano ...«

Doch nicht Tavano hatte ihm auf die Schulter getippt, sondern Signora van Laak. Das Gesicht der Deutschen war kalkweiß und ihr Atem ging schnell. Zudem fiel Bardi auf, dass ihre Hose und Jacke schmutzig waren.

»Sie sehen aus, als wären Sie dem Leibhaftigen begegnet«, entfuhr es Bardi.

»Schlimmer«, entgegnete Signora van Laak mit zitternder Stimme. »Viel schlimmer.«

Bardi hatte zwar keinen blassen Schimmer, was die Signora damit meinte, nickte jedoch verständnisvoll und deutete in Richtung der Wache. »Ich kümmere mich gleich um Sie.«

Doch Signora van Laak dachte nicht daran, sich von Bardi abwimmeln zu lassen. Sie versperrte ihm den Weg. »So etwas Schlimmes habe ich noch nie erlebt.«

Jetzt drängte sich erneut Tavano vor. »Wenn Sie schon nicht willens sind, ein wahrheitsgemäßes Unfallprotokoll zu schreiben, hätten Sie vielleicht wenigstens die Güte, dafür zu sorgen, dass dieses Ungetüm …«, er deutete auf den Müllwagen, »… nicht weiter den Verkehr aufhält.«

»Sofort, Bürgermeister«, seufzte Bardi und nahm Signora van Laak zur Seite. Er deutete auf den Eingang zur Wache. »Trinken Sie einen Kaffee. Ich komme, sobald ich das Chaos hier aufgelöst habe.«

»Ein Toter liegt auf dem Weinberg«, erwiderte Signora van Laak und begann zu schluchzen.

»Ein Toter?«, fragte Tavano, der zugehört hatte, und seine Sekretärin Signorina Bella konnte einen erschrockenen Kiekser nicht verhindern.

»Ich habe meinen Morgenspaziergang gemacht«, schniefte Signora van Laak. »Und da habe ich ihn entdeckt. Sein Körper liegt zwischen den Rebstöcken. Und am Kopf hat er eine Wunde.« Bei den letzten Worten versagte ihre Stimme.

»Wer ist es?«, fragte Signorina Bella neugierig und schob ihre gewaltigen Brüste, über deren Echtheit nicht nur der männliche Teil der Bevölkerung San Pietros diskutierte, zwischen Bardi und Signora van Laak, wobei es Bardi vorkam, als drücke sie ihren Oberkörper mit voller Absicht an seine Uniform.

Signora van Laak wischte sich mit einer hastigen Handbewegung eine Träne von der Wange. »Ich konnte sein Gesicht nicht erkennen.«

»Kommen Sie.« Bardi ergriff Signora van Laaks Unterarm und führte sie zur Wache. Leider taten es ihm Tavano und Signorina Bella gleich.

Auf halbem Wege stoppte Bardi. »Sie bleiben hier. Carabiniere Rossi wird sich um Ihre Angelegenheit kümmern«, erklärte er in Tavanos Richtung. Bevor der Bürgermeister den Mund öffnen konnte, fügte er hinzu: »Die Versicherung der Kommune zahlt den Schaden ohnehin, egal, wer Schuld hat.«

»Hier geht es ums Prinzip«, schmollte Tavano.

Doch da hatten Bardi und Signora van Laak ihren Weg bereits fortgesetzt.

3. Kapitel

Die Carabinieri-Station von San Pietro befand sich in einem dreistöckigen Renaissancepalast, der ursprünglich von einem reichen Tuchfabrikanten als Wohnsitz errichtet worden war. Im Laufe der Jahrhunderte waren vom alten Glanz nur ein in die Fassade integriertes Brunnenbecken und das steinerne Wappenschild über dem Eingang geblieben, dessen eigentliches Wappen jedoch abgeschliffen worden und durch ein Blechschild der Carabinieri ersetzt worden war.

Drei Stufen führten zu einem schmalen von zwei Säulen getragenen Portikus, der als Eingangshalle zur Wache diente.

Diese war in einer einzigen hohen Halle mit Stuckdecke beherbergt, wenn man von der Abstellkammer und dem Treppenhaus, das durch einen Seiteneingang zu erreichen war, absah. Schon oft hatte Bardi das fehlende Vorzimmer verflucht, besonders wenn Besucher ihn überfallartig von seiner Büroarbeit aufschreckten.

Zudem herrschte im Inneren der Wache ein modriger Geruch, der sich innerhalb kürzester Zeit in der Kleidung festsetzte. Bardi hatte alles versucht, um den Mief zu bekämpfen. Von stromfressenden Raumentfeuchtern bis hin zu Lavendelsäckchen, gegen die er eine Allergie entwickelt hatte. Nichts hatte geholfen. Und für eine Kernsanierung fehlte in San Pietro wie in der gesamten Italienischen Republik schlicht das Geld.

Die mittlere Etage des Palazzos wurde stets als Archiv tituliert, war aber im Laufe vieler Jahre zu einer Rumpelkammer für ausgediente Büromöbel, Computer und Akten aus dem benachbarten Rathaus verkommen. In der obersten Etage befand sich Bardis gemütliche Dienstwohnung, deren Highlight die große Dachterrasse war – der Lieblingsort des Capitanos.

Als Bardi mit Signora van Laak die Wache betrat, wartete Emanuele unschlüssig vor der Theke, die den Vorderbereich von den Schreibtischen trennte. Bardi klappte ein Brett darin hoch und bat Signora van Laak mit Emanuele nach hinten. Der Signora bedeutete er, auf dem Besuchersessel Platz zu nehmen. Ein Angebot, das sie jedoch vor lauter Aufregung nicht annahm. Bardi holte einen kleinen Fotoapparat aus einem der Schränke und drückte ihn Emanuele in die Hand.

»Schießen Sie ein paar aussagekräftige Fotos von den Unfallfahrzeugen. Dann sorgen Sie dafür, dass die Zufahrt zur Piazza wieder frei wird.«

Emanuele salutierte zackig und wandte sich zum Gehen.

»Und falls Signore Tavano sich weiterhin beschwert, sagen Sie ihm, dass wir ohnehin nicht über die Schuldfrage zu entscheiden haben.«

Emanuele nickte und verschwand.

»Der Bürgermeister wird noch dafür sorgen, dass ich vorzeitig ergraue«, murrte Bardi und fuhr sich mit der Hand durchs Haar. Sofort merkte Bardi, dass er einen Faux Pas begangen hatte, denn die Deutsche hatte selbst graue Haare, die jedoch perfekt zu dem dunklen Teint, den sie dem toskanischen Sommer verdankte, und ihren hellblauen Augen passten. Zur Wiedergutmachung setzte er sein entwaffnendes Lächeln auf. Doch Signora van Laak war immer noch viel zu aufgewühlt, um darauf zu reagieren. So ließ Bardi sich von ihr auf der Wandkarte jene

Stelle zeigen, wo sie den leblosen Mann entdeckt hatte, und beorderte per Telefon einen Notarzt dorthin.

»Gehört der Weinberg nicht Tavanos Familie?«, wollte Signora van Laak wissen, während Bardi ihr die Tür nach draußen aufhielt.

Bardi nickte. »Halten Sie sich dem Bürgermeister gegenüber besser bedeckt«, raunte Bardi ihr zu. »Sonst gerät Tavano noch vollends aus der Fassung.«

Zum ersten Mal, seit sie Bardi von dem Toten berichtet hatte, huschte ein Lächeln über das Gesicht der Deutschen.

Als Bardi mit Signora van Laak im Streifenwagen, einem schwarzen Alfa Romeo, die Piazza verlassen wollte, war der Müllwagen verschwunden. Tavanos Limousine jedoch versperrte weiterhin diese einzige Zufahrt, die lediglich breit genug für ein Auto war. Der Bürgermeister saß mit dem Gesichtsausdruck eines bockigen Kindes auf dem Beifahrersitz seines Wagens, während Emanuele und Signorina Bella gegen die Scheibe seiner Autotür klopften. Bardi fuhr so nahe auf, dass die vordere Stoßstange seines Alfas fast die Rückblende von Tavanos Wagen berührte, und hupte.

Doch Tavano dachte nicht daran, den Weg freizumachen. So blieb Bardi nichts anderes übrig, als auszusteigen und sich zu Emanuele und Signorina Bella zu gesellen.

Allerdings verschwendete Bardi nicht viel Zeit damit, Tavanos Aufmerksamkeit zu erregen, da ihm dies zwecklos erschien. Denn aus dem Wagen des Bürgermeisters tönte ohrenbetäubend laute Opernmusik. *Nessun dorma* aus *Turandot*, wenn Bardi sich nicht irrte.

Bardi setzte den Alfa zurück, stieg erneut aus und winkte zwei Männern zu, die zusammengeklappte Bierbänke von einem kleinen Lastwagen hoben.

Aus dem Inneren des Streifenwagens beobachtete Signora van Laak, wie Bardi ein paar Worte mit den beiden wechselte.

Daraufhin holten die Männer ein Abschleppseil aus einem Seitenkasten unter der Ladefläche, um es an ihrem Lastwagen zu befestigen. Des Weiteren bemerkte Signora van Laak, wie Signorina Bella nur Augen für Bardi hatte, der das Seil mit ein paar geschickten Handgriffen um den Abschlepphaken von Tavanos Lancia legte. Der Motor des Lastwagens heulte auf. Das Seil spannte sich. Tavano blickte sich panisch in seinem Wagen um, als dieser ruckartig aus der Zufahrt gezogen wurde. Bardi setzte sich zurück in den Streifenwagen, startete den Motor und ließ das Fenster an der Fahrertür herunter, um sich bei den beiden Männern zu bedanken. Dann heulte die Sirene kurz auf, und Bardi gab so stark Gas, dass Signorina Bella erschrocken zur Seite sprang, als der Alfa an ihr vorbeischoss.

4. Kapitel

Genau sieben Minuten später hielt Bardi neben dem weiß-orangenen Notarztwagen mit der Aufschrift *Automedica*, der schon vorher das Ziel – die Straße oberhalb des Weinbergs – erreicht hatte. Von der Besatzung fehlte jede Spur. Bardi stieg aus und Signora van Laak folgte ihm zögernd.

»Alles in Ordnung?«, fragte Bardi besorgt.

»Dabei war das hier ein so friedlicher Ort«, flüsterte Signora van Laak.

Bardi nickte. »Wo befindet sich der Mann?«

»Zwischen der ersten und zweiten Rebreihe«, erklärte die Signora und deutete hinter die hüfthohe Mauer aus Granitsteinen, die die Straße von dem Weinberg trennte.

»Hallo Capitano«, ertönte jetzt eine Männerstimme. Wenig später tauchte hinter der Mauer der Notarzt in einer gelb-roten Jacke auf. Bardi hatte mit dem Mann im Verlauf der letzten Jahre schon einige Male zu tun gehabt. Behänd sprang der Capitano über die Mauer. Auf der anderen Seite bot er Signora van Laak galant Hilfe an, damit auch sie ohne Probleme hinüberklettern konnte. Dankbar ergriff sie die dargebotene Hand.

»Beim nächsten Mal rufen Sie uns bitte erst, wenn Sie sich selbst einen Überblick über die Lage verschafft haben«, erklärte der Notarzt.

»Was soll das heißen?«, fragte Bardi. Er war über die Unfreundlichkeit des Arztes erstaunt.

»Mein Assistent und ich haben die Gassen zwischen den Rebstöcken abgesucht. Bisher haben wir niemanden gefunden«, erklärte der Notarzt. »Wissen Sie, was solch ein falscher Alarm kostet?«

»Und wenn jede Sekunde gezählt hätte? Der Mann hätte schwer verletzt sein können!«, erwiderte Bardi.

»Aber von welchem Mann sprechen Sie?« Der Notarzt streckte seine Arme weit von sich und drehte sich einmal im Kreis.

»Er liegt da vorn hinter den Rebstöcken.« Signora van Laak deutete nach rechts.

»Da ist niemand«, sagte der Notarzt. Sein Blick sprach Bände.

Bardi suchte eine Lücke und schlängelte sich dann zwischen zwei Spalieren hindurch, indem er die Äste vorsichtig zur Seite drückte. Dahinter befand sich ein schmaler Gang. Bardi blickte sich um. Nirgends lag ein Körper.

Signora van Laak und der Notarzt waren Bardi gefolgt. Beide blickten sich ebenfalls um.

»Er lag da vorne«, rief Signora van Laak und machte einige Schritte nach rechts. »Ungefähr hier.«

Sie deutete auf den Boden. Eine Eidechse huschte vorbei, hielt kurz inne und war im nächsten Augenblick zwischen zwei Steinen verschwunden.

»Vielleicht ist die Signora einer Sinnestäuschung aufgesessen«, bemerkte der Notarzt, während er auf die Stelle blickte, an der das Reptil verschwunden war.

»Sie müssen mir glauben.« Signora van Laak sah Bardi flehentlich an. »Ich bin doch nicht …«

»Natürlich nicht.« Bardi trat zu ihr und blickte auf den Boden. Die wenigen Grashalme zwischen den lehmigen Kalksteinen waren platt gedrückt. Etwas weiter fand er Schuhspuren im vom nächtlichen Regen durchweichten Boden. Abdrücke von zwei Personen, die kreuz und quer verteilt waren. Die eine hatte schweres Schuhwerk mit einer ausgeprägten Profilsohle getragen. Vielleicht Wanderstiefel. Bardi schätzte deren Größe auf 45.

Also stammten die Spuren keinesfalls von Signora van Laak, die zwar ebenfalls feste Schuhe trug, jedoch allenfalls Größe 38 hatte, oder dem Notarzt und seinem Assistenten, die leichte Schuhe mit Gummisohlen trugen.

Die Abdrücke, die die andere Person hinterlassen hatte, waren nicht so leicht zu erkennen. Denn sie waren nicht so tief und die Sohlen hatten kein Profil hinterlassen. Offensichtlich hatte dieser Jemand Straßenschuhe mit glatter Ledersohle getragen. Einer der Abdrücke war jedoch deutlich genug, um zu erkennen, dass auch diese Person nicht gerade kleines Schuhwerk benötigte. Größe 42 mindestens. »Hier sind heute Morgen mindestens zwei Männer gewesen«, erklärte Bardi.

»Sehen Sie«, sagte Signora Van Laak zum Notarzt, der zur Antwort genervt mit den Schultern zuckte.

»Können Sie sich an die Schuhe des Mannes erinnern, den Sie hier haben liegen sehen?«, fragte Bardi Signora van Laak.

Die Signora schloss die Augen, um sich den Mann ins Bewusstsein zurückzurufen. »Ich glaube, er trug feste Lederschuhe mit hohem Schaft. Eines seiner Hosenbeine war hochgerutscht.«

»Das könnte zu dieser Spur passen«, erklärte Bardi und folgte den Abdrücken bis zum Ende des Ganges, wo ein weiterer Pfad im rechten Winkel den Weinberg hinunterführte. Der Mann war offensichtlich von unten den Weinberg hochgekommen. Allerdings führte keine Spur zurück zum Pfad.

Aus einem der unteren Gänge trat ein weiteres Mitglied des Rettungsdienstes, das ebenfalls eine gelb-rote Jacke trug. Der Sanitäter streckte seine Arme aus und machte eine ratlose Geste.

»Mein Assistent hat ebenfalls nichts gefunden«, erklärte der Notarzt.

»Dann will ich Sie nicht weiter aufhalten«, erwiderte Bardi.

»Zeit ist Geld«, betonte der Notarzt und winkte seinem Assistenten zu, damit dieser seine Suche abbrach.

Bardi und Signora van Laak hingegen setzten ihre Spurensuche fort.

»Hier bin ich ausgerutscht«, sagte Signora van Laak und deutete auf eine längliche Spur in der Erde am Ende des Weges, auf dem sie den Weinberg hinuntergeschlittert war. Bardi nickte. Der Pfad nach unten bestand aus lehmigem Mergel, der mit kleinen Steinen durchsetzt war. Dieses Gemisch war zu fest, als dass jemand darauf hätte Spuren hinterlassen können. Nur die zwei ausgefahrenen Rillen zeugten von dem regen Betrieb, der hier noch vor Kurzem zur Weinlese geherrscht hatte. Zwar wurden die Trauben hier noch schonend per Hand gepflückt und in einem Korb zum Ende der Rebgasse getragen, von dort jedoch erfolgte der Abtransport mit einem kleinen Traktor, an den Anhänger gekoppelt waren, die wie kleine Loren aussahen. Weiter unten, wo der Hang nicht so steil war, setzte Tavanos Familie auch sogenannte Vollernter ein, große Maschinen, die durch die Reihen fuhren, um die Trauben weniger schonend automatisch von den Reben abzurütteln.

Der steinige, eigentlich unfruchtbare Boden bot ideale Bedingungen für den Anbau der Sangiovese-Trauben, die hier einen samtig-würzigen Rotwein mit charakteristischem Kirsch-, Blaubeer- und Vanillearoma hervorbrachten.

Bardi stapfte den Pfad hinunter und erreichte das schmale Waldstück unterhalb des Hanges. Ein Kiesweg verlängerte den Pfad hinüber zur Hauptstraße, die hinter den Bäumen verlief.

Ohne zu wissen, wonach er suchen sollte, blickte Bardi sich um. Schließlich entdeckte er zwischen einigen Bäumen frische Reifenabdrücke. Dem Radstand nach zu urteilen hatte ein kleiner Lastwagen oder ein Lieferauto diese Spuren hinterlassen. Einen Moment lang blieb Bardi stehen, lauschte dem Gezwitscher der Vögel und versuchte, sich einen Reim auf Signora van Laaks Aussage und die Spuren hier am Weinberg zu machen. Natürlich musste es eine logische Erklärung geben. Nur reichte Bardis Vorstellungskraft nicht aus, um zu diesem Zeitpunkt bereits eine solche zu finden. Und von Fantasien hielt er nicht viel, denn diese gehörten ins Theater.

5. Kapitel

Wenig später saß Bardi bei den Eheleuten van Laak am Esstisch, der den Mittelpunkt der gemütlichen Wohnküche bildete, die mit allerlei esoterischen Symbolen ausgestattet war. So stand auf dem Esstisch eine Holzbox mit vier schwarzen Onyxsteinen, die mit Reikisymbolen bemalt waren. Von der Decke baumelte ein indianischer Federschmuck, und auf dem Fenstersims stand eine schmale Vase, in der drei Räucherkerzen kokelten.

Eigentlich hatte er vorgehabt, das Protokoll mit Signora van Laaks Aussage auf der Wache aufzunehmen, weil er seinen neuen Assistenten nicht so lange ohne Unterstützung lassen wollte. Doch die Signora hatte darauf bestanden, dies bei einem Kaffee in ihrem Haus zu erledigen. Diesen Vorschlag konnte Bardi nicht ablehnen, da die Deutsche sich nach dem erlittenen Schock verständlicherweise zurück in ihre vertraute Umgebung sehnte.

Die van Laaks hatten das alte Haus mit Bedacht von lokalen Handwerkern renovieren lassen. So war der einheimische Charme des schlichten Gebäudes, das ursprünglich einmal als Gasthaus für wanderndes Volk erbaut worden war, wieder zum Vorschein gekommen: grob behauene Steine, Holzbalken und erstaunlich filigrane Mosaikornamente auf dem Boden, die vierblättrige, um Salomonsknoten angeordnete Rosetten zeigten. Im Gegensatz zur Modrigkeit des Palazzos, in dem die Carabinieri-Station untergebracht war, hatten die Jahrhunderte hier einen keineswegs unangenehmen würzigen Geruch hinterlassen. Karl van Laak, Signora van Laaks Ehemann, hatte auf dem alten gusseisernen Herd, der noch mit Holz befeuert wurde, einen starken Kaffee aufgebrüht, den er ganz unitalienisch in großen Bechern mit Henkeln servierte. Dazu hatte seine Frau selbst gebackene *Panini all'olio* serviert. Die Eheleute saßen Bardi gegenüber. Signor van Laak hatte seinen Arm liebevoll um die Schultern seiner Frau gelegt, die den Schrecken mittlerweile gut verdaut zu haben schien.

»Bist du dir sicher, dass dort ein Mann lag?«, wollte der Herr des Hauses wissen. Sein Italienisch hatte im Gegensatz zu dem seiner Frau immer noch einen starken deutschen Akzent. Außerdem fehlte es ihm an der typischen Sprachmelodie.

Signora van Laak schaute ihren Mann entrüstet an. »Ihr glaubt wohl alle, ich sei etwas plemplem.«

»Wahrscheinlich gibt es eine ganz einfache Erklärung«, beruhigte Bardi. »Vielleicht war es ein Unfall. Der Mann ist auf dem glitschigen Boden ausgerutscht und hat sich den Kopf aufgeschlagen. Ich werde nachher bei allen Ärzten, Krankenhäusern und Apotheken in der näheren Umgebung nachforschen, ob jemand mit einer Kopfverletzung behandelt wurde.«

Jetzt nickten die Eheleute unisono, während Karl van Laak zärtlich nach der Hand seiner Frau griff.

Zufrieden holte Bardi ein Notizbuch aus seiner Uniformjacke. »Wann genau haben Sie den Mann entdeckt?«

Signora van Laak überlegte eine Weile. »Ich bin gegen sieben aufgestanden. Dann habe ich meine Yogaübungen gemacht, kurz geduscht, gefrühstückt. Also habe ich um circa halb acht das Haus verlassen. Für die Strecke zum Weinberg brauche ich ziemlich genau eine halbe Stunde.«

»Kurz nach acht«, rechnete Bardi mit und erntete ein zustimmendes Kopfnicken der Signora.

»Kam Ihnen der Mann bekannt vor?«

»Das hätte ich Ihnen doch gesagt«, erwiderte Signora van Laak mit einem Blick, der Zweifel an Bardis Kompetenz erahnen ließ.

»Ich muss das fragen«, murmelte Bardi. »Können Sie den Mann beschreiben?«

Signora van Laak nickte. »Er war etwas größer als Sie, aber nicht ganz so groß wie mein Mann.«

»Das ist eine ziemlich große Diskrepanz«, sagte Bardi lächelnd. Er selbst war nur knapp über einen Meter siebzig groß, Signor van Laak hingegen mochte gut einen Meter fünfundachtzig messen.

»Die Größe eines liegenden Menschen abzuschätzen, ist nicht einfach«, erklärte Signora van Laak. »Aber ich denke, seine Größe war so ziemlich in der Mitte angesiedelt.«

»Gehen wir von circa eins achtundsiebzig aus«, sagte Bardi und notierte die Zahl, nachdem Signora van Laak erneut zustimmend genickt hatte. »Haarfarbe?«

»Lockige schwarze Haare. Oder waren sie dunkelblond?« Die Signora starrte ratlos auf die Onyxsteine, als handele es sich um ein Orakel. »Lockig waren sie auf jeden Fall.«

»Auf wie alt schätzen Sie den Mann?«

»Leider habe ich sein Gesicht nicht gesehen.« Signora van Laak zögerte mit der Antwort. »Richtig jung war er nicht. Zwischen 30 und 50.«

Bardi notierte. »Seine Kleidung?«

»Blaue Jacke aus leichtem Stoff. Eher ein dunkles Blau. Oder Grau. Moment …« Wieder schaute sie ratlos.

»Es ist völlig normal, dass Sie sich nicht genau erinnern können«, erklärte Bardi. Es verwunderte den Capitano zwar immer wieder, welche Streiche die Sinne der Wahrnehmung spielten, aber kaum ein Zeuge beschrieb Autofabrikate, Orte oder eben das Aussehen von Menschen richtig.

»Ich glaube, es war so ein dunkles Grau, fast schwarz. So wie Ihre Uniform.«

»Was ist mit seiner Hose?«

»Er trug eine Blue-Jeans. Aber keine von diesen verwaschenen modischen. Da bin ich mir sicher.« Jetzt lächelte sie beinahe stolz. »Seine Füße steckten in schweren Lederschuhen … Handwerkerschuhe. An deren Farbe kann ich mich nicht mehr erinnern. Aber er muss sehr große Füße haben. Denn die Schuhe waren im Verhältnis zu seinem Körper außergewöhnlich lang.« Sie überlegte, doch offensichtlich fiel ihr nichts mehr ein.

»Irgendwelche auffälligen Stickereien oder Applikationen?«, versuchte es Bardi.

»Nein. Seine Kleidung war eher zeitlos unauffällig … Zweckmäßig würde ich sagen.«

»Zweckmäßig wofür?«

Signora van Laak überlegte. »Für einen Landvermesser oder einen Marktverkäufer vielleicht.«

Bardi notierte auch diese Angaben. Dann klappte er das Büchlein zu, trank seinen Kaffee aus und verabschiedete sich. Bevor er das Haus der van Laaks verließ, warf er einen Blick auf die von bunten Steinsplitterarmbändchen umrahmte Korkwand im Flur, an die Erinnerungsfotos gepinnt waren. Offensichtlich hatten die van Laaks eine Metamorphose vollzogen, vom Studentenprotest der späten Sechziger über die Friedensbewegung der frühen Achtziger bis hin zum Spiritualismus der Jetztzeit. Bardi fragte sich, wonach sie eigentlich suchten. Für ihn war Esoterik pseudoreligiöser Unfug.

»Sind das Sie?«, fragte Bardi und deutete auf ein Schwarz-Weiß-Foto, das eine junge Frau in einer protestierenden Menschenmenge zeigte.

»Das war in Berlin. 1968«, erklärte Signora van Laak.

»1967«, verbesserte sie ihr Mann. »Anlässlich des Schah-Besuchs. Wir konnten ja nicht den ...« – kurze Pause – »... *Tifosi persiani* das Feld überlassen.« Signor van Laak sprach nicht so gut Italienisch wie seine Frau, die man mittlerweile für eine Einheimische halten konnte.

»Persische Fußballfans?«, fragte Bardi mit verständnisloser Mine.

»Claqueure. Auf Deutsch nannte man diese Leute ›Jubelperser‹. Bezahlte Applaudierer. Iraner, die den Besuch von Schah Mohammad Reza Pahlavi begleiteten. Hauptsächlich Geheimdienstleute, die sich als Pro-Schah-Demonstranten ausgaben und unter Duldung der Polizei brutal gegen uns friedliche Demonstranten vorgingen«, erklärte Signora van Laak.

»Sie sind eine mutige Frau«, sagte Bardi und erntete dafür ein stolzes Lächeln, das jedoch schnell wieder vom Gesicht der Signora verschwand.

»Das war früher. Und eigentlich gäbe es heute viel mehr Gründe, sich zu empören. Kriege, Hungerkatastrophen, wirtschaftliche Ausbeutung. Und wir schauen alle zu.«

Bardi nickte. »Aber Sie scheinen immerhin Ihren eigenen inneren Frieden gefunden zu haben.« Er deutete auf ein weiteres Foto, das die Eheleute van Laak gehüllt in orange Tücher zeigte, wie sie im Schneidersitz vor einem älteren Asiaten mit langem weißen Bart und träumerischen Augen saßen.

»Das war im Sommer 1977 in Poona, Indien«, erklärte Signora van Laak. »Der Mann mit dem Bart ist Bhagwan Shree Rajneesh. Er hatte damals viele gute Ideen. Bhagwan – sein Name bedeutet der Erhabene – hielt die althergebrachten Moralideen der Weltreligionen für überholt und plädierte für die absolute Freiheit des Individuums, fernab aller antiquierten Moralvorstellungen.«

»Leider hat er seine eigenen Ideen später pervertiert, indem es ihm nur noch um die Finanzierung seiner eigenen Luxussucht ging«, ergänzte Signor van Laak.

»Du hast dich in Poona von Anfang an nicht wohlgefühlt«, brummte die Signora und knuffte ihren Mann in die Seite. Zu Bardi gewandt fügte sie hinzu: »Karl war immerzu eifersüchtig. Von freier Liebe hielt er nie viel. Obwohl es normalerweise die Männer waren, die …«

»Aber das interessiert unseren Capitano sicher nicht«, unterbrach Signor van Laak seine Frau mit einem strengen Blick.

»Da wäre ich mir nicht so sicher«, kicherte Signora van Laak und zwinkerte Bardi zu.

»Vielleicht ein anderes Mal.« Bardi zwinkerte zurück und gab den Eheleuten zum Abschied die Hand. »Ich melde mich, sobald es Neuigkeiten gibt.«

Während der kurzen Fahrt zurück zur Wache dachte Bardi daran, welch seltsame Wendungen das Leben der van Laaks genommen hatte. Eine rastlose Suche nach einem Sinn für ihr Dasein. Von der wilden Studentenzeit in Berlin über den Guru in Indien hierher in die liebliche Kulturlandschaft der Toskana. Und ausgerechnet hier schienen sie endlich ihre Ruhe gefunden zu haben. Bardi fragte sich, ob es am Alter der beiden Deutschen oder an der Toskana lag. Gern wollte er Letzteres glauben. Für ihn selbst traf dies gewiss zu. Allerdings hatte er dafür nicht um die halbe Welt reisen müssen. Bei ihm hatte der Weg von Sizilien über Rom nach San Pietro geführt. Er fragte sich, ob er etwas verpasst hatte. Schließlich hatte er nie woanders als in Italien gelebt. Die Antwort fiel nicht leicht. Vielleicht war er nach jenen traumatischen Ereignissen in Rom, die ihm noch heute Albträume bescherten, vor sich selbst auf der Flucht. Eines jedoch wusste Bardi ganz genau: In der Religion würde er keine Erlösung finden. Zwar glaubte er an Gott, ja, besuchte sogar ab und zu den Gottesdienst bei Padre Adriano. Dies jedoch, weil er sich der Gemeinde, den Menschen von San Pietro zugehörig fühlte. Aber daran, dass ausgerechnet sein Schicksal von oben gelenkt wurde, konnte er nicht glauben. Und fernöstliche Religionen erschienen ihm zu weit entfernt von seiner westlich geprägten Lebenswelt.

6. Kapitel

Zum Glück war der Bürgermeister samt seiner Limousine verschwunden, als Bardi wieder auf die Piazza vor der Wache einbog. Dafür herrschte das vor dem Weinfest übliche Tohuwabohu. Der ganze Platz war mittlerweile von Ständen, Fressbuden, Tischen und Bänken übersät. Den Mittelpunkt bildete ein riesiges Weinfass, auf dessen Bauch das Wappen von San Pietro gemalt war: ein von Lorbeerblättern umranktes Schwert auf blauem Grund.

Mit Grauen dachte Bardi an die Diskussionen, die notwendig sein würden, um wenigstens ein Mindestmaß der gesetzlichen Sicherheitsanforderungen durchzusetzen. Schon auf den ersten Blick fiel ihm auf, dass Fluchtwege fehlten, die breit genug für Rettungswagen waren. Auch entsprachen einige Stromkabel nicht den Anforderungen, da sie Nässe nicht standhalten würden und außerdem exzellente Stolperfallen abgaben. Und immer wieder waren es dieselben Leute, die jedes Jahr diese Fehler begingen. Manchmal hatte Bardi den Eindruck, dass sie dies lediglich taten, um ihn zu ärgern.

Wieder entsann er sich Signora van Laaks esoterischer Anwandlungen und stieß ein tiefes, brummiges *Om* aus. Doch eine transzendente Wirkung wollte sich bei ihm partout nicht einstellen: Die Kabel lagen noch immer ungesichert herum, und sein Streifenwagen passte nicht durch die Gasse zwischen den Ständen, geschweige denn eine Ambulanz.

So blieb ihm nichts anderes übrig, als seinen Alfa Romeo am Rande der Piazza zu parken und sich zu Fuß den Weg zur Wache zu bahnen. Größtenteils handelte es sich bei den Leuten, die mit dem Aufbau beschäftigt waren, um Bewohner von San Pietro. Deshalb erntete Bardi von vielen ein freundliches Ciao, das der Capitano auch stets erwiderte. Natürlich nutzte er diese Gelegenheit, um die Leute freundlich auf die kleinen Missstände hinzuweisen, wohl wissend, dass es mindestens noch zwei weiterer Ermahnungen bedürfen würde, bis man endlich die nötigen Korrekturen vornahm. Auf halbem Wege begegnete Bardi seinem neuen Assistenten Emanuele, der mit gesenktem Kopf seine Vespa durch die Menge schob.

»Wo wollen Sie hin?«, fragte Bardi verwundert mit lauter Stimme, um das allgemeine Stimmgewirr zu übertönen.

Erschrocken, als fühle er sich ertappt, hob Emanuele den Kopf. »Zurück nach Florenz.«

Emanuele wohnte wie viele jüngere Carabinieri unteren Ranges in einer Kaserne, denn offiziell waren die Carabinieri eine dem Verteidigungsministerium unterstellte Teilstreitkraft wie Heer, Marine und Luftwaffe.

»Ich bin diesem Ort nicht gewachsen«, murmelte er kleinlaut. Bardi hatte Probleme, Emanuele zu verstehen. »Hier ist es schlimmer als in Florenz oder Rom. Ich glaube, sogar in New York ist es angenehmer.«

»Waren Sie denn schon jemals in New York?«

Emanuele schüttelte den Kopf. »Dabei habe ich streng nach Vorschrift gehandelt.«

Genau das ist dein Problem, dachte Bardi und legte ihm väterlich seinen Arm um die Schultern. »Sie hätten am Montag kommen sollen. Dann herrscht hier wieder Alltag. Heute sind alle aufgeregt, weil das Weinfest ansteht. Das größte Fest des Jahres in San Pietro.« Bardi blickte Emanuele aufmunternd an. »Jetzt hören die Menschen hier nicht mal auf mich.«

Wie zur Bestätigung wurde Bardi unsanft von einem jungen Kerl angerempelt, der eine lange Leiter trug und sein Missgeschick nicht bemerkt hatte oder – was Bardi für wahrscheinlicher hielt – dermaßen von der Hektik drumherum angesteckt war, dass die Zeit für eine Entschuldigung nicht reichte.

Nun musste Emanuele lächeln. Bardi nickte zufrieden. »Einen besseren Ort, um in Ruhe das Handwerk zu lernen, werden Sie nicht finden.«

»Aber dieser Bürgermeister …«, wandte Emanuele ein.

Bardi lachte. »Tavano ist ein zahnloser Tiger. Er brüllt gern, wenn man ihn reizt, aber richtig zuzubeißen, traut er sich nicht. Außerdem scheint er Sie ernst genommen zu haben, bockig wie er war. Das sollten Sie als ein gutes Zeichen werten.«

Emanuele schaute zögernd nach vorn, dann zurück zur Wache. Schließlich nickte er und wendete seine Vespa.

Auf der Wache räumte Bardi eilig den Schreibtisch für Emanuele frei, der in den letzten Monaten als Ablage für nicht mehr benötigte Akten und allerlei anderen Papierkram gedient hatte. Danach überprüfte er das Telefon und schaltete den Computer ein. Zufrieden stellte er fest, dass beide Geräte funktionierten. Zu guter Letzt schob er Emanuele einen Bürosessel vor seinen neuen Arbeitsplatz und wies ihn mit einer übertrieben einladenden Geste an, Platz zu nehmen.

Emanuele tat, wie ihm geheißen. Scheinbar entsprachen sowohl Sessel als auch Schreibtisch seinen Vorstellungen, denn er nickte zufrieden. Doch als sein Blick auf den Monitor des Computers fiel, verdüsterte sich sein Blick.

Bardi sah ihn fragend an.

»XP«, lautete Emanueles Antwort.

»Ja und?«

»Völlig veraltet.«

»Für uns ausreichend.«

»Und ab nächsten April ein Sicherheitsrisiko.«

»Ich regele die Angelegenheiten ohnehin lieber von Angesicht zu Angesicht«, zeigte sich Bardi unbeeindruckt und fügte augenzwinkernd hinzu: »Schließlich ist San Pietro nicht New York, Rom oder Florenz.«

»Das ist den Hackern egal«, beharrte Emanuele auf seinem Standpunkt.

Bardi nickte. »Dann erteile ich Ihnen hiermit den Befehl zum Upgrading.«

Während sich Emanuele mit Elan seiner Aufgabe widmete, erkundigte Bardi sich telefonisch bei allen Krankenhäusern, Ärzten und Apotheken im näheren Umkreis von San Pietro, ob diese einen Mann mit einer Kopfwunde behandelt oder mit Arzneimitteln versorgt hätten. Die Antwort lautete stets nein.

Mittlerweile fragte sich Bardi, ob Signora van Laak doch das Opfer einer Sinnestäuschung geworden war oder sich jemand einen schlechten Scherz erlaubt hatte. Aber warum gab es dann eindeutige Spuren, die ihre Aussage unterstützten?

Bardi zog in Erwägung, Dottore Gazza, den Chef der Kriminalpolizei in Florenz, zu informieren, zu dem er ein gutes Verhältnis besaß. Schnell verwarf er diesen Gedanken jedoch wieder. Denn zu neunundneunzig Prozent würde selbst Dottore Gazza ihn oder vielmehr Signora van Laak bei allem Wohlwollen nicht ernst nehmen. Bardi sah den Polizeichef mit seinen Kommissaren schon vor sich, wie sie süffisant lächelnd die esoterisch angehauchte Deutsche verhörten.

Nachdem er die letzte Apotheke auf seiner Liste angerufen hatte, blickte Bardi auf die große Uhr mit dem integrierten Barometer, die neben dem Eingang an der Wand hing.

»Haben Sie Hunger?«, fragte er Emanuele.

Emanuele blickte vom Bildschirm auf und nickte. Aber anstatt Bardis offensichtliche Einladung anzunehmen, holte er zwei Dosen Red Bull und eine Tüte Kartoffelchips aus seinem Rucksack.

»Das nennen Sie Mittagessen?«, fragte Bardi entgeistert.

»Ich bin kein großer Esser«, beschied Emanuele kategorisch und öffnete zischend eine der Dosen.

Als er die Dose an seine Lippen setzen wollte, hallte ein lautes Kläffen durch die Wache. Vor Schreck bekleckerte Emanuele seine Uniform, und auch Bardi zuckte zusammen.

Vor der Theke stand Signora Altobelli, eine alte weißhaarige Dame um die achtzig, die mit fünf Hunden in einem kleinen Haus mitten im Städtchen wohnte.

»Man will Greco ermorden«, keifte sie und knallte etwas Längliches auf die Theke, das in Zeitungspapier eingewickelt war.

Greco, ein bulliger Boxer, bellte wie zur Bestätigung und riss wütend an der Leine.

7. Kapitel

»Dies ist ein öffentliches Gebäude!«, rief Emanuele, während er hastig mit einem Taschentuch die klebrige Flüssigkeit von seiner Uniformjacke tupfte.

»Carabiniere Rossi«, stöhnte Bardi, der angesichts der Pedanterie seines neuen Assistenten erneut Unheil aufziehen sah.

»Lassen Sie mich machen, Capitano«, missdeutete Emanuele Bardis Bemerkung und baute sich hinter der Theke auf.

»Greco hat von dieser Wurst gegessen und musste sich danach übergeben«, rief Signora Altobelli.

»In öffentlichen Gebäuden haben Hunde einen Maulkorb zu tragen«, herrschte Emanuele sie an.

Signora Altobelli schaute an Emanuele vorbei zu Bardi, der immer noch am Schreibtisch stand. »Seltsamer Vogel, den Sie sich da eingefangen haben.«

Bardi trat hinter Emanuele und legte ihm eine Hand auf die Schulter. »Lass gut sein.«

»Aber die Vorschriften …«, wandte Emanuele ein.

»Der Hund beißt nicht«, sagte Bardi und streckte seine Hand über die Theke, um Greco zu streicheln. Sofort schnellte der Boxer nach vorn und versuchte, nach Bardis Hand zu schnappen. Im letzten Augenblick zog Bardi sie zurück.

»Liebes Hündchen«, beruhigte Signora Altobelli Greco.

»Sehen Sie«, erklärte Emanuele.

Bardi seufzte. Heute schien sich alles gegen ihn verschworen zu haben. Sanft schob er Emanuele zur Seite.

»Würden Sie Greco bitte vor der Tür anbinden, damit wir uns in Ruhe um Ihr Problem kümmern können?«

Wie sich herausstellte, handelte es sich bei dem Gegenstand auf der Theke um eine billige Salami, an der Greco geknabbert hatte. Sofort danach hatte sich der Boxer übergeben müssen, woraufhin Signora Altobelli die Wurst genauer untersucht und einen länglichen Schnitt bemerkt hatte. Bardi begutachtete die Wurst daraufhin seinerseits und entdeckte im Schnitt Reste von gräulichem Pulver.

Seit ein paar Jahren hatte es in San Pietro wiederholt Versuche gegeben, Hunde zu vergiften. Bisher immer erfolglos. Die Hunde hatten an Übelkeit gelitten oder waren schläfrig geworden, den Köder hatten sie jedoch stets verzehrt. Die Salami war somit bisher das erste Beweisstück, das Bardi sicherstellen konnte. Signora Altobelli verschwand erst, als Bardi ihr hoch und heilig versprochen hatte, sich mit höchster Dringlichkeit um den ›Giftmordanschlag‹ zu kümmern.

»Warum lassen Sie diesen Hund ohne Maulkorb in die Wache?«, fragte Emanuele, als sie wieder unter sich waren.

»Aus demselben Grund, aus dem der Bürgermeister innerhalb von San Pietro ohne Gurt fahren kann«, erwiderte Bardi und bemerkte sofort, dass Emanuele immer noch nicht verstand.

»Wir sind hier, um zu helfen und für ein reibungsfreies Miteinander zu sorgen. Nicht, um unsere Mitbürger mit Vorschriften zu drangsalieren.«

»In der Ausbildung wurde uns etwas anderes beigebracht«, warf Emanuele ein.

»Nämlich?«

»Für Recht und Ordnung im Sinne der Gesetze des italienischen Staats zu sorgen«, ratterte Emanuele den Satz herunter, als habe er ihn auswendig gelernt.

»Schön gesagt«, lächelte Bardi. »Aber Vorschriften und Gesetze sind nicht dazu erlassen worden, den Menschen das Leben schwer zu machen. Wenn der Bürgermeister in unseren Gassen und engen Straßen den Anschnallgurt vergisst, schadet er weder sich noch anderen.«

Emanuele nickte. »Aber der Boxer dieser Signora hätte Ihnen beinahe die Hand abgebissen.«

»Jetzt übertreiben Sie«, brummte Bardi.

»Aber nur ein wenig«, beharrte Emanuele auf seinem Standpunkt.

»Schluss mit dem Konjunktiv«, sagte Bardi und deutete auf die Salami. »Können Sie das gute Stück heute in Florenz dem kriminaltechnischen Labor zur Untersuchung übergeben?«

Emanuele nickte beflissen. »Wo befinden sich Beutel für Beweismaterial?«

Begleitet von Emanueles skeptischen Blicken durchsuchte Bardi die Rollschränke an der Rückwand. Er brauchte mehrere Minuten, bis er die Rolle mit den Kunststoffbeuteln schließlich neben den Schränken unter einem Stapel Kartons entdeckte.

Emanuele steckte die Wurst in einen der Beutel und verstaute diesen in seiner Schreibtischschublade.

»Wollen Sie wirklich nicht bei mir oben einen Happen essen?«, hakte Bardi nach.

Doch da hatte Emanuele schon Kopfhörer in den Ohren und fingerte an seinem *Telefonino* herum, um dem Gerät Musik zu entlocken.

Achselzuckend holte Bardi die vom Vortag angebrochene Flasche Chianti aus der fensterlosen Abstellkammer, die den unschlagbaren Vorteil hatte, dass in ihr zu jeder Jahreszeit eine

Temperatur um die 16 Grad herrschte. Die ideale Trinktemperatur für Rotwein also.

Danach stieg er die schmalen, steilen Stufen zu seiner Dienstwohnung hinauf. Sie bestand aus einer Wohnküche, einem kleinen Schlafzimmer, einem noch engeren Badezimmer, aber einer großen Dachterrasse, von der aus Bardi einen weiten Blick über die roten Dächer San Pietros bis hin zur hügeligen Landschaft des Chianti-Anbaugebietes hatte. Die Terrasse befand sich auf einem Anbau aus dem späten neunzehnten Jahrhundert, der seit einigen Jahren von einem chinesischen Schneider genutzt wurde, der dort im Auftrag einiger Mailänder Modehäuser Designerkleidung nähte. Allein schon wegen dieses Blickes hätte Bardi selbst ein Luxuspenthouse nicht seiner Dienstwohnung vorgezogen.

Die Einrichtung bestand aus einfachen dunklen Holzmöbeln. Der einzige Luxus war ein moderner Gasherd aus Edelstahl. Alles andere war schlicht, funktional und unpersönlich. Für Dekoration hatte Bardi wenig übrig. Die Räume sagten kaum etwas über seinen Bewohner aus oder eben sehr viel, wenn jemand das Fehlen persönlicher Gegenstände richtig zu deuten wusste.

Bevor er sich um das Mittagessen kümmerte, legte Bardi das Album *Paris Milonga* von Paolo Conte auf den Plattenteller seiner altertümlichen Stereoanlage. Als das Gitarrenintro zum ersten Lied *Alle Prese Con Una Verde Milonga* ertönte, stellte Bardi eine Pfanne auf die Feuerstelle, erhitzte etwas Butterschmalz mit Olivenöl und schlug zwei Eier hinein. Während die Eier langsam brieten, holte er die weißen Albatrüffel aus dem Kühlschrank, in dem er die kleine Knolle der Frische wegen in einem Glas Reis gelagert hatte. Als Bardi das Glas öffnete, stieg ihm sofort der typische Knoblauchduft entgegen, den die Trüffelknolle verbreitete. Auf ungeübte Nasen mochte dieser Geruch abstoßend wirken, Bardi ließ er das Wasser im Mund zusammenlaufen. Voller Vorfreude ließ er die Spiegeleier auf einen großen Teller gleiten, legte eine große Scheibe ungesalzenes toskanisches Weißbrot daneben und trug den Teller zusammen mit einem Trüffelhobel an den kleinen Tisch auf der Dachterrasse. Fehlte nur noch der Wein, etwas Salz und Pfeffer sowie Olivenöl.

Als er endlich alles beisammenhatte, fiel ihm auf, dass er am Morgen nicht dazu gekommen war, die *Corriere della Sera* zu kaufen, die er normalerweise zum Mittagessen las. Deshalb widmete er seine ganze Aufmerksamkeit dem Essen. Zunächst zerteilte er das fast orangefarbene Dotter vorsichtig mit der Gabel. Zufrieden stellte er fest, dass die Konsistenz perfekt war: dickflüssig zerlief das Eigelb neben dem Brot. Vorsichtig hobelte Bardi ein paar hauchdünne Scheiben Trüffel über das Ei und träufelte etwas junges Olivenöl darüber. Zuletzt noch eine Prise Salz und etwas frisch gemahlenen Pfeffer: Dann schob er den ersten Bissen in den Mund. Das intensiv würzige Aroma der Trüffel mischte sich mit dem leicht säuerlichen Olivenöl und ergab mit dem milden Geschmack der Eier eine perfekte Komposition.

Zufrieden schweifte sein Blick über San Pietro hinweg zum fruchtbaren Tal unterhalb der Stadtmauern. Er konnte sich an diesem Überfluss des Grüns kaum sattsehen, der auch jetzt zum beginnenden Herbst immer noch herrschte, wenngleich sich die Bäume des Laubwalds am Horizont langsam rötlich färbten. Sicher lag dies an seiner Kindheit, die er in der kargen Landschaft Siziliens verbracht hatte. Obwohl er bei späteren Besuchen zugeben musste, dass die Erinnerung in vielen Dingen trog. Denn auch Sizilien war nicht nur karg und heiß. Aber im Allgemeinen herrschte in ihm stets das Gefühl von staubiger Beengtheit, wenn er an die Insel zurückdachte.

Jetzt aber genoss Bardi den Augenblick. Er nahm einen Schluck Chianti und behielt die trocken-fruchtige Flüssigkeit für ein paar Sekunden im Mund, während er das Gesicht in die immer noch angenehm warme Herbstsonne hielt.

8. Kapitel

Eine halbe Stunde später stellte Bardi die nun nur noch zu einem Viertel gefüllte Flasche Chianti zurück in die kühle Abstellkammer. Emanuele saß an seinem Platz und wippte mit dem Kopf zum Rhythmus der Musik, die aus seinen Ohrstöpseln hochfrequent zu Bardi hinüberschallte.

Der Capitano trat hinter Emanuele und tippte ihm auf die Schulter. Sein Assistent zuckte zusammen und tastete nach seinem Handy, das ihm als MP3-Player diente.

»Kommen Sie, wir gehen auf Vorstellungstournee«, sagte Bardi.

Vor der Wache war mittlerweile etwas Ruhe eingekehrt. Die meisten Handwerker und Büdchenbesitzer machten Mittagspause. Einige saßen kauend auf den Bierbänken, andere aßen ihren Proviant im Stehen oder hatten es sich auf der Bank unter der alten, knorrigen Steineiche am Rande des Platzes bequem gemacht. Nur vereinzelt dröhnten Hammerschläge über die Piazza.

»Mit dem Bürgermeister durften Sie ja bereits Bekanntschaft machen«, sagte Bardi mit Blick zum Rathaus.

Sie erreichten das Portal der *Chiesa del Gesù* am anderen Ende der Piazza, dessen Campanile alle anderen Gebäude San

Pietros überragte. Der Glockenturm stand etwas vorgerückt an der Piazza. Es schien, als wolle er das eigentliche schmucklose Kirchengebäude im Stil der toskanischen Gotik vor aufdringlichen Blicken schützen.

Kaum waren sie an der schweren Holztür am Kirchenportal angelangt, öffnete sich diese und Padre Adriano erschien im Dunkel des Eingangsbereiches.

Der Pfarrer San Pietros war Ende fünfzig, von sportlicher Statur, hatte kurz geschorenes graublondes Haar und sprach stets sehr leise, was seine Gesprächspartner zum Zuhören zwang. Er trug einen erstaunlich modern geschnittenen schwarzen Anzug, darunter ein ebenso schwarzes Hemd mit Kollarkragen.

»Darf ich Ihnen meine neue Verstärkung vorstellen?«, fragte Bardi, während er dem Padre die Hand schüttelte. »Das ist Emanuele Rossi.«

Schüchtern reichte auch Emanuele dem Priester die Hand. Der Pfarrer hielt die Hand des jungen Mannes fest und sah ihn prüfend an. Erst nach einer Weile ließ er sie endlich los.

»Sie haben ein freundliches, offenes Gesicht«, flüsterte er schließlich. »Wie von Michelangelo persönlich erschaffen.«

»Danke«, stotterte Emanuele.

»Er soll als Carabiniere arbeiten und nicht als Model«, spöttelte Bardi, der Emanuele ansah, dass diesem die ganze Situation peinlich war.

Padre Adriano lächelte. »Ein nettes Gesicht schadet in keinem Beruf. Noch besser ist es freilich, wenn sich hinter einem netten Gesicht ein ebensolcher Charakter verbirgt.«

»Man sollte nie vom Gesicht auf den Charakter schließen«, warf Bardi ein. »Auch wenn das manchmal meine und ich vermute auch Ihre Arbeit erleichtern würde, Hochwürden.«

Padre Adriano lächelte gütig. »Auf die alten Tage entwickeln Sie sich noch zum Philosophen, mein lieber Bardi.«

Nun lächelte auch Bardi, und Emanuele schloss sich den beiden an.

Der Padre machte eine einladende Geste. »Sollen wir einen kleinen Rundgang machen?«

Bevor Emanuele nicken konnte, drang eine aufgeregte Stimme aus dem Inneren der Kirche.

»Hochwürden, Padre …« Ein rundes Gesicht mit Nickelbrille erschien neben dem Pfarrer. Es gehörte dem *Sacrestano* der Kirche. »Ein Unglück ist geschehen.«

9. Kapitel

»Jetzt beruhigen Sie sich erst einmal«, sagte Padre Adriano und seine sonore Stimme bewirkte genau dies. Denn der Küster fand sogar Zeit für ein Nicken in Bardis und Emanueles Richtung.

»Gut, dass Sie da sind«, sagte er zum Capitano. »Eine der Figuren ist aus der Sakristei verschwunden.«

»Sind Sie sich sicher?«, fragte der Padre. Scheinbar nahm er den Küster nicht ganz ernst. »Vielleicht hat einer der Messdiener sein Gewand über die Figur gelegt.«

»Ich habe alles ganz genau durchsucht«, rechtfertigte sich der Küster entrüstet. »Hochwürden können sich selbst davon überzeugen.«

Padre Adriano zuckte mit den Schultern und winkte Bardi und Emanuele, ihm und dem Küster zu folgen.

So unscheinbar das Äußere des Kirchengebäudes war, das Innere des langen einschiffigen Innenraums war prächtig ausgestattet. Die Sonne schien durch das Rundfenster über dem Portal, das eine Abendmahlszene darstellte. Wie immer bewunderte Bardi die prächtigen Malereien an den Seitenwänden, wenngleich diese dringend restauriert werden mussten, da an vielen Stellen die Farben bereits verblassten. Sie erreichten eine unscheinbare Tür in einer Nische neben dem großen steinernen Altar. Der Küster schloss sie auf.

Die vier Männer betraten einen großen hohen Raum, von dessen weiß getünchten Wänden die Farbe abblätterte. Fahles Licht fiel durch die runden Fenster, die sich weit oben unterhalb des Daches befanden.

»Das Dach der Sakristei müsste endlich geflickt werden«, bemerkte Padre Adriano und deutete auf die Eimer, die im ganzen Raum verteilt standen, um Regenwasser aufzufangen, das durch das lecke Dach tropfte.

In der Mitte der Sakristei befand sich eine große Truhe, die als Kredenz diente. Auf ihr lagen gefaltet die liturgischen Gewänder für den Padre und seine Ministranten, dahinter standen ordentlich aufgereiht mehrere glänzende Kelche, Hostienschalen und Krüge. Eine Wand war von einem langen, hohen Schrank bedeckt, an der anderen lehnten großflächige Gemälde, die in Leinentücher gehüllt waren. Bardi fragte sich, ob dies in einem feuchten Raum die richtige Aufbewahrungsmethode war. Aber wahrscheinlich gab es in einer Dorfkirche ohnehin keine Kunstschätze zu entdecken. Die *Chiesa del Gesù* wurde zwar in einigen Reiseführern als sehenswertes Beispiel der toskanischen Gotik empfohlen, bei der Vielzahl von noch sehenswerteren Kirchen in der Umgebung lockte dies jedoch kaum Touristen nach San Pietro. Vielleicht weigerte sich deshalb das Erzbistum Florenz, Gelder für ein neues Dach bereitzustellen.

Der Küster deutete auf zwei Holzstatuen, die neben den Gemälden zwischen alten Stühlen in der Ecke standen. Bardi schätzte, dass sie ungefähr einen halben Meter groß waren. Eine war so dick mit Goldfarbe überstrichen worden, dass man kaum noch erkennen konnte, was sie darstellte. Wahrscheinlich handelte es sich um irgendeinen Heiligen. Die andere war wurmstichig und zeigte die heilige Mutter Gottes mit ihrem Kind auf dem Arm.

»Und da fehlt eine?«, fragte Padre Adriano.

»Aber ...« Es kostete den Küster sichtlich Mühe, seine erzürnte Stimme zu bändigen. »Es waren immer drei. Sie müssen sich doch erinnern, Hochwürden. Es fehlt die zweite Maria.« Er räusperte sich und fügte mit demütiger Stimme hinzu: »Die mit dem bangen Blick.«

»Aber wer sollte Interesse an einer solchen banalen Schnitzerei haben?«, fragte der Padre und lächelte. Er machte ein paar Schritte in Richtung der Statuen und sah sich suchend um. »Vielleicht hat Signora Bertini die Figur mit ins Pfarrhaus genommen, um sie vor der Nässe zu schützen. Sie hat einen ausgeprägten Beschützerinstinkt.« Bei Signora Bertini handelte es sich um die verwitwete Haushälterin des Padres.

»Leider nein, Hochwürden«, erwiderte der Küster. »Die Signora weiß auch nicht, wo die Figur ist.«

»Ist die Tür zur Sakristei denn stets verschlossen?«, wollte Bardi wissen.

Der Küster nickte beleidigt. »Natürlich.«

Bardi ging zur Tür zurück. Sie war zwar alt, besaß aber ein modernes Sicherheitsschloss. Weder am Türblatt noch am Rahmen waren Einbruchsspuren zu erkennen.

»Wer besitzt alles einen Schlüssel zu dieser Tür?«, fragte Bardi, während er in die Mitte des Raums zurückkehrte, wobei er beinahe über einen der Eimer stolperte.

»Nur Hochwürden und ich«, antwortete der Küster und klimperte mit einem dicken Schlüsselbund.

»Der Ersatzschlüssel befindet sich unter Verschluss im Pfarrhaus«, bestätigte Padre Adriano.

»Vielleicht ist jemand durchs Fenster eingestiegen«, mutmaßte der Küster, blickte forschend nach oben und rückte seine Brille zurecht, um besser sehen zu können.

»Die Fenster sehen unbeschädigt aus. Außerdem dürfte es schwer sein, von dort oben ohne Leiter nach hier unten zu gelangen«, erwiderte Bardi.

»Könnte sein, dass diese Halunken ein Seil oder eine Strickleiter benutzt haben«, warf der Küster ein.

»Jetzt spielen Sie mal nicht Pater Brown«, ermahnte Padre Adriano seinen Küster streng, woraufhin dieser das Kinn auf die Brust sinken ließ.

Bardi nickte Emanuele zu. »Carabiniere Rossi wird sich um die Angelegenheit kümmern.«

»Ist das denn wirklich nötig?«, insistierte Padre Adriano. »Die Figur taucht garantiert wieder auf. Außerdem gibt es solche Figuren auf jedem Flohmarkt für fünfzig Euro.«

»Gibt es ein Foto von der Figur?«, fragte Emanuele.

»Garantiert nicht«, antwortete Padre Adriano. Für Bardi kam diese Antwort zu schnell.

Der Küster holte ein *Telefonino* aus seinem Jackett hervor, drückte eine Taste und hielt das Display vor Emanueles Augen. »Hochwürden baten mich letzte Woche, den Wasserschaden zu dokumentieren. Auf diesem Bild ist die verschwundene Statue recht gut zu erkennen.«

»Können Sie mir das Bild auf mein Handy schicken?«, bat Emanuele und nannte seine Nummer.

»Aber die Figur rechtfertigt nicht einmal den Aufwand eines Schreibens an die Versicherung«, warf Padre Adriano mit für ihn sehr lauter Stimme ein.

»Beunruhigt Sie es denn nicht, dass Unbefugte scheinbar Zutritt zu Ihrer Sakristei haben?«, fragte Bardi, der sich langsam über das seltsame Verhalten des Pfarrers wunderte.

»Natürlich … doch«, flüsterte Padre Adriano.

»Mein Assistent wird Sie nicht über Gebühr belästigen, Padre Adriano«, erklärte Bardi und Emanuele nickte eifrig.

Als sie wieder auf der Piazza standen, blickte Emanuele sich zur Kirche um, als wolle er überprüfen, ob ihnen niemand gefolgt war. »Wenn mich nicht alles täuscht, ist die verschwundene Figur keinesfalls nur fünfzig Euro wert.«

»Ist Ihnen das Lob vom Padre zu Kopf gestiegen?«, fragte Bardi spöttisch.

»Als Kind war ich oft in den Ferien bei meinem Onkel in Florenz und konnte ihm bei der Arbeit über die Schulter schauen«, erwiderte Emanuele gekränkt.

»Aha«, sagte Bardi, der den Zusammenhang nicht verstand.

»Onkel Eugenio ist Kunsthistoriker«, erklärte Emanuele. »Wenn Sie wollen, kann ich ihm das Foto von der Statue zeigen.«

»Kommen Sie morgen zum Weinfest? Das ist die Gelegenheit, sich mit ganz San Pietro bekannt zu machen«, sagte Bardi rasch, um das Thema zu wechseln, und deutete auf die Stände, die jetzt fast alle aufgebaut waren. Natürlich kam ihm das Verhalten von Padre Adriano auch seltsam vor. Aber er kannte den Pfarrer gut genug, um zu wissen, dass Emanueles Eifer lediglich bewirkte, dass der Geistliche sich ihnen gegenüber verschloss. Wahrscheinlich hatte Padre Adriano Gründe für sein Verhalten, und Bardi wusste aus Erfahrung, dass es manchmal besser war, den Dingen ihren Lauf zu lassen. Früher oder später würde er den Grund für das Verhalten des Padres erfahren.

Emanuele zögerte.

»Ihre Freundin dürfen Sie gern mitbringen«, sagte Bardi und legte seinen Arm jovial um Emanueles Schultern.

Jetzt lief Emanueles Gesicht vor Verlegenheit rot an. Innerlich verfluchte Bardi sein Vorpreschen. Wahrscheinlich hatte Emanuele gar keine Freundin. »Alleine sind Sie mir auch lieb.«

Emanuele lächelte verkrampft. Dann nickte er. »Ich komme.«

»Sehr gut«, erwiderte Bardi.

10. Kapitel

Der Höhepunkt des alljährlichen Weinfests von San Pietro war die Vorausscheidung zum großen *Concorso del vino toscano*, der in Florenz stattfand und bei dem die besten toskanischen Weine gekürt wurden. Während es sich beim Wettbewerb von Florenz um eine steife, mit viel Prestige verbundene Angelegenheit handelte, war die Vorausscheidung von San Pietro ein nicht ganz ernst gemeinter Wettbewerb.

Wie jedes Jahr ließ es sich der erfolgreichste San Pietroer Winzer John Thompson nicht nehmen, den Wettbewerb zu moderieren.

Der Engländer war Anfang der Achtziger ein typisches One-Hit-Wonder gewesen. Sein Song mit dem sinnfreien Titel *One Two Clutter Jumble* hatte mehrere Wochen die Charts in den USA, Großbritannien und einigen kleineren Ländern angeführt. Danach war Thompson schnell wieder in der Versenkung verschwunden.

Als man ihn Jahre später einmal fragte, was *One Two Clutter Jumble* denn eigentlich bedeute, antwortete Thompson, *One Two Clutter Jumble* bedeute, dass er nie wieder Geld verdienen müsse.

Von den reichlich sprudelnden Tantiemen hatte sich Thompson Ende der Achtziger mit seiner italienischen Freundin in San Pietro ein großes Anwesen samt eines heruntergewirtschafteten Weinbergs gekauft. Die Freundin war längst weg, aber Thompson war geblieben.

Ein paar Jahre nach dem Kauf hatte Thompson mehr aus Langeweile denn aus Profitstreben einen jungen Winzer eingestellt, der den Weinberg wieder auf Vordermann brachte. Anfangs musste Thompson sehr viel Geld investieren, und eine Zeit lang hatte es so ausgesehen, als habe sich der ehemalige Popstar verkalkuliert, denn er ging ob seines teuren Hobbys fast pleite. Doch dann gelang ihm ein viel gelobter Jahrgang, dessen Qualität sein Weingut in den nächsten Jahren noch übertreffen konnte.

Bardi hatte sich mit dem Engländer angefreundet und das nicht nur aufgrund seines guten Rotweins. Beide teilten ein Faible für schnelle Pferde und Ballsport jeglicher Art. Und als Thompson wieder einmal Langeweile hatte und nach neuen Herausforderungen suchte, war ihnen die Idee gekommen, beide Leidenschaften zu verbinden und einen Poloklub zu gründen. Thompsons Anwesen bot dafür genügend Platz. So wurden Bardi und Thompson Pioniere auf dem Gebiet des Polos in der Toskana. Mit Erfolg, denn mittlerweile gab es mehrere Mannschaften in der Umgebung, die sich feurige Wettkämpfe lieferten. Mit ihrer Begeisterung hatten sie sogar Tavano angesteckt, der sich als sehr talentierter Spieler erwies und nun ein für einen Amateursportler sehr gutes Handicap von +1 besaß.

Zwischen den Ständen auf der Piazza, an denen Wein und andere regionale Delikatessen verkauft wurden, herrschte dichtes Gedränge.

Bardi schlenderte mit Emanuele im Schlepptau von Stand zu Stand. Sein neuer Assistent war in Uniform zum Fest erschienen, was Bardi mit einer Mischung aus Belustigung und Verwunderung zur Kenntnis genommen hatte. Schließlich befand sich Emanuele nicht im Dienst. Streng genommen traf dies auch auf Bardi zu. Trotzdem trug auch er seine Uniform. Jedoch nicht, um Autorität auszustrahlen, sondern aus folkloristischen Gründen. Denn jedermann erwartete auf einem Volksfest einen Carabiniere. Bardi verköstigte hier einen Wein und schob sich dort eingelegte Oliven in den Mund, und immer war dabei Zeit, ein paar Worte zu wechseln. Emanuele hielt sich schüchtern im Hintergrund. Einige Male versuchte er, Bardis Aufmerksamkeit zu erlangen. Doch stets kam ihm jemand aus San Pietro zuvor. Am dritten Weinstand fasste sich Emanuele schließlich ein Herz und zupfte Bardi am Ärmel seiner Uniform. Der Capitano blickte seinen neuen Assistenten fragend an.

»Ich habe gestern Abend noch mit meinem Onkel gesprochen«, begann Emanuele.

»Dem Kunsthistoriker?«

»Genau. Und etwas ist seltsam …« Emanueles Stimme wurde von lauter Musik übertönt, die aus den Lautsprechern rings um den Platz drang. Es war der *Triumphmarsch* aus *Aida*, der den Beginn der spannenden Vorausscheidung für den *Concorso del vino toscano* ankündigte.

»Später«, rief Bardi und zog Emanuele schnell zur Bühne, auf der ein langer Tisch mit fünf verschiedenen Flaschen Rotwein stand, die mithilfe von Aufklebern durchnummeriert waren. Neben den Flaschen befanden sich diverse kleine Gläser. Des Weiteren lagen vor den Plätzen der Kandidaten Taucherbrillen, deren Sicht mit bunten Etiketten verdunkelt war, und jeweils fünf Schilder mit den Nummern der Weine.

Bardi und Emanuele fanden einen Platz in der ersten Reihe. Hinter ihnen drängten immer mehr Menschen nach vorn. Zu den letzten Takten des Marschs trat John Thompson von hinten auf die Bühne. Der Engländer hatte noch immer das Charisma eines Popstars. Obwohl nicht hochgewachsen, zog er mit seiner blonden Mähne, dem markanten, immer leicht gebräunten Gesicht und seinen in der Londoner Savile Row maßgeschneiderten Anzügen sofort alle Blicke auf sich. Prüfend pustete Thompson in das drahtlose Mikrofon, das er in der Hand hielt, und blickte lächelnd in die Runde.

»Ich begrüße alle Einwohner San Pietros und ihre Gäste herzlich beim diesjährigen *Concorso del vino toscano*. Wir alle sind gespannt, wer von den drei Kandidaten der größte Weinkenner San Pietros ist.«

Alle klatschten voller Vorfreude. Thompson stellte die Teilnehmer vor. Zuerst kam Bürgermeister Tavano auf die Bühne und bleckte siegessicher seine strahlend weißen Zähne. Jeder der Kandidaten musste einen *Aiutante* mitbringen, der beim Einschenken des Weins half und über den Fortgang des Wettbewerbs wachte. In Tavanos Fall war es Signorina Bella, die mit ihrem gewagten Kostüm, das mehr zeigte als verhüllte, die Blicke der Menge wie ein Magnet anzog. Während die Männer aufgeregt tuschelten, war es bei den Damen eher ein empörtes Wispern.

Als Nächstes betrat Gianna Benigni mit ihrem erwachsenen Sohn Alberto unter dem Gejohle der anwesenden Kinder die Bühne. Signora Benigni war die Leiterin der *Scuola primaria*, der fünf Jahrgangsstufen umfassenden Grundschule. Sie knuffte Thompson mit gespieltem Ärger in die Seite und nahm ihm das Mikro aus der Hand.

»Ich bin *Kandidatin* und da ich garantiert gewinne, bin ich zudem die größte *Weinkennerin* San Pietros«, rief sie ins Mikro.

»Emanze«, hallte es von den Männern zurück. »Bravo«, rief die weibliche Seite des Publikums, und am Ende lachten alle schallend.

Thompson ergatterte wieder das Mikro und rief grinsend den nächsten Kandidaten auf. »Mirri, wo steckst du?«

11. Kapitel

Doch der Gemüsehändler erschien nicht. Bardi erinnerte sich an den am Vortag verschlossenen Laden seines Freundes und begann sich ernsthaft zu sorgen.

»Signor Luigi Mirri wird vermisst.« Thompson startete einen letzten Versuch und blickte dabei suchend ins Rund.

Jetzt drängelte sich Mirris Frau Carla durch die Menge nach vorn. Die Fragen der Umstehenden ignorierte sie. Als sie den Bühnenrand erreicht hatte, winkte sie Thompson zu sich. Dieser ging vor ihr in die Hocke und Carla erklärte ihm etwas, während sie immerfort entschuldigend mit den Schultern zuckte. Thompson hörte ihr mit ernstem Gesichtsausdruck zu, nickte dann und verschwand hinter der Bühne. Das Publikum wurde zusehend ungeduldiger. Man sah sich fragend an und begann zu tuscheln.

Auch Bardi sah Carla fragend an, als sie auf ihn zukam.

»Luigi ist verschwunden«, flüsterte sie ihm ins Ohr.

Carla sah übermüdet aus. Ihre Augen waren rot, das Gesicht war blass.

»Seit wann?«, wollte Bardi wissen.

»Zuletzt habe ich ihn gestern Morgen gesehen, bevor er zum Großmarkt fuhr.«

»Deshalb war also euer Laden gestern Morgen noch verrammelt«, sagte Bardi.

Carla nickte. »Als ich nach der Chorprobe der Kinder zurückkam, war Luigi nicht da. Ich dachte zunächst, dass der Lieferwagen eine Panne hat. Dann, dass er vielleicht böse war, weil unsere Söhne im Chor sangen.«

»Wieso sollte Mirri deshalb böse sein?«, fragte Bardi.

»Wegen Padre Adriano als Chorleiter. Du weißt doch, er hält nicht viel von den Popen ... wie er alle Geistlichen nennt. In letzter Zeit hat er gegen alles Geistliche eine regelrechte Phobie entwickelt.«

»Aber das ist doch kein Grund zu verschwinden.«

Carla nickte.

»Hast du denn nicht versucht, ihn auf seinem Handy zu erreichen?«

»Natürlich. Aber es springt immer nur die Mailbox an.« Carla schluchzte. »Ich mache mir solche Sorgen.«

Bardi drückte sie an sich. »Das wird sich sicher klären.« Als Erstes würde er eine Suchmeldung nach Mirris Lieferwagen an alle Carabinieri-Stationen zwischen Florenz und Siena herausgeben.

»Was ist, wenn er eine ...« Tränen traten in Carlas Augen.

»Eine tollere Frau als dich findet Mirri doch nie, hässlich wie er ist«, sagte Bardi.

Carla knuffte ihn mit gespielter Entrüstung in die Seite und es gelang ihr sogar ein Lächeln.

»Mirri wird wieder auftauchen.«

»Versprochen?«

»Versprochen«, antwortete Bardi und drückte Carla die Hand.

Plötzlich bemerkte er, dass es um ihn herum still geworden war. Verwirrt blickte Bardi sich um. Alle Umstehenden starrten ihn neugierig an. Einige deuteten dabei auf die Bühne. Bardi wandte sich um und sah Thompson fragend an, der einen knappen Meter über ihm von der Bühne auf ihn herabschaute.

»Capitano. Sind Sie bereit, als Kandidat einzuspringen?«, fragte Thompson und Bardi entnahm dem Klang der Frage, dass der Engländer sie nicht zum ersten Mal stellte.

»Ich?«

Thompson lächelte ihn mit jenem Gesichtsausdruck an, den Erwachsene haben, wenn sie einem Kleinkind etwas zum dritten Mal erklären müssen. Er stellte das Mikro ab und ging vor Bardi in die Hocke. »Du trinkst gerne Wein, du bist mein Freund, also hilf mir aus dieser blöden Situation. Oder soll ich dich für die Junggesellenversteigerung heute Abend vorschlagen?«

»Ich bin verheiratet«, erwiderte Bardi und streckte zum Beweis die linke Hand in die Höhe, an deren Ringfinger ein schlichter Ring aus Weißgold steckte.

»Mit einer Frau, die in Kalifornien lebt und längst einen anderen hat«, erwiderte Thompson und machte sofort eine entschuldigende Handbewegung. Denn wie alle, die Bardi näher kannten, wusste er, dass seine Ehe – oder das, was davon übrig war – ein wunder Punkt in Bardis Leben war.

»Hilf Signor Thompson«, sagte Carla Mirri. »Sonst wird die Schmach für mich noch größer.«

»Okay. Ich komme nach dem Wettbewerb zu euch in den Laden.« Bardi nickte Emanuele zu. »Und Sie spielen meinen *Aiutante*.«

Bevor Emanuele etwas erwidern konnte, stand er schon gemeinsam mit Bardi auf der Bühne.

Thompson bat die drei Kandidaten, sich an den Tisch zu setzen, und stellte die fünf Weine vor, die am Geschmack erraten werden mussten. Er bat die Kandidaten, sich die Nummern mit den dazugehörigen Weinen gut einzuprägen. Das Reglement sah vor, dass vier möglichst unterschiedliche italienische Rotweine und der beste Chianti aus San Pietro zur Auswahl standen. Dieser wurde jedes Jahr von einer Jury aus Önologen und Sommeliers nach einer Blind-Degustation gekürt. Seriensieger war der Premiumwein aus Thompsons Anbau. Und wie immer war der beste Chianti San Pietros zu Beginn des Weinfestes ausgezeichnet worden.

Die Auswahl der anderen Weine sollte gewährleisten, dass sich keiner der Kandidaten blamierte.

Jetzt mussten die Kandidaten die verdunkelten Taucherbrillen aufsetzen, damit sie nicht sehen konnten, welcher der erste Wein war. Tavano gab dem Affen Zucker und brachte die Leute mit Grimassen zum Lachen, aber auch Signora Bellini und Bardi sahen mit den Taucherbrillen reichlich komisch aus.

Als erster Wein wurde ein Merlot del Veneto ohne Jahresangabe ausgeschenkt, den Thompson für 2,99 Euro im Supermarkt des riesigen Einkaufszentrums erworben hatte, das sich auf halbem Weg zwischen San Pietro und Florenz befand. Auf der Flasche klebte eine große Drei.

Bardi verzog das Gesicht schon, als er das Glas an seine Nase hielt. Der Wein roch säuerlich und irgendwie muffig, im Gaumen schmeckte er flach und hinterließ ein Gefühl der Trockenheit. Keine schwere Aufgabe. Bardi ertastete das dritte Schild und hielt es hoch. Nebenan bekam Signorina Bella einen Hustenanfall und ihr Chef hielt ebenfalls die Drei hoch. Auch Signora Bellini hatte keine Probleme, den richtigen Wein zu identifizieren.

Als Nächstes kam die Nummer fünf an die Reihe: ein sehr guter Brunello di Montalcino. An diesem Wein hatte Bardi seine Freude. Schon das Spiel der Aromen, das ihm in die Nase stieg, war wunderbar. Dem Gaumen schmeichelte der Wein dann durch seine gut ausbalancierte Tanninstruktur mit einer angenehmen Süße, und auch im Abgang war der Brunello sehr angenehm. Bardi musste kurz überlegen, damit er den Brunello nicht mit Thompsons Wein verwechselte, der die Nummer zwei trug, entschied sich dann aber richtig für die Fünf.

Leider beging Signora Benigni genau diesen Fehler und zeigte die Zwei. Tavano konnte sich offensichtlich nicht entscheiden. Doch dann bekam Signorina Bella wieder einen ihrer Hustenanfälle und Tavano zeigte die Fünf.

Emanuele beugte sich zu Bardi herunter. »Der Bürgermeister pfuscht«, flüsterte er. »Seine Sekretärin hat fünfmal gehustet und er zeigt prompt die Fünf, obwohl er offensichtlich keinerlei Ahnung hat.«

»Lassen Sie ihn doch gewinnen«, raunte Bardi zurück.

»Ruhe bitte. Flüstern ist verboten«, ermahnte Thompson jetzt Emanuele.

Beim nächsten Wein, einem etwas flachen Chianti mit Ökosiegel, lagen wieder alle drei richtig. Wenngleich Signorina Bella erneut husten musste.

Jetzt platzte Emanuele der Kragen. Er tat so, als stolpere er, und goss den Wein aus Bardis Glas über die Jacke des Kostüms von Tavanos Sekretärin. Diese kreischte auf, als sich der rote Fleck auf dem beigen Stoff immer weiter ausbreitete. Unbeholfen versuchte Emanuele mit einer Serviette den Fleck wegzureiben, was Signorina Bella zornig abwehrte. Dann stürmte sie, so schnell es ihre High Heels zuließen, von der Bühne, knickte auf ihren Pfennigabsätzen um, riss sich die Schuhe von den Füßen und verschwand barfuß im Rathaus – jedoch nicht ohne vorher wütend die Faust in Emanueles Richtung geschwenkt zu haben.

Welch ein Auftritt. Die Menge verstummte schlagartig und die Zuschauer blickten Signorina Bella mit offenen Mündern hinterher. Erst als die Tür zum Rathaus mit einem lauten Krachen hinter ihr zugefallen war, erfüllte ein Raunen und Lachen die Piazza.

Verwirrt fragte Tavano, was denn passiert sei. Als Thompson es ihm erklärte, entgleisten dem Bürgermeister für einen Augenblick die Gesichtszüge. Thompson beruhigte ihn und erklärte, dass er persönlich Tavano beim weiteren Verlauf des Wettbewerbs helfen werde, und verkündete den Zwischenstand: »Der verehrte Bürgermeister und Capitano Bardi liegen mit jeweils drei Punkten gleichauf, dahinter folgt mit einem winzigen Pünktchen Abstand unsere Signora Benigni.«

Der folgende Wein war ein alkoholfreies Erzeugnis aus der Nähe von Livorno, das nach verdünntem Traubensaft schmeckte. Dies war die leichteste Aufgabe und sowohl Bardi als auch Signora Benigni lagen richtig. Auf Tavanos Stirn hingegen bildeten sich kleine Schweißperlen. Denn obwohl seine Familie ein Weingut besaß, trank er selbst lieber Bier oder ab und zu einen Campari.

Ungeduld machte sich unter den Zuschauern breit. Kurz bevor das Raunen der Menge zu einem Tosen anzuschwellen drohte, streckte Tavano das Schild mit der Nummer zwei in die Luft. Das Publikum quittierte diesen Fehler mit schadenfrohen Pfiffen und Gelächter. Als Tavano jedoch seine Brille vom Gesicht zog, trauten sich nur noch wenige, ihn zu verhöhnen.

Thompson bat um Ruhe. »Damit steht der Sieger fest. Es ist …«, er legte eine kurze Kunstpause ein, »Capitano Giulio Bardi.«

Der folgende Applaus und Jubel war Bardi sichtlich peinlich. Dennoch ließ er die Ovationen mit einem geduldigen Lächeln über sich ergehen.

Sogar Tavano drückte ihm die Hand und lächelte abschätzig in die Kameras der örtlichen Presse, wobei er wie ein begossener Pudel die Schultern nach oben zog. Mit zunehmender Amtsdauer hatte der Bürgermeister gelernt, dass Selbstironie eine weitaus stärkere Waffe war als Verbissenheit.

»Gibt es etwas Neues?«, raunte er Bardi zu, während er den Objektiven der Fotografen zuzwinkerte.

»Wovon reden Sie?«, spielte Bardi den Ball flüsternd zurück.

»Ich rede von dem Mann, den Signora van Laak im Weinberg liegen gesehen hat. Ist er …?«

Bardi schüttelte den Kopf. »Signora van Laak hat sich offensichtlich geirrt.«

Tavano nickte wissend. »Ich habe es schon immer gewusst: Diese Deutsche ist *rimbambito*.«

»Jeder irrt sich einmal«, erwiderte Bardi trocken und sah Signorina Bella unbeholfen auf die Bühne klettern. Sie trug jetzt ein pinkes Minikleid und gab Bardi einen dicken Kuss, der einen roten Abdruck auf seiner Wange hinterließ.

»Nehmen Sie mich mit nach Florenz zur Endausscheidung«, bettelte sie und warf Emanuele einen bösen Blick zu. »Mit mir sind Sie auf der Siegerstraße.«

»Das glaube ich gern«, erwiderte Bardi und zwinkerte ihr mit übertrieben verschwörerischem Gesichtsausdruck zu. Doch Signorina Bella verstand die Zweideutigkeit seiner Antwort natürlich nicht.

»Wie wäre es, wenn ich morgen Abend bei Ihnen vorbeischaue?«, säuselte die Signorina in Bardis Ohr. »Dann können wir alles besprechen.«

Bardi öffnete den Mund, um zu antworten, doch bevor er etwas sagen konnte, war Signorina Bella in der Menge verschwunden. »Offensichtlich hast du eine neue Verehrerin«, rief ihm dann auch prompt Thompson zu, als er Bardi den Gewinn überreichte, der aus einer hölzernen Kiste mit seinem Wein bestand.

12. Kapitel

Der Weg zurück zur Wache glich für Bardi einem Triumphzug. Kaum jemand ließ es sich nehmen, dem Capitano auf die Schulter zu klopfen. Einige schossen sogar Fotos mit ihm. Bardi spielte mit, obwohl ihm so viel Aufhebens um seine Person unangenehm war. Als er die Tür zur Wache hinter sich und Emanuele schloss, atmete er erst einmal tief durch und stellte die gewonnene Kiste Wein in die Abstellkammer. Dann fuhr er den Computer hoch und gab Suchmeldungen für Mirris Lieferwagen und Mirri selbst ein. Von nun an würden alle Carabinieri in der Toskana die Augen offen halten.

»Jetzt statten wir der armen Carla Mirri einen Besuch ab«, erklärte Bardi, nachdem er den PC wieder heruntergefahren hatte. »Für den Weg dorthin sollten wir ein unauffälligeres Outfit wählen. Der Trubel auf dem Weg von der Bühne hierher war genug.«

Emanuele nickte. »Um auf das Foto der Statue zurückzukommen ...«, sagte Emanuele, während er seine Uniformjacke auszog.

»Ja?«

»Onkel Eugenio wurde letztens mit der Schätzung einer Statue beauftragt, die der von Padre Adriano sehr ähnlich sah. Vielleicht war sie es ja sogar.«

»Von wem wurde er beauftragt?«

»Was das betrifft, hat sich mein Onkel in Schweigen gehüllt. Der Kunstmarkt ist sehr sensibel, sagt er immer.«

»Aha«, kam Bardis Stimme unter dem blauen Sweater hervor, den er gerade über den Kopf zog. »Am Haken neben dem Eingang hängt eine Windjacke von mir. Die Ärmel werden vielleicht etwas kurz sein, aber ansonsten müsste sie passen.«

Emanuele nahm die Jacke vom Haken. »Bei der Statue könnte es sich doch tatsächlich um das Werk eines Schülers von Donatello handeln.«

»Donatello?« Viel mehr, als dass Donatello ein Florentiner Bildhauer gewesen war, wusste Bardi nicht.

»Gerade Sie müssten mit Donatello vertraut sein.« Emanuele schien wirklich erstaunt, denn er hielt mitten in der Bewegung inne, sodass nur ein Arm in der Jacke steckte.

Bardi schüttelte den Kopf. »Warum sollte ich?«

»Donato di Niccolò di Betto Bardi.«

»Giulio genügt«, grinste Bardi amüsiert.

»Donatello hieß eigentlich Donato di Niccolò di Betto Bardi.«

»Aha«, erwiderte Bardi unbeeindruckt. »Meine Vorfahren waren allesamt arme sizilianische Bauern.«

»Wenn es sich bei der Statue um das Werk eines Schülers von Donatello handelt, ist sie mindestens fünfzigtausend Euro wert.«

Jetzt pfiff Bardi beeindruckt durch die Zähne.

»Sollen wir den Padre zur Rede stellen? Das muss er doch gewusst haben.«

»Wie sicher ist sich denn Ihr Onkel?«

Emanuele zögerte. »Das Foto, das ich von der Statue habe, ist leider nicht besonders scharf. Onkel Eugenio meint, es könne sich genauso gut um eine Kopie aus dem späten neunzehnten Jahrhundert handeln«, gab er kleinlaut zu. »Aber wenn es nur eine Kopie ist, dann eine verdammt gute.«

»Und wie viel wäre sie dann wert?«

»Onkel Eugenio meint, dass es davon recht viele gibt.«

»Wie viel?«

»Mein Onkel meinte, vielleicht fünfhundert Euro.«

»Na, sehen Sie.«

»Aber fünfhundert Euro sind immer noch eine Menge Geld.«

»Padre Adriano wird gute Gründe haben, so zu handeln, wie er es tut. Ich kenne ihn als einen aufrechten, ehrlichen, zugegebenermaßen etwas dickköpfigen Mann mit Prinzipien. Ich verspreche Ihnen, dass ich zu gegebener Zeit mit Padre Adriano sprechen werde. Aber vorher kümmern wir uns um den verschwundenen Mirri, denn er ist aus Fleisch und Blut«, sagte Bardi mit versöhnlicher Stimme und hielt seinem Assistenten die Tür auf.

13. Kapitel

Carla Mirri erwartete Bardi und Emanuele in der kleinen Trattoria ihres Gemüseladens. Diese war in der hintersten Ecke untergebracht und bestand aus einer kleinen Theke und drei Stehtischen. Nichtsdestoweniger oder genau aufgrund dieser Unscheinbarkeit und natürlich Carlas guter Küche war sie schnell zum Geheimtipp unter den Bewohnern von San Pietro avanciert. Stolz hatte Mirri Bardi noch vor Kurzem erzählt, dass Carla mit ihrer Trattoria beinahe genauso viel Umsatz mache wie er mit dem Verkauf von Gemüse – mit dem Unterschied, dass ihre Gewinnspanne größer war.

»Es ist so schrecklich«, sagte Carla und wischte sich mit dem Handrücken die Tränen von den Wangen.

Bardi umarmte sie kurz aber fest, und Carla beruhigte sich ein wenig.

»Vielleicht will er nach fünfzehn Jahren Ehe mal etwas anderes sehen«, sagte sie mehr zu sich als zu Bardi. »In letzter Zeit war er mit seinen Gedanken oft abwesend.« Dann blickte sie den Capitano an. »Weißt du, was komisch ist?«

»Nein.«

»Jetzt fällt mir ein, dass Luigi manchmal etwas länger fortblieb, wenn er die Waren für den Laden besorgte. Ich hab dem keine

Bedeutung beigemessen. Schließlich neigte Luigi schon immer zu Tagträumen. Ich dachte, er würde sich ab und zu eine kleine Auszeit vom Alltagstrott nehmen. Wie naiv von mir. Oder?«

»Warum?«, erwiderte Bardi.

Jetzt erinnerte er sich, dass Mirri bei ihren letzten gemeinsamen Treffen immer etwas bedrückt gewirkt hatte. Sein sonst so humorvoller Freund hatte auf die üblichen Scherze nur mit einem gezwungenen Lächeln reagiert, anstatt schlagfertige Retourkutschen zu verteilen. Bardi hatte hinter dieser Wesensveränderung Stress vermutet. Schließlich begann Mirris Tag meist schon sehr früh mit der Fahrt zum Großmarkt und endete erst spätabends mit der Abrechnung. Natürlich war dies nur eine bequeme Entschuldigung für Bardi, damit er Mirri nicht fragen musste, was ihn bedrückte. Jetzt begann er, sich für sein Verhalten zu schämen.

»Hast du ihn darauf angesprochen?«, fragte er Carla.

»Na klar.«

»Und?«

»Er meinte, dass alles in Ordnung sei.« Carla schüttelte resigniert den Kopf. »Wollt ihr einen Espresso?«

Bardi und Emanuele nickten unisono. Wenig später fauchte die Espressomaschine hinter der Theke.

»Achtundneunzig Prozent aller Vermissten tauchen innerhalb einer Woche wieder auf«, bemerkte Bardi, als Carla die Tässchen vor den beiden Carabinieri auf den Tisch stellte.

Sie nickte tapfer, wenngleich Bardi ihrem Gesichtsausdruck ansah, dass sie nicht daran glaubte.

»Welche Kleidung trug er gestern Morgen?«

Carla musste nicht lange überlegen. »Luigi trägt immer dieselbe Kleidung, wenn er zum Großmarkt fährt. Die dunkelblaue Stoffjacke, Jeans und seine Quadratlatschen.« Automatisch rutschte ein Lächeln über ihre Lippen. Offensichtlich war dies eine beliebte Floskel bei den Eheleuten Mirri.

»Quadratlatschen?«

»Sag bloß, dir sind Luigis Riesenfüße noch nie aufgefallen.« Carla verdrehte die Augen. »Ich meine seine ausgetretenen Arbeitsschuhe, braunes Leder, Profilsohle, Größe 45.«

Bardi durchfuhr ein Schauer, als ihn die Erkenntnis traf. Die großen Schuhabdrücke ... war es möglich, dass es sich bei dem Mann, den Signora van Laak leblos zwischen den Weinreben gefunden hatte, um seinen Freund Luigi Mirri handelte? Sogleich versuchte er, Gegenargumente zu finden. Signora van Laaks Beschreibung war sehr vage geblieben. Außerdem kaufte sie häufig bei den Mirris ein und hätte Luigi sicher erkannt. Aber die Gegenstimmen blieben nicht ruhig. Signora van Laak war aufgeregt, ja geschockt gewesen vom Anblick des leblosen Körpers. Und ihre Beschreibung traf so weit auf Mirri zu ...

»Giulio?«, fragte Carla.

Bardi, der meist mit Nachnamen angesprochen wurde, begriff erst nach einigen Sekunden, dass Carla ihn meinte. Eilig trank er seinen Espresso.

»Das ist der beste Espresso in ganz San Pietro«, lobte er und stellte die leere Tasse zurück auf den Untersetzer.

»Du brauchst nicht abzulenken«, sagte Carla. »Ich sehe dir doch an, dass auch du dir Sorgen machst.«

»Natürlich mache ich mir Sorgen«, erwiderte Bardi. »Schließlich ist Mirri mein bester Freund.«

»Und deshalb musst du ihn finden. Versprichst du mir das?« Bardi nickte ernst und drückte Carlas Hand.

Nachdem sie eine Weile betreten geschwiegen hatten, fragte Bardi, ob er Mirris persönliche Sachen sehen könne.

»Warum?«, fragte Carla mit misstrauischem Gesichtsausdruck.

»Vielleicht findet sich dort ein Hinweis, warum Mirri verschwunden ist«, erklärte Bardi.

Carla nickte und bedeutete Bardi und Emanuele, ihr zu folgen.

Der Aufgang zur Wohnung der Mirris befand sich geschützt von einem Perlenvorhang hinter der Verkaufstheke. Wie viele Wohnungen in den mittelalterlichen Häusern San Pietros war auch die der Mirris recht klein. Nur das Wohnzimmer war etwas geräumiger, da Mirri einen Durchbruch zum benachbarten Raum geschaffen hatte. Dorthin führte Carla Bardi und Emanuele.

»Wie geht es Stefano und Leandro?«, wollte Bardi wissen. Die Zwillinge der Mirris waren zwölf und befanden sich an der Schwelle zur Pubertät. Mirri hatte gegenüber Bardi in letzter Zeit häufig über die Stimmungsschwankungen seiner Söhne geklagt.

»Leandro ist bei einem Freund und Stefano in seinem Zimmer«, erwiderte Carla. »Ich habe ihnen erzählt, dass ihr Vater kurzfristig zu Verwandten in Umbrien musste. Aber ich glaube, sie schöpfen langsam Verdacht.«

Carla holte zwei dicke Aktenordner und eine kleine Metallkassette aus dem Wohnzimmerschrank und legte sie vor Bardi auf den Esstisch. »Hier ist alles drin. Schau es dir an. Hauptsache, Luigi kommt bald heim.«

Zögernd drehte Bardi den Schlüssel im Schloss der Kassette. Er kam sich vor wie ein windiger Schnüffler und fragte sich, was Mirri wohl dazu sagen würde, wenn er jetzt neben Bardi stünde. Wenn Mirri überhaupt noch am Leben war. Bardi verbot sich diesen Gedanken und öffnete den Deckel. Zuoberst lag ein kleines Jesuskreuz mit einer eingelassenen Medaille auf der Rückseite, die einen Heiligen zeigte. Bardi nahm es heraus und befühlte die matte Oberfläche. Es schien sich um echtes Silber zu handeln, das Patina angesetzt hatte.

»Seltsam, dass Mirri dieses Kreuz aufgehoben hat«, murmelte Bardi. »Wo er die Kirche doch so verachtet.«

»Wer ist bei Kindheitserinnerungen schon rational?«, erwiderte Carla und fügte zur Erklärung hinzu: »Er muss es schon sehr lange besitzen.«

Bardi brummte zustimmend und legte das Kreuz vorsichtig auf den Tisch, um die anderen Gegenstände zu begutachten. Er fand ein paar alte Liremünzen, eine Gedenkmedaille aus der Zeit vor dem Ersten Weltkrieg und ein paar Fotos, die ebenfalls schon sehr alt zu sein schienen.

»Luigis Großeltern mütterlicherseits«, erklärte Carla und zeigte auf ein winziges vergilbtes Foto mit gezackten Rändern, das ein ernst dreinblickendes junges, aber dennoch schon vom entbehrungsreichen Landleben gezeichnetes Ehepaar zeigte. Sie mit schwarzem Kopftuch, er im dunklen Anzug mit Pfeife im Mund. »Sie hatten einen kleinen Hof auf kargem Land mit ein paar Ziegen in der Nähe von Arezzo. Von dort stammt seine ganze Familie.«

Bardi nickte und legte mit heiligem Ernst alles wieder an seinen Platz zurück.

Er klappte den Deckel des ersten Ordners auf und begann, die Papiere durchzublättern. Hier lag Mirris ganzes Leben in Zeugnissen, Bescheinigungen, Attesten und Urkunden vor Bardi. Ab und zu machte sich der Capitano Notizen, ohne jedoch genau zu wissen, ob er mit diesen Aufzeichnungen jemals etwas würde anfangen können.

Die ersten Seiten betrafen Mirris Kindheit. Den Zeugnissen zufolge war Mirri ein mittelmäßiger Schüler gewesen. Scheinbar lag in der bescheidenen Leistung der Grund, warum Mirri nach der Grundschule auf ein katholisches Jungeninternat in der Nähe von Mailand geschickt worden war. Jedoch wurden Mirris Noten dort nach einem guten Beginn noch schlechter als zuvor.

»Luigi hat nie davon erzählt, dass er auf einem katholischen Internat gewesen war«, bemerkte Bardi.

»Darüber redet er auch nicht gern«, erklärte Carla.

»Warum?«

»Ich nehme an, dass die Erziehung dort sehr streng war. Wie das eben so ist, wenn Männer im Zölibat Jungen erziehen.«

»Was genau meinst du damit?«

»Zucht und Ordnung. Keine zwischenmenschliche Wärme.«

Bardi blätterte weiter. Militärdienst, ein abgebrochenes Studium der Philosophie, danach eine Lehre als Schreiner: Mirri war lange ein Suchender gewesen. Bis er Carla kennenlernte, mit der er kurz darauf den Gemüseladen ihrer Eltern übernahm. Bardi hatte immer angenommen, dass sein Freund endlich seinen Platz gefunden hatte. Aber warum war Mirri dann verschwunden? Was war auf dem Weinberg geschehen? Bardi hoffte inständig, dass sich Mirri auf eine weitere Suche begeben hatte. Denn dies würde bedeuten, dass er noch lebte. Bardi wischte diese trüben Gedanken fort, indem er sich wieder auf den Ordner konzentrierte.

Zuunterst fand er Mirris Blutspendeausweis. Sein Freund besaß die Blutgruppe AB positiv.

Der zweite Ordner enthielt Fahrzeugpapiere, Garantiebescheinigungen und Rechnungen. Auch hier war nichts Auffälliges zu entdecken. Nur die Rechnung über einen Satz neuer Reifen für den Lieferwagen, den Mirri vor einem Monat gekauft hatte, erregte Bardis Aufmerksamkeit, da er an die Reifenspuren unterhalb des Weinbergs denken musste. Er notierte sich den Reifentyp und klappte den Deckel wieder zu.

»Und?«, wollte Carla wissen.

»Nichts Ungewöhnliches«, sagte Bardi. »Vielleicht ist das ein gutes Zeichen.« Er überlegte kurz. »Hat es in letzter Zeit Geldbewegungen gegeben, für die du keine Erklärung hast?«

»Wir machen Onlinebanking, und da ich ein Computermuffel bin, kümmert sich Luigi darum«, erwiderte Carla. Ein kurzes Lächeln huschte über ihr Gesicht.

»Könntest du das dennoch überprüfen?«, fragte Bardi, froh darüber, dass Carla trotz der schwierigen Situation, in der sie sich befand, noch Sinn für Humor hatte.

Carla schüttelte bedauernd den Kopf. »Ich kenne nicht einmal unseren Log-in-Namen, geschweige denn das Passwort.«

»Mirri68 und delicatezza«, kam eine Jungenstimme aus dem Flur.

»Kein gutes Passwort«, entfuhr es Emanuele, der sich dafür von Bardi einen bösen Blick einhandelte.

»Hast du etwa gelauscht?«, herrschte Carla ihren Sohn Stefano an, dessen etwas mollige Gestalt in der Tür auftauchte.

»Hältst du uns für blöde, *Mamma?* Um zu kapieren, was los ist, brauche ich nicht zu lauschen«, erwiderte Stefano. »*Papà* ist verschwunden.«

Seiner Stimme nach zu urteilen, schien Stefano das Verschwinden seines Vaters eher als Abenteuer zu begreifen denn als Drama. Und vielleicht war es auch gut so, dachte Bardi.

»Woher kennst du unsere Log-in-Daten?«, wollte Carla von ihrem Sohn wissen.

»*Papà* benutzt manchmal meinen Computer«, erklärte Stefano.

»Könnt ihr feststellen, ob es auffällige Bewegungen auf euren Konten gegeben hat?«, lenkte Bardi das Gespräch in die richtige Bahn.

Carla nickte und holte einen Laptop aus dem Schlafzimmer. Mit Stefanos Hilfe rief sie die Seite ihrer Bank auf und loggte sich ein. Für einige Minuten herrschte Stille, während sie die Kontoauszüge durchscrollte. Dann stutzte sie.

»Was ist?«, wollte Bardi wissen.

»Luigi hat vor knapp vier Wochen eintausend Euro und vorigen Mittwoch fünftausend Euro in bar von unserem Geschäftskonto abgehoben. Bei einer Filiale in Livorno.«

»Was wollte Luigi in Livorno?«

»Wenn ich das nur wüsste«, seufzte Carla und ließ die Schultern hängen. Bardi sah förmlich, wie ihre Hoffnung schwand.

»Kannst du mir die Adresse der Filiale aufschreiben und den genauen Zeitpunkt der Abhebung?« Er reichte Carla seinen Notizblock und den Kugelschreiber.

Während sie schrieb, murmelte Carla: »Dann hat er gelogen, als er sagte, dass er am Mittwochnachmittag den Lieferwagen kontrollieren lassen wollte, weil der angeblich komische Geräusche von sich gegeben hat.«

»Dafür gibt es sicher eine plausible Erklärung«, versuchte Bardi Carla zu trösten.

»Welche denn?« Carlas Stimme klang jetzt schrill. »Dass er mit irgendeinem Flittchen in der Südsee am Strand liegt?«

Erst als Stefano seine Mutter unbeholfen umarmte, beruhigte sich Carla wieder etwas.

»Falls Mirri morgen nicht wieder auftaucht, werde ich am Montag als Erstes nach Livorno fahren«, erklärte Bardi. »Das ist unsere beste Spur.«

»Die einzige Spur«, berichtigte Carla ihn.

14. Kapitel

Auf der Gasse vor Mirris Laden verabschiedete Bardi sich von Emanuele, der noch die Fahrt zurück nach Florenz vor sich hatte, die mit seinem schwach motorisierten Roller gewiss annähernd eine Stunde in Anspruch nehmen würde. Bardi selbst wollte Signora van Laak nochmals einen Besuch abstatten, um zu erfahren, ob sie sich nicht doch an weitere Einzelheiten erinnerte. Manchmal konnten sich Zeugen erst nach einer gewissen Zeit, wenn sich die erste Aufregung gelegt hatte, wieder Details ins Gedächtnis rufen.

Auf dem kurzen Weg zu dem deutschen Ehepaar dachte Bardi daran, wie tapfer Carla das plötzliche Verschwinden ihres Mannes ertrug. Gut, dass sie zwei Söhne hatte, die ihr zur Seite standen und um die sie sich kümmern musste.

Unwillkürlich verspürte Bardi einen Stich, als er an Antonella denken musste. Antonella war seine zwölfjährige Tochter, die mit ihrer Mutter in Kalifornien lebte. Zuletzt hatte er sie vor fast zehn Jahren gesehen, kurz bevor ihre Mutter mit ihr nach Kalifornien geflohen war. Geflohen vor ihm, Bardi. Wenn er an diese Zeit zurückdachte, kam er sich wie ein Monster vor. Ein beruflicher Fehler von ihm hatte damals ein Menschenleben gekostet, woraufhin er versuchte, seinen Schmerz mit Tabletten zu betäuben.

Das Haus der van Laaks, das bald in Sicht kam, bewahrte ihn vor weiteren marternden Gedanken.

Zum Glück gehörten die van Laaks nicht zu jenen Menschen, die jedes Fest von Anfang bis Ende auskosten mussten, und so hörte er, kurz nachdem er geklingelt hatte, Schritte aus dem Inneren des Hauses. Signora van Laak öffnete die Haustür und schien wenig erstaunt über Bardis neuerlichen Besuch.

Diesmal lehnte der Capitano die Einladung zu einem Tee oder Kaffee ab und stellte seine Fragen direkt im Flur des Hauses.

»Ich bitte Sie, unser Gespräch für sich zu behalten«, begann Bardi.

Signora van Laak versprach es mit einem ernsten Nicken.

»Luigi Mirri ist seit gestern Morgen verschwunden.«

»Die arme Carla. Das ist ja schrecklich«, sagte Signora van Laak. Sie schien noch keine Verbindung zwischen dem ›Toten‹ im Weinberg und dem Verschwinden Mirris zu sehen.

»Könnte es sein, dass der …«

Bardi kam nicht dazu, seinen Satz zu beenden, da bei Signora van Laak in diesem Augenblick der Groschen fiel.

»Mein Gott, ja …« Die Signora wurde ganz blass. »… der Mann. Das könnte Mirri gewesen sein. Warum ist mir das nicht früher aufgefallen?«

»Wenn Sie die Wahrscheinlichkeit Ihrer Vermutung in Prozent ausdrücken müssten, wie hoch wäre sie dann?«

Signora van Laak überlegte. »Vielleicht siebzig Prozent.«

»Also recht hoch?«, hakte Bardi nach.

Signora van Laak nickte. »Die arme Carla. Kann ich ihr irgendwie helfen?«

»Indem Sie unser Gespräch für sich behalten. Noch wissen wir zu wenig. Ich – und ich nehme an auch Sie – möchte doch nicht, dass Mirris Frau zum Gegenstand des allgemeinen Stadtgesprächs wird.«

Wieder nickte Signora van Laak.

15. Kapitel

Auf dem Weg zurück zur Wache rang sich Bardi einen Entschluss ab: Er musste sich eingestehen, dass dieser Fall – falls es sich nicht um zwei verschiedene Fälle handelte – unmöglich mit den beschränkten Mitteln, die ihm als Carabiniere in San Pietro zur Verfügung standen, zu lösen war. Deshalb beschloss er, nun doch seinen alten Bekannten Dottore Gazza, den Leiter der florentinischen Kriminalpolizei, um Hilfe zu bitten.

Mittlerweile dämmerte es. An der Piazza wurden die Schatten der Häuser länger. Die Lichtergirlanden über den Ständen schienen in allen Farben. Die Nacht versprach trocken und mild zu werden, die Gäste des Weinfests saßen in Gruppen zusammen, tranken Wein und aßen Antipasti. Ihre Stimmen hallten über das Pflaster.

In einer dunklen Ecke im Schatten der Kirche holte Bardi das Döslein Abraxas Premium Batch Schnupftabak hervor, das er stets bei sich trug. Er schüttelte die Dose kurz, um danach ein kleines Häufchen groben Snuffs auf den Rücken seiner linken Hand zu klopfen. Bevor er den Schnupftabak langsam einsog, genoss er das leichte Kaffeearoma, das mit Düften edler Liköre gemischt war. Wie stets fühlte Bardi das charakteristische, keineswegs unangenehme Brennen in der Nase, das bald einem unvergleichlichen Geschmackserlebnis wich. Der Tabak belebte seine Sinne, sein Körper entspannte sich. Doch das mysteriöse Verschwinden seines Freundes Mirri konnte auch der Tabak nicht aus Bardis Gedanken vertreiben.

Nachdem Bardi sich in der Wache an seinem Computer vergewissert hatte, dass noch keine Reaktion auf seine Suchmeldung eingegangen war, stieg er die Treppe zu seiner Wohnung hinauf. Oben angekommen ärgerte er sich, dass er vergessen hatte, eine Flasche von Thompsons Wein mit hochzunehmen. Da ihm aber die Füße von dem langen Tag schmerzten, beschloss er, es an diesem Abend bei einer selbst gemachten Limonade zu belassen. So schlüpfte er aus seiner Uniformhose und zog sich eine bequeme Chino und ein T-Shirt an. Dann setzte er sich an den Esstisch, um die Nummer von Dottore Gazza in die Tastatur seines vorsintflutlichen *Telefoninos* zu tippen.

Bardi befürchtete schon, dass der Kripochef nicht zu Hause war – die Nummer von Gazzas Handy hatte er verlegt –, als der Dottore sich nach dem elften Klingeln endlich meldete.

Bardi entschuldigte sich für die späte Störung und erntete dafür Gazzas berühmtes Brummen, das von Unbedarften oft für eine Missbilligung gehalten wurde, in Wirklichkeit aber einfach Dottore Gazzas bevorzugte Lautäußerung war. Bardi berichtete ihm in knappen Worten von Mirris Verschwinden und dem ebenfalls verschwundenen Toten im Weinberg. Er vergaß auch nicht, auf die mögliche Verbindung der beiden Fälle hinzuweisen.

»Und das können Sie als Capitano nicht selbst bearbeiten?«, fragte Gazza. Das ›Capitano‹ betonte er extra stark, um darauf hinzuweisen, dass Bardi einen vergleichbaren Rang besaß wie er, obwohl Gazza der Kriminalpolizei einer Großstadt vorstand.

»Ich brauche Ihre Experten von der Spurensicherung«, erwiderte Bardi unbeeindruckt.

»Schauen Sie keine Nachrichten?«, brummte Gazza.

»Ich bin heute noch nicht dazu gekommen«, erwiderte Bardi.

»Dann wüssten Sie nämlich, dass hier der Teufel los ist. Heute Morgen wurde der Großindustrielle Mantano mitsamt seiner Frau und dem ältesten Sohn, den er als seinen Kronprinzen erkoren hatte, tot in seiner Villa aufgefunden. Erschossen. Alle unsere Kräfte sind also gebunden. Sogar der Ministerpräsident sitzt mir im Nacken. Und das einen Monat vor meinem wohlverdienten Ruhestand.«

»Davon wusste ich nichts«, entgegnete Bardi. Er hatte sich nie Gedanken über Gazzas Jahrgang gemacht. Irgendwie schien der Dottore alterslos.

»Jetzt wissen Sie es. Montagvormittag kann ich meine Experten schicken«, knurrte Gazza.

»Das ist zu spät. Für morgen Abend ist Regen vorhergesagt. Danach könnten die Spuren verwischt sein.«

»Haben Sie noch das Rezept für dieses köstliche Zitronenhuhn?«

»Sie meinen *Pollo al lime?*«

»Genau. Limetten.«

»Klar. Ich habe sogar noch Poulardenbrust im Kühlschrank.«

»Dann komme ich morgen Mittag mit einer kleinen Mannschaft nach San Pietro. Wir werden sehen, was meine Experten finden, und dann stehen Sie in der Pflicht.«

»Ich kann dazu sogar noch den besten Rotwein der Saison bieten«, erwiderte Bardi erleichtert.

»Passt Weißwein nicht besser?«

»Man muss nicht alles glauben, was in Kochbüchern steht.«

16. Kapitel

Die Männer von der Spurensicherung sahen übernächtigt aus und gingen am Sonntagmittag dementsprechend schlecht gelaunt ans Werk. Zuerst untersuchten sie den Boden an der Stelle, an der Signora van Laak den leblosen Körper gesehen hatte. Sie fanden jedoch nichts Brauchbares. So blieb ihnen nur übrig, Gipsabdrücke von den Spuren zu nehmen, die Bardi bereits am Freitagmittag entdeckt hatte. Auch die Reifenspuren im Waldstück weiter unten wurden in Gips gegossen. Nach weniger als einer halben Stunde war der Spuk vorüber.

Dottore Gazza schickte seine Leute zurück nach Florenz, trug ihnen jedoch auf, die Spuren möglichst schnell kriminaltechnisch zu untersuchen und ihm prompt Bericht zu erstatten.

»Was machen die Ermittlungen im Mord an dem Industriellen und seiner Familie?«, wollte Bardi wissen, als sie im Streifenwagen zur Wache nach San Pietro fuhren. Sorgenvoll blickte er auf die dunklen Wolken, die sich über der kleinen Stadt zusammenzogen.

»Der jüngere Sohn hat gestanden«, brummte Dottore Gazza. »Tatmotiv Eifersucht auf den Vater und seinen Bruder. Ein rechter Nichtsnutz. Warf das Geld raus, das sein Vater verdiente. Partys von Monte Carlo bis Rio. Dazu mehrere Anzeigen wegen Drogenbesitzes und Körperverletzung. Seine Eltern wollten ihn mit dem Pflichtteil des Erbes abspeisen, um ihn zur Räson zu bringen. Das hat er ihnen wohl übel genommen.«

Wenig später saß Dottore Gazza an Bardis Esstisch, strich sich über seinen grauen Schnäuzer, hielt seine große Nase in ein Weinglas mit Thompsons Rotwein und nahm dann einen kräftigen Schluck.

Währenddessen holte Bardi das junge Huhn aus dem Kühlschrank und begann mit den Vorbereitungen für sein berühmtes *Pollo al lime*.

»Ich werde zunächst keine Fallakte anlegen«, erklärte Dottore Gazza nach ein paar Schlucken.

»Aber entspräche das nicht dem normalen Dienstweg?«, fragte Bardi und wendete die Poulardenbrüste in Mehl.

Er zuckte zusammen, als urplötzlich ein Trommelfeuer einsetzte, das von einem Gewitterregen auf dem Dach erzeugt wurde. Der aufkommende Wind ließ die Dachziegel klappern und Donnergrollen wälzte sich durch das Tal vor San Pietro.

Dottore Gazza nahm einen weiteren Schluck und lauschte den dramatischen Geräuschen, die das Unwetter verursachte. Dann schaute er zu Bardi hinüber. »Und am Ende stehen Sie als der trottelige Carabiniere aus der Provinz da, weil gar nichts geschehen ist.«

»Eine Leiche und einen verschwundenen Mann nennen Sie nichts?«

»Diese angebliche Leiche hat bisher nur diese Deutsche gesehen.«

»Ob Leiche oder nicht: Ich glaube Signora van Laak, dass sie auf dem Weinberg einen leblosen Körper entdeckt hat«, wandte Bardi entrüstet ein.

»Ich unterstütze Sie ja.« Dottore Gazza prostete Bardi zu und trank den letzten Schluck. »Wenn es sein muss, kann ich die Fallakte auch noch später anlegen.«

Dottore Gazza goss sich Wein nach und Bardi widmete sich weiter seinem Huhn. Als es endlich in der Pfanne brutzelte, begann er, den Tisch zu decken.

»Es gibt vier mögliche Erklärungen, was Ihren Fall betrifft«, sagte Dottore Gazza nach einer Weile. »Erstens: Der Mann im Weinberg – ob tot oder nicht – hat nichts mit dem Verschwinden Ihres Freundes Mirri zu tun. Vielleicht handelte es sich um einen Betrunkenen, der seinen Rausch ausschlief. Meiner Meinung nach ist diese Option die wahrscheinlichste. Sie brauchen nur zu warten, bis dieser Mirri wieder auftaucht.«

»Ich hoffe bei Gott, dass diese Variante zutrifft«, seufzte Bardi und stellte einen großen Teller vor Dottore Gazza auf den Tisch.

»Gott hat da garantiert nicht seine Finger im Spiel«, brummte Dottore Gazza. »Zweite Alternative: Diese Deutsche ist *rimbambito*. Sie hat sich alles nur eingebildet. Dann gilt dieselbe Schlussfolgerung wie im ersten Fall.«

Bardi musste grinsen, weil sein Freund denselben Begriff für Signora van Laak gebrauchte wie der Bürgermeister. Und wenn Bardi es sich recht überlegte, musste er zugeben, dass weder Dottore Gazza noch Tavano mit ihrer Einschätzung völlig falsch lagen: Die Signora war auf eine liebenswürdige Art wirklich etwas meschugge mit ihrem esoterischen Hokuspokus.

»Was gibt es denn zu grinsen?«, fragte Dottore Gazza und sah aus wie ein Obergelehrter.

»Sie haben soeben denselben Begriff wie unser geliebter Bürgermeister benutzt«, erklärte Bardi.

»Sitzt dieser Tavano denn immer noch im Sattel?«, fragte Dottore Gazza ungläubig und Bardi nickte.

»Dann hat er mir das Wort gestohlen«, erklärte der Dottore und grinste seinerseits schief. »Kommen wir zur dritten Option. Es war Mirri, den die deutsche Signora gesehen hat. Aber er war nicht tot, sondern nur verletzt. Dann stellt sich die Frage, wo er sich jetzt befindet. Diese Variante erfordert weitere Nachforschungen.«

Bardi legte das Besteck neben die Teller. »Ich werde morgen nach Livorno fahren, um herauszufinden, was es mit den ominösen Bargeldabhebungen auf sich hat.«

»Für einen Carabiniere verfügen Sie über einen erstaunlichen Verstand«, sagte Dottore Gazza, ohne eine Miene zu verziehen. »Die vierte Möglichkeit ist die unangenehmste und die in meinen Augen unwahrscheinlichste: Ihr Freund Mirri ist tot. Seine Leiche wurde weggeschafft, nachdem die Signora sie entdeckt hatte. Das wäre dann wirklich ein Fall für die Mordkommission. Aber dazu sollten wir wie im ersten Fall die Ergebnisse der kriminaltechnischen Untersuchung abwarten.«

»Warum halten Sie die letzte Variante für unwahrscheinlich?«, wollte Bardi wissen.

Dottore Gazza tippte sich an seine fleischige Nase. »Riecher oder Erfahrung, nennen Sie es, wie Sie wollen.«

Bardi machte die letzte Bemerkung des Dottore Mut. Hoffnungsvoller gestimmt nahm Bardi den großen Kerzenständer von der Fensterbank und stellte ihn auf den Tisch.

Abrupt erhob sich Dottore Gazza. Bardi schaute ihn fragend an.

»Ich weiß, wo sich Ihre Toilette befindet«, beschied Gazza seinem verdutzten Gastgeber und verschwand.

Bardi zündete die Kerzen an, als es leise an der Wohnungstür klopfte. Verdutzt blies er das Streichholz aus und öffnete. Signorina Bella stand im Hausflur und lugte neugierig an Bardi vorbei. Sie trug ein aufreizendes Trägerkleid, das für diese Jahres- und Tageszeit zu wenig Stoff besaß. Auf ihren freien Schultern waren vereinzelte Regentropfen zu sehen. In der einen Hand hielt sie einen kleinen Schirm, in der anderen eine Flasche Prosecco.

»Wie süß. Sie haben für uns beide gedeckt«, flötete sie und gab Bardi einen schmatzenden Kuss auf die Wange.

»Was gibt's denn Leckeres? Ich habe schon viel von Ihren Kochkünsten gehört, Capitano. Natürlich nur Gutes.« Sie kicherte vergnügt.

»Da liegt ein …«, begann Bardi.

Im gleichen Augenblick kam Dottore Gazza zurück. Ein Stück Hemd hing aus seinem Hosenschlitz. Als er Signorina Bella sah, blieb er stehen und musterte sie mit unverhohlener Neugierde.

»Wer ist das?«, fragte die junge Frau. Ihre Stimme schwankte zwischen Erstaunen und Entsetzen, als sie das Stück Stoff zwischen dem Reißverschluss des Dottore entdeckte. »*Mio Dio!* Sie haben nicht für mich gekocht. Sondern für …«

»Dottore Gazza, Leiter der …«, unterbrach Bardi sie.

»Das erklärt manches. Ich habe genug gesehen. Ich wusste nicht, dass Sie ein …«

»Das ist ein Missverständnis …«, versuchte Bardi eine Erklärung. Aber da war Signorina Bella schon aus Bardis Wohnung geeilt. Die beiden Männer lauschten ihren Schritten auf der Treppe, bis schließlich die Haustür donnernd ins Schloss fiel.

17. Kapitel

»Wahrscheinlich hält die Signorina Sie jetzt für einen *Frocio*«, bemerkte Dottore Gazza und lächelte schief unter seinem Schnäuzer. »Aber was für ein Weibsbild.«

»Ich kann Sie gern mit ihr bekannt machen.«

»Das würde mein Herz nicht lange mitmachen, und das wäre doch schade, so kurz vor der Pensionierung«, erwiderte Dottore Gazza kichernd.

Jetzt musste auch Bardi lachen, obwohl ihm eigentlich nicht nach Späßen zumute war, denn er war sich sicher, dass Signorina Bella ihre Geschichte bunt ausgeschmückt unter die Leute bringen würde.

Bardi nahm das Huhn vom Herd, als Dottore Gazzas *Telefonino* klingelte. Offensichtlich kam der Anruf aus dem kriminaltechnischen Institut. Es folgte ein kurzes Gespräch, während dem der Leiter der florentinischen Kriminalpolizei sich eifrig Notizen in ein zerfleddertes Büchlein mit speckigem Ledereinband machte.

Obwohl Bardi neugierig war, servierte er zunächst das Huhn mit Gnocchi und Petersilie.

Dottore Gazza prostete Bardi zu. Sie tranken einen Schluck. Dann hielt Bardi es nicht mehr aus.

»Machen Sie es doch nicht so spannend.«

Dottore Gazza kostete von dem Fleisch und strich sich danach mit genießerischer Miene über den Schnäuzer. »Es wurden Fußspuren von zwei verschiedenen Personen gefunden. Die eine hatte Größe 42 und trug Schuhe mit glatten Ledersohlen. Die andere trug Schuhe mit Profil, Größe 45.«

Langsam ließ Bardi die Gabel sinken, die er gerade zum Mund führen wollte. Ihm war der Appetit vergangen. Jetzt hatte er den wissenschaftlichen Beweis für seine Vermutung.

»45, das ist Mirris Schuhgröße, und er trug Arbeitsschuhe mit Profilsohle.«

»Das muss nichts heißen. Sie könnten sich zum Beispiel fragen, warum es am Weinberg keinerlei Kampfspuren gibt. Außerdem deutet nichts darauf hin, dass dort eine Leiche beiseitegeschafft wurde. Keinerlei Schleifspuren oder Ähnliches.«

»Aber was ist dann passiert?«, murmelte Bardi.

Da Dottore Gazza auf diese Frage keine Antwort wusste, widmete er sich mit offensichtlichem Wohlgefallen dem Essen, denn er grunzte und schmatzte, was das Zeug hielt.

»Wenn ich nur wüsste, wer dieser zweite Mann war«, dachte Bardi laut nach und erntete ein zustimmendes Nicken des Dottore.

»Vorzüglich, Capitano, ganz vorzüglich«, brummte dieser und schob einen weiteren Bissen in den Mund. »Da wären noch Reifenspuren unterhalb des Weinbergs«, setzte er mampfend hinzu. Er blätterte in seinem Notizbuch. »Der Profilhöhe nach zu urteilen, handelt es sich um relativ neue Reifen der Marke Pirelli.« Sein Zeigefinger fuhr suchend über seine krakeligen Aufzeichnungen.

»Es ist wie verhext, manchmal kann ich meine eigene Schrift nicht entziffern«, brummte Dottore Gazza.

Nach ein paar Sekunden konnte er Bardi dann aber doch die genaue Bezeichnung der Reifen nennen. Bardi brauchte nicht erst in seinen eigenen Notizen nachzusehen, um zu wissen, dass Mirri genau diese Reifensorte für seinen Lieferwagen gekauft hatte.

»Ich nehme gern auch Ihre Portion«, riss Dottore Gazza Bardi aus seinen trüben Gedanken.

Für einen Augenblick überlegte der Capitano tatsächlich, ob er seinen Teller zum Dottore über den Tisch schieben sollte. Doch dann zwang er sich, einen ersten Bissen zu nehmen. Zufrieden stellte er fest, dass das Huhn genau auf den Punkt gebraten war. Knusprig, aber noch nicht zu fest. Der zweite Bissen schmeckte schon viel besser und sein Appetit kehrte zurück.

Er prostete Dottore Gazza zu und beschloss, seiner Aufgabe als Gastgeber nachzukommen.

»Welche Pläne haben Sie für den Ruhestand?«, fragte Bardi mit ehrlichem Interesse, denn er konnte sich den Dottore nicht als gelangweilten Rentner vorstellen, der seine Tage Zeitung lesend auf dem heimischen Sofa verbringt.

»Wir gehen nach Sizilien«, erklärte Dottore Gazza mit glänzenden Augen, was seinem Antlitz den Ausdruck von Glück und Jugend verlieh.

»Wir?«

»Meine Frau stammt aus Sizilien«, erklärte Dottore Gazza.

Bardi fiel auf, dass sie noch nie über ihrer beider Privatleben gesprochen hatten. In all den Jahren war es immer nur um berufliche Dinge gegangen. Ein Umstand, der Bardi immer sehr gelegen kam, denn er verspürte wenig Lust, sich mit seiner eigenen Vergangenheit auseinanderzusetzen, da dies immer wieder mit aufgerissenen Wunden endete.

Sizilien gehörte jedoch nicht zum verminten Gebiet. Bardis Kindheit war zwar von Entbehrungen und einer strengen Erziehung geprägt, verursachte bei ihm jedoch im Gegensatz zu einigen Ereignissen, die er als Erwachsener erleben musste, keine schlaflosen Nächte.

»Unser Traum war schon immer ein großer Garten«, ergänzte Dottore Gazza. »Hier in der Toskana reichen dafür meine Ersparnisse nicht. Außerdem habe ich meiner Frau versprochen, dass wir irgendwann einmal in ihre Heimat zurückkehren. Deshalb haben wir einen Resthof bei Agrigento im Südwesten von Sizilien gekauft. Bei klarem Wetter kann man von dort bis zum Meer sehen.«

»Ich habe meine gesamte Kindheit in einem Bergdorf namens Mistretta – oder wie es bei uns hieß, Mistrettesi – verbracht«, erklärte Bardi und erinnerte sich an das eintönige Leben, das dort geherrscht hatte.

Dottore Gazza nickte. »Ich habe mich immer gefragt, ob Sie aus Sizilien oder Kalabrien stammen.«

»Sie meinen, weil ich klein und dunkelhaarig bin«, lachte Bardi. »Aber was ist dann mit meinen blauen Augen?«

»Nein, es ist dieser ganz leichte Akzent, den Sie zu vertuschen versuchen. Außerdem haben mehr Sizilianer helle Augen, als man gemeinhin annimmt. Vor allem solche, die aus dem inneren Hochland stammen.«

»Sie sind ein guter Beobachter.«

»Ich würde mich freuen, wenn Sie uns auf Sizilien einmal besuchen kommen …«, brummte Dottore Gazza und seine Augen verrieten, dass er es ernst meinte. »Und meine Frau sicher auch.«

»Gern«, erwiderte Bardi und fragte sich, wann er das letzte Mal sizilianischen Boden betreten hatte. Es musste anlässlich der Beerdigung seiner Mutter gewesen sein – Bardi rechnete nach –, vor ziemlich genau sieben Jahren. Er hatte auch noch eine Schwester in Mistretta. Aber ihr Kontakt beschränkte sich auf einsilbige Anrufe zu Weihnachten und zum Geburtstag.

18. Kapitel

Am nächsten Morgen, es war ein regnerischer Montag, überließ Bardi Emanuele die Wache. Er hoffte, dass der Vormittag ruhig bleiben und niemand seinen neuen Assistenten vor unlösbare Aufgaben stellen würde.

Vorsichtshalber hatte er im Rathaus angerufen und war von einer einsilbigen Signorina Bella zu Tavano durchgestellt worden. Die Sache mit dem Auffahrunfall schien sich zur Zufriedenheit Tavanos zu entwickeln, denn der Chef der kommunalen Abfallbeseitigungsgesellschaft war ein alter Golffreund des Bürgermeisters und hatte sich bereit erklärt, den Unfall auf die Kappe seiner Gesellschaft zu nehmen.

Tavano war dermaßen gut gelaunt, dass er Bardi nochmals zu seinem verdienten Sieg beim Weinfest gratulierte und ihm ›seine‹ Signorina Bella als Adjutantin ans Herz legte. Wenn er denn nicht doch lieber in männlicher Begleitung nach Florenz zum Weinwettbewerb fahren wolle. An dieser Stelle hatte Tavano ein süffisantes Lachen vernehmen lassen.

Bardis erster Reflex war klarzustellen, dass er keineswegs ein *Frocio* war, wie Dottore Gazza es ausgedrückt hatte. Doch dann entschied er sich, über diese lächerliche Sache einfach hinwegzugehen. Sollten sich der Bürgermeister und ›seine‹ Signorina

Bella in ihrer Fantasie doch Bardis Privatleben in den schrillsten Farben ausmalen. So hatte sich Tavano denn auch etwas enttäuscht über Bardis fehlende Reaktion verabschiedet.

Nach dem Telefonat hatte der Capitano am Computer nachgesehen, ob es auf seine Vermisstenmeldung Reaktionen gab, was allerdings immer noch nicht der Fall war. Dies teilte er Mirris Frau Carla mit und vergaß nicht, ihr Mut zu machen, indem er die Floskel benutzte, dass keine Nachrichten gute Nachrichten seien. Ihm fiel einfach nichts Besseres ein.

Danach druckte er sich das Foto von Mirris Konterfei aus, das der Vermisstenmeldung von einer speziellen Software automatisch beigefügt worden war. Da es sich um das Passfoto handelte, das erst im letzten Jahr nach den neuesten biometrischen Anforderungen erstellt worden war, konnte man Mirri, wie er heute aussah, darauf gut erkennen.

So fuhr Bardi mit seinem Privatwagen, einem winzigen Peugeot 206, in das ziemlich genau einhundert Kilometer entfernte Livorno. Den Wagen hatte er, kurz nachdem er seinen Dienst in San Pietro angetreten hatte, mit einem Tachostand von knapp zweitausend Kilometern einer älteren Dame abgekauft, die auf der Wache erschienen war, um freiwillig ihren Führerschein abzugeben. Den Dienstwagen wollte er nicht nehmen, da dies zu viel Aufsehen erregen konnte, vor allem bei den Livorner Kollegen. Schließlich konnte man die Fahrt nur schwer als rein dienstlich bezeichnen. Denn mit der Vermisstenanzeige war der offizielle Dienstweg ausgeschöpft. Aus demselben Grund verzichtete er auf seine Uniform. Außerdem waren die Tage schon lang vorbei, an denen Schalterbeamte nur aufgrund des Anblicks einer Uniform bereitwillig ihr Bankgeheimnis brachen.

Zunächst benutzte Bardi einige Schleichwege durch die Hügel des Chianti-Gebiets, das er besser als jedes Navigationsgerät kannte. Als die Landschaft karger und flacher wurde, wechselte er auf die Schnellstraße, die schnurgerade nach Westen zum Mittelmeer und somit nach Livorno führte.

Livorno hatte, wie viele Hafenstädte, zwei Gesichter: Die hässliche Fratze zeigte sich in den Industriegebieten und den modernen Zweckbauten, die den wichtigsten Hafen der Toskana umgaben. Seine liebliche Maske setzte Livorno in jenen Stadtteilen auf, deren Gebäude von dem ursprünglichen Reichtum der Handelsstadt zeugten. Dazu gehörte auch die, wie Bardi fand, schönste Markthalle Italiens: der klassizistische Mercato Centrale, dessen riesige Ausmaße ihn stets aufs Neue staunen ließen. Sein Ziel war die Via Cairoli im Zentrum der Stadt, in der sich die Bank befand, bei der Mirri zweimal hohe Geldbeträge abgehoben hatte. Der Verkehr in Livorno war noch ungestümer als in Florenz. Hupende Autos und Lastwagen von allen Seiten und dazwischen Schwärme von knatternden Motorrollern. So war Bardi froh, als er nach ein paar Runden um die Bank endlich einen Parkplatz fand.

Als er ausstieg, sog der Capitano die Luft ein, in der Hoffnung, das feuchte, salzige Aroma des Mittelmeers zu erhaschen. Doch alles, was er roch, war eine Mischung aus verbrauchtem Frittierfett und Dieselgestank.

Die Bankfiliale befand sich in einem Pallazzo aus dem neunzehnten Jahrhundert. Auch das Innere verströmte die plüschige Gediegenheit einer längst vergangenen Epoche. Nur die modernen Schreibtische der Bankbediensteten und die Geldautomaten neben dem Eingang passten nicht in dieses Bild. Außer Bardi befand sich lediglich ein halbes Dutzend Kunden in der riesigen Halle.

Nachdem er sich kurz orientiert hatte, holte er das Etui mit seiner Dienstmarke hervor und ging zu einem der Schreibtische, an dem ein junger Mann in einem dunkelblauen Anzug saß und an einer Tasse nippte, in der sich dem Aufdruck nach Automatenkaffee befand.

Bardi hielt ihm die Dienstmarke vor das Gesicht. »*Buon giorno*. Kann ich bitte mit dem Filialleiter sprechen?«

»Was kann ich für Sie tun?«, entgegnete der junge Mann, während er Bardis Dienstmarke interessiert musterte. »San Pietro. Liegt das nicht bei Florenz?«

»Wie gesagt, würde ich gern Ihren Vorgesetzten sprechen.«

»Der sitzt in der Zentrale in Rom und ist im Übrigen eine Frau«, entgegnete der Mann und lächelte spöttisch. »Nicolo Paponi. Ich bin der Leiter dieser Filiale.«

Bardi räusperte sich und sah die Wahrscheinlichkeit, von diesem Mann mehr zu erfahren, gen null schwinden.

»Ich bin nicht dienstlich hier. Es geht um einen Freund von mir, der seit Freitag verschwunden und Kunde Ihrer Bank ist.«

»Ob dienstlich oder nicht: Zu unseren Kunden darf ich Ihnen leider keine Auskunft erteilen«, erwiderte der junge Filialleiter denn auch prompt.

»Mein Freund kommt wie ich aus San Pietro. Er hat in dieser Filiale letzten Mittwoch fünftausend Euro in bar abgehoben. Seine Frau macht sich Sorgen. Wir können uns keinen Reim darauf machen, warum gerade in Livorno.«

Der Filialleiter lächelte mitleidig. »Trotzdem kann ich Ihnen keine Auskünfte erteilen.«

»Aber vielleicht erinnert sich einer Ihrer Kassierer … oder Kassiererinnen an ihn. Fünftausend Euro sind schließlich kein Pappenstiel.«

»Hier werden noch ganz andere Summen abgehoben«, erklärte der Filialleiter mit einem Blick zur Decke, an der die Sicherheitskameras hingen. »Außerdem wird Ihr Freund uns kaum gesagt haben, was er mit dem Geld anzufangen gedachte.«

Resigniert ließ Bardi die Schultern hängen. Was hatte er auch anderes erwartet? Er steckte seine Dienstmarke wieder weg und nickte dem Filialleiter zum Abschied zu.

»Warten Sie«, rief dieser, als Bardi sich bereits zum Gehen gewandt hatte.

Daraufhin drehte er sich wieder zum Schreibtisch des Mannes um.

»Zwei Seitenstraßen weiter gibt es ein …«, der Filialleiter blickte sich um, um sicherzugehen, dass auch keine anderen Kunden in Hörweite waren, und senkte seine Stimme, »Etablissement. Dort kann man durchaus fünftausend Euro loswerden.« Er kritzelte eine Adresse auf einen Notizblock, riss das Blatt ab und reichte es Bardi, nachdem er ihn frech grinsend von oben bis unten gemustert hatte. »Vor allem, wenn man aus der Provinz stammt, zu viel Champagner trinkt und danach mit einer leichten Dame verschwindet.«

»Sie scheinen sich gut auszukennen«, gab Bardi zurück und verließ das Bankgebäude, ohne die Reaktion des Filialleiters abzuwarten.

19. Kapitel

Drei Minuten später bog Bardi zu Fuß von der stark befahrenen Via Cairoli in die von Filialleiter Paponi genannte Straße ein. Hier waren die Häuser weniger pompös als auf der Hauptstraße und zeugten eher von gepflegtem Understatement. Bardi kam an einem Juwelier vorbei, bei dem der preiswerteste Ring in der vergitterten Auslage sein Monatsgehalt um das Dreifache überstieg. Wenige Häuser weiter befand sich ein Antiquitätenhändler und gegenüber sah Bardi eine Herrenboutique, an deren Tür in Goldschrift die Namenszüge der üblichen Nobelmarken prangten. Je weiter er die Straße hinunterging, desto weniger nobel wurde die Art der Geschäfte. Hier gab es Blumenläden, Buchhandlungen und kleine Supermärkte.

Das ›Etablissement‹ befand sich hinter einer engen Kreuzung am Ende der Straße und fiel durch seine zweckmäßige Architektur der 1970er-Jahre auf.

Schon von Weitem sah Bardi den roten Neonschriftzug mit dem nicht sehr originellen Namen *Club Venus.* Da Bordelle in Italien seit über fünfzig Jahren verboten waren, wurde die käufliche Liebe entweder auf der Straße oder in Nachtklubs angeboten, wenngleich dort die Gefahr einer Razzia recht groß war. Viele Prostituierte gingen deshalb ihrer Tätigkeit in der eigenen

Wohnung oder in extra von ihnen gemieteten Zimmern nach, nachdem sie ihre Freier im Nachtklub abgeschleppt hatten. Bardis Kenntnisse auf diesem Gebiet waren jedoch beschränkt, da es in San Pietro keine offene Prostitution gab.

Als Bardi die Kreuzung überquerte, sah er eine Gestalt im Eingang des Club Venus, die ihm bekannt vorkam. Zunächst glaubte Bardi an eine Verwechslung. Der Mann sah aus wie Padre Adriano – nur dass er Jeans und eine grüne Windjacke trug. Dem Schnitt nach zu urteilen waren die Kleidungsstücke mindestens zwanzig Jahre alt. In solch einem legeren Outfit hatte Bardi den Padre noch niemals gesehen. Doch als er näher kam, bestand kein Zweifel mehr: Es war leibhaftig der Pfarrer. Padre Adriano sah suchend die Straße hoch und runter. Als er in Bardis Richtung blickte, hob der Capitano die Hand zum Gruß.

Padre Adriano erstarrte. Offensichtlich hatte er Bardi erkannt. Sekunden später fuhr ein Taxi vor und bremste mit quietschenden Reifen neben dem Padre. Er erwachte aus seiner Schockstarre, warf Bardi einen letzten Blick zu, um dann hastig die Beifahrertür aufzureißen und neben dem Fahrer ins Auto zu hechten. Noch bevor Padre Adriano die Autotür wieder ganz geschlossen hatte, fuhr das Taxi schon los und verschwand hinter der nächsten Biegung.

20. Kapitel

Bardi war ob dieses unverhofften Zusammentreffens dermaßen verdutzt, dass er mitten auf der Kreuzung stehen geblieben war. Erst das wütende Hupen eines Kleinbusses holte ihn in die Wirklichkeit zurück.

Grübelnd ging er die letzten Meter bis zum Eingang des Nachtklubs. Konnte das alles Zufall sein? Nach Signora van Laaks Beobachtung am Weinberg und Mirris Verschwinden war das Auftauchen von Padre Adriano die dritte Variable in der Rechenaufgabe, die es für Bardi zu lösen galt.

Die Tür zum Club Venus stand offen. Das laute Dröhnen eines Staubsaugers drang nach draußen. Bardi betrat den kleinen Vorraum, in dem sich die Kasse und die Garderobe befanden. Die Wände waren mit einer orientalisch anmutenden Textiltapete versehen, der Boden mit rotem Teppich ausgelegt. Bardi schob eine schwere Stoffgardine zur Seite. Dahinter befand sich ein erstaunlich großer Saal mit kleinen runden Tischen vor einer Bühne und einer langen Theke an der Seite. Ringsherum waren plüschige Nischen angeordnet.

Von der Decke hingen riesige Kristallkronleuchter herab, wobei der Raum jetzt freilich von hellen, kalten Neonscheinwerfern bestrahlt wurde, die offenbarten, wie heruntergekommen der Klub war. Die Stühle um die Tische mochten im schumm-rigen Licht als Antik durchgehen. Die schonungslosen Strahlen der Neonröhren beleuchteten jedoch grell die billige Goldfarbe, mit der sie ausgebessert worden waren. Der Teppichboden war abgetreten und fleckig.

Da konnten auch die Bemühungen der grauhaarigen Frau im Kittel nur wenig bewirken, die mit hastigen Bewegungen den Staubsauger bediente.

Als Bardi ihr auf die Schulter klopfte, zuckte sie vor Schreck zusammen. Mit vorwurfsvollem Blick stellte sie den Staubsauger aus. Der Düsenlärm ebbte nur langsam ab.

»Ist der Chef zu sprechen?«, fragte Bardi, merkte jedoch gleich, dass die Frau kein Wort verstand.

Sie nuschelte ein Wort, dass wie *kakvo* klang.

»Der Boss?«, versuchte Bardi.

Die Frau wandte sich zur Theke um und schrie: »Sicknorr-rinna Titi!«

Nach einer Weile öffnete sich eine Tür hinter der Theke, die Bardi zuvor nicht bemerkt hatte, da sie mit derselben Textil-tapete bedeckt war wie die Wand drumherum. Eine große, hagere Dame erschien und schaute Bardi mürrisch an. Bardi schätzte sie auf Anfang vierzig. »Wir öffnen erst um zweiundzwanzig Uhr.«

»Ich komme nicht als Kunde«, erwiderte Bardi betont freundlich und ging zur Theke. Aus der Nähe musste Bardi seine Schätzung um mindestens zehn Jahre nach oben korrigieren. In jungen Jahren war Signorina Titi sicher eine attraktive Frau gewesen. Jetzt jedoch war ihr Gesicht verlebt, was das Make-up nur schwer kaschieren konnte.

»Dann sind Sie entweder Vertreter oder Polizist. Beides kann ich hier nicht gebrauchen«, sagte Signorina Titi.

»Es geht um etwas Persönliches«, erläuterte Bardi.

»Und das wäre?«, fragte Signorina Titi und gähnte so herz-haft, dass Bardi ihr Gaumenzäpfchen sehen konnte.

Bardi holte das Foto von Mirri aus der Innentasche seiner Jacke und legte es vor Signorina Titi auf den Tresen. »Das ist ein Freund von mir. Er wird seit drei Tagen vermisst.«

Signorina Titi würdigte das Foto nur eines kurzen Blickes. »Und was hat mein Klub damit zu tun?«

»Es gibt Hinweise, dass er letzten Mittwoch hier fünftausend Euro ausgegeben hat.«

Signorina Titi lachte heiser auf und schüttelte den Kopf. »Der Schampus hier ist sicher nicht billig. Aber fünf Mille, das wüsste ich.«

»Vielleicht hat er etwas mehr bekommen als nur Schampus?«

»Was die Tänzerinnen nach Feierabend machen, geht mich nichts an«, sagte die Besitzerin des Klubs und betonte dabei jede Silbe sehr deutlich. »Fünftausend Euro kann jedoch keine von denen verlangen.« Signorina Titi seufzte gedehnt. »Wir sind hier schließlich nicht in Abu Dhabi und die Damen keine Topmodels.«

»Schauen Sie sich das Foto wenigstens noch einmal genauer an«, bat Bardi.

Signorina Titi gehorchte. Sie nahm das Foto sogar vom Tresen, um es eingehend zu studieren. »Ihr Freund scheint ein netter Mann zu sein. Aber hier war er ganz bestimmt nicht.«

Mit einer bedauernden Miene gab sie Bardi das Foto zurück. Sie schien einen Augenblick zu überlegen, denn sie kratzte sich mit dem Zeigefinger an der Wange. »Steht Ihr Freund vielleicht auch auf Männer?«

»Nicht, dass ich wüsste«, antwortete Bardi verdutzt. »Warum fragen Sie?«

»Nur so ein Gedanke. Aber wenn er keine solchen Neigungen hat ...« Signorina Titi begann einen Sektkelch zu polieren.

»Dann?«, fragte Bardi ungeduldig.

»Dann war er bestimmt auch nicht im Muscle-Bear.«

»Muscle-Bear?«

»Die Schwulenbar gegenüber«, erklärte Signorina Titi und sah Bardi an, als müsse er das wissen.

Bardi war so sehr auf den Klub und Padre Adriano fixiert gewesen, dass er den gegenüberliegenden Gebäuden keine Beachtung geschenkt hatte.

»Danke«, sagte Bardi.

Signorina Titi nickte beiläufig und widmete sich mit Inbrunst weiteren Gläsern. Als sie bemerkte, dass Bardi keine Anstalten machte zu gehen, sah sie ihn vorwurfsvoll an.

»Jetzt gibt's nichts zu trinken.« Sie machte der Putzfrau ein Zeichen und hinter Bardis Rücken schien ein Jumbojet zu starten.

Bardi schüttelte den Kopf und schrie: »Nein, da ist noch etwas.«

»Was denn?«, rief die Klubbesitzerin sichtlich genervt zurück.

»Vor mir war ein anderer Mann hier. Was wollte der?«

»Auch ein Bekannter von Ihnen?«

Bardi nickte.

Signorina Titi verdrehte die Augen. »Er hat gefragt, wo sich das Museo Fattori befindet.«

Bardi glaubte ihr kein Wort.

21. Kapitel

Wäre der Name nicht gewesen, hätte sich der Muscle-Bear von außen nicht von einer gewöhnlichen Bar unterschieden. Bardi rüttelte an der Tür, die jedoch verschlossen war. Dem Schild neben der Tür nach zu urteilen öffnete der Muscle-Bear jeden Tag außer montags von zwanzig Uhr bis vier Uhr morgens. Voraussetzung war jedoch die Mitgliedschaft im MB-Klub. Einmalige Aufnahmegebühr: 66,66 Euro.

Bardi musste sich auf die Zehenspitzen stellen, um durch eines der Fenster lugen zu können. Im Halbschatten erkannte er die Tische und einen erhöhten Tresen in der Mitte des Raums. Keine Menschenseele war zu sehen. Doch dann vernahm er ganz leise Musik, die durch ein gekipptes Oberfenster drang. Bardi klopfte an die Tür. Erst leise, dann vehementer. Nichts tat sich.

So trat er einige Schritte zurück und entdeckte neben dem Gebäude, das die Bar beherbergte, eine Toreinfahrt, deren Flügeltür nur angelehnt war. Langsam schob der Capitano sie auf. Trotzdem quietschten die Scharniere. Bardi wartete einen Augenblick, aber alles blieb ruhig. Vorsichtig schlich er durch einen gewölbten Gang zum Hinterhof des Nachbarhauses, in dem sich ein Geräteschuppen und zwei Teppichstangen befanden, über die Bettlaken zum Trocknen gehängt waren.

Die Abgrenzung zum Nachbargebäude bildete eine ungefähr zwei Meter hohe Mauer. Kurz schaute Bardi sich um, ob ihn auch niemand beobachtete, in den Fenstern des Hauses war jedoch keine Menschenseele zu entdecken.

Neben dem Schuppen fand Bardi eine alte Gemüsekiste, die er vor die Mauer stellte und als Tritt benutzte, um sich hochzuziehen. Als ihm dies gelungen war, verharrte er in der Hocke auf dem Sims. Vor ihm lag der Hinterhof der Bar. Das Gebäude besaß einen einstöckigen Anbau, in dem sich offensichtlich ein Kühlraum und ein Büro befanden, aus dessen offenem Fenster laute, verpoppte Opernmusik zu Bardi herüberschallte.

Langsam ließ er sich von der Mauer hinab, als plötzlich die Stahltür des Anbaus aufgerissen wurde und ein lautes Bellen in Bardis Rücken widerhallte. Er spürte kalt gehechelten Atem im Nacken, begleitet von einem tiefen, unheilverkündenden Knurren.

Wie in Zeitlupe drehte sich Bardi herum, wobei er schützend die Arme vor seinem Gesicht anwinkelte, wie er es einst bei einem Personenschutzseminar gelernt hatte. Als Erstes sah er das weit aufgerissene Maul eines Dobermanns, das mit unzähligen Reißzähnen bewaffnet zu sein schien, von denen der Geifer in langen Fäden bis aufs Pflaster tropfte. Schließlich wurde der riesige Hund zurückgerissen. Erst jetzt bemerkte Bardi in der Tür ein ungemein fettes Geschöpf mit grell geschminkten Lippen und einer blonden Löwenmähne, das einen hellblauen Jogginganzug trug. Ein riesiges goldenes Kreuz baumelte über seinem Bauch.

»Ruhig, Barnaba«, rief der Mann – denn der Stimme nach handelte es sich bei Bardis Gegenüber eindeutig um einen solchen – und verkürzte die Leine des Hundes, bis er ihm über die Schnauze streichen konnte. Endlich beruhigte sich Barnaba, ließ Bardi aber keine Sekunde aus den Augen.

Der Mann öffnete seinen Mund, doch Bardi kam ihm zuvor. »Entschuldigen Sie. Aber vorn hat niemand geöffnet, obwohl ich mehrmals geklopft habe«, erklärte er und versuchte, möglichst harmlos zu klingen. »Deshalb ...«

»Was wollen Sie?«, unterbrach der Mann Bardis Erklärung.

Ganz langsam, um keine Missverständnisse aufkommen zu lassen, holte Bardi Mirris Foto hervor und hielt es dem Mann mit ausgestrecktem Arm entgegen.

Im Bürofenster neben dem Mann erschien das neugierige Gesicht eines sehr schönen Jünglings mit langen blonden Haaren, das eine seltsam androgyne Ausstrahlung besaß.

»Es handelt sich um einen guten Freund von mir, der seit ein paar Tagen verschwunden ist. Meine einzige Spur führt hierher«, erklärte Bardi.

Der Mann reckte blinzelnd seinen Kopf vor. Offensichtlich sah er schlecht. Schließlich trat Bardi einen Schritt vor, und sofort schlug der Hund wieder an.

»Verdammt, bleiben Sie, wo Sie sind«, blaffte der Mann Bardi an, da er offensichtlich Mühe hatte, seinen Hund im Zaum zu halten. Als sich Barnaba erneut beruhigt hatte, streckte der Mann ebenfalls seinen Arm aus, und schließlich gelang es Bardi nach einigen Dehnübungen, ihm das Foto zu übergeben. Der Mann unterzog es einer genauen Beobachtung.

»*Un bel romano*. Etwas bäuerlich zwar, aber doch recht hübsch. Zweifellos. Ich würde von einer Schönheit rustikaler Art sprechen.«

»Sie sollen ihn nicht heiraten«, rutschte es Bardi heraus.

»Jetzt werd nicht frech«, schnauzte der Mann.

»War der Mann hier?«

»Nein. Niemals.« Für Bardis Geschmack kam die Antwort etwas zu schnell.

»Außerdem sieht er bei näherer Betrachtung doch etwas zu gewöhnlich aus. Nicht unser Niveau.« Der Mann ließ den

Ausdruck mit Mirris Foto auf den Boden segeln, wo er in einer Pfütze landete.

»Was ist mit Ihrem Freund im Büro?«, fragte Bardi.

Der Mann schaute sich ärgerlich um. Sofort verschwand das Gesicht des Jungen.

»Welcher Freund?«, fragte der Mann spöttisch. Er deutete auf das Foto in der Pfütze, auf dem Mirris Konterfei langsam zerlief. »Außerdem ist auf Ihrem Foto ohnehin nichts mehr zu erkennen.«

Bevor Bardi etwas erwidern konnte, gab der Mann seinem Hund Leine, der sofort zähnefletschend auf Bardi zustürmte.

22. Kapitel

Blitzschnell zog sich Bardi die Mauer hoch. Diesmal schaffte er es auch ohne helfende Kiste, den Sims zu erreichen. Von unten kläffte der Dobermann. Seine Vorderpfoten scharrten an der Mauer. Bardi wagte keinen Blick zurück, sondern sprang auf die andere Seite. Als er sich wieder aufrichtete, durchfuhr ein stechender Schmerz sein linkes Fußgelenk. Fluchend humpelte er zurück zur Straße. Zum Glück ließ der Schmerz bald nach, und als Bardi wieder die breite Via Cairoli erreicht hatte, war er fast ganz verschwunden.

Zwei Blöcke weiter fühlte er ein Kribbeln im Nacken. Er fühlte sich verfolgt, aber wann immer er über die Schulter zurückblickte, sah er außer harmlosen Passanten niemand Verdächtiges. Bardi kam sich lächerlich vor. Langsam legte sich die Aufregung und der mittägliche Hunger meldete sich. Zum Glück war der Mercato Centrale nur einen Katzensprung entfernt. Bei dem Gedanken an all die Köstlichkeiten, die in der Markthalle angeboten wurden, lief Bardi das Wasser im Mund zusammen.

Das imposante Gebäude des Mercato Centrale lag am Kanal Fosso Reale, der die Altstadt von Livorno wie ein Fünfeck umschloss. Bardi überquerte den kleinen Platz vor der

Markthalle, auf dem dicht gedrängt Verkaufsstände angeordnet waren, die billige Kleidung aus Fernost anboten.

Noch bevor er den Eingang zur Halle erreichte, konnte Bardi den frischen Fisch riechen, der dort verkauft wurde. Der Mercato Centrale bestand aus einer riesigen Halle, die Bardi aufgrund ihrer Höhe und der Proportionen an das Innere eines Domes erinnerte: monumental und kühl. Außer Fisch gab es hier alle erdenklichen Köstlichkeiten von exotischen Südfrüchten über Käse bis hin zu köstlichem Schinken und Salami.

Genauso bunt wie das Warenangebot waren die Besucher der Halle. Touristen mischten sich unter Hausfrauen, Banker unterhielten sich mit Hafenarbeitern.

Bardis Ziel war die Pescheria, ein kleines Fischrestaurant, das sich in einem der Ladenlokale an den Seiten der Markthalle befand. Immer wenn Bardi sich in Livorno aufhielt – was alle Jubeljahre oder wie die Italiener sagten, nur zum Tod eines Papstes geschah –, zog ihn stets dieses Restaurant magisch an, das eher einem Imbiss glich, denn wer etwas auf sich hielt, verspeiste sein Fischgericht am Tresen und unterhielt sich mit dem Wirt.

»Ah, Professore«, begrüßte ihn der Wirt denn auch sogleich, als wäre Bardi ein alter Bekannter.

Bardi bestellte den Fischeintopf nach Art des Hauses und dazu einen leichten Weißwein. Als das Essen kam, widmete er sich mit einer solch genießerischen Inbrunst dem köstlichen Fisch und den Meeresfrüchten, dass er den jungen Mann mit der Basecap nicht bemerkte, der sich neben ihn an die Theke stellte und hibbelig von einem Fuß auf den anderen trat.

»Sie suchen Ihren Freund?«, fragte der junge Mann schließlich, nachdem er Bardi fast eine halbe Minute lang gemustert hatte.

Bardi sah von seiner Schüssel auf. Jetzt erkannte er das Gesicht wieder. Es hatte aus dem Fenster des Büros geschaut, als sich der Wirt der Schwulenbar mit ihm unterhalten hatte. Ohne die wallenden blonden Haare im Gesicht sah der Junge viel männlicher aus. Bardi schätzte sein Alter auf siebzehn, höchstens achtzehn. Auch wirkte sein Gesicht aus der Nähe betrachtet ausgemergelt. Aber am auffälligsten waren die riesigen Pupillen des Jungen. Bardi vermutete, dass er unter Drogen stand. Wahrscheinlich Amphetamine, worauf auch die kleinen Schweißperlen auf der Oberlippe hinwiesen.

»Sind Sie mir gefolgt?«, wollte Bardi wissen und der Junge senkte schuldbewusst seinen Blick.

»Ich habe Ihren Freund gesehen«, sagte er zögerlich.

Bardi ließ seinen Löffel sinken. »Wann? Und wo?«

Der Junge zögerte.

»Wie viel?«, wollte Bardi wissen.

Doch der Junge schüttelte den Kopf und kratzte sich nervös am Kinn.

»Du hast Angst?«

Der Junge nickte kaum merklich. »Wenn Freda erfährt, dass ich mit Ihnen gesprochen habe, flippt er aus.«

»Freda ist der Wirt?«

Wieder nickte der Junge. »Er denkt, ich bin hörig. Aber das stimmt nicht.«

Bardi verstand. »Meine Lippen sind versiegelt.«

»Ihr Freund war in den letzten Wochen mindestens dreimal bei Marilyn«, erklärte der Junge.

»Wer ist Marilyn?«

»Ich weiß seinen richtigen Namen nicht. Er ist oft im Muscle-Bear, und wenn er einen Freier gefunden hat, geht er mit ihm auf sein Zimmer gegenüber.«

Bardi fiel es schwer, die nächste Frage zu stellen, weshalb er zögerte. »Und der Mann, den ich suche, war einer von … Marilyns Freiern?«, fragte er stockend.

23. Kapitel

Der Junge nickte. »Aber irgendetwas war bei den beiden anders. Es schien, als kannten sie sich schon ewig.« Als Bardi keine Reaktion zeigte, fügte er trotzig hinzu: »In so etwas bin ich Fachmann.« Seine Augen huschten ständig hin und her, als fürchtete er, entdeckt zu werden.

»Ich glaube dir«, erwiderte Bardi endlich. Sollte sein bester Freund tatsächlich ein Doppelleben führen und dies sowohl vor seiner Frau als auch vor ihm geheim gehalten haben? Bardi hielt vieles für möglich, aber Mirri war einer der offensten Menschen, die er kannte. Wenn sein Freund erst einmal Vertrauen gefasst hatte, kannte er keine Geheimnisse. Zumindest hatte Bardi dies bisher stets geglaubt. Jetzt kam er sich freilich naiv vor. Hatte nicht jeder Mensch Geheimnisse?

»Bisher dachten Sie wohl, Ihr Bekannter sei ein treu sorgender Ehemann, was?«, fragte der Junge, als könne er Bardis Gedanken lesen.

So viel zu Geheimnissen, dachte Bardi denn auch direkt und nickte.

»Schmeckt es Ihnen heute nicht, Professore?«, fragte der Wirt mit besorgter Mine.

»Doch. Aber ich habe gerade eine schlechte Nachricht erhalten«, erklärte Bardi.

»Das tut mir leid«, erwiderte der Wirt mitfühlend. »Ich hoffe, Sie werden mein Restaurant jetzt nicht immer mit dieser Nachricht in Verbindung bringen.«

»Auf keinen Fall«, erwiderte Bardi und leerte zur Bestätigung seinen Wein, was der Wirt mit einem aufmunternden Lachen quittierte. »Wir sollten draußen weiterreden«, raunte Bardi dem Jungen zu.

Der Junge nickte und rutschte vom Barhocker herunter.

»Besser Sie halten etwas Abstand«, flüsterte er Bardi zu und machte sich langsam auf den Weg zu einem der Seitenausgänge. Bardi tat ihm diesen Gefallen und blieb einige Meter hinter ihm. Vorbei an einem Brotstand erreichten sie schließlich das Freie. Sie überquerten die Straße und blieben an der Mauer stehen, unter der sich der schmale Kanal dahinschlängelte, der die Altstadt von dem restlichen Gebiet Livornos trennte.

»Wenn man die Seeleute und Touristen abzieht, bleibt von Livorno nur eine Kleinstadt übrig. Alles, was innerhalb des Fosso Reale liegt, ist ein Dorf«, sagte der Junge mit der Stimme eines erfahrenen Mannes und warf einen nervösen Blick über seine Schulter.

»Erzähl mir von Marilyn«, bat ihn Bardi, während er den Flug einer Seemöwe betrachtete, die in großen Bögen über den Kanal segelte.

Auch die Augen des Jungen verfolgten jetzt die Möwe, was ihn offensichtlich beruhigte.

»Marilyn war früher eine große Nummer. So mit Luxusapartment und handverlesener Kundschaft. Aus dieser Zeit kennt Freda ihn auch. Die beiden waren wohl lange zusammen. Ich glaube, er war früher Teilhaber am Muscle-Bear. Aber dann fing Marilyn mit den Drogen an. Lange hält man unser

Gewerbe ohne Drogen nicht aus. Freda hat versucht, ihm zu helfen. Ich glaube, er hängt immer noch an Marilyn …«

Bardi sah den Jungen an. »Deshalb hat Freda mir nichts verraten.«

»Freda hat auch gute Seiten.« Der Blick des Jungen zeugte jedoch von Angst und Qual.

»Und Marilyn?«

»Rutschte trotzdem immer weiter ab. Kein Luxusapartment mehr, nur noch das Zimmer bei Signorina Titi.«

Bardi wurde hellhörig. »Was hat Signorina Titi damit zu tun?«

Der Junge lachte bitter. »Sie vermietet die Zimmer über ihrem Klub monatsweise an ihre Mädchen und uns. Zu Wucherpreisen.«

»Aber warum mietet ihr nicht woanders?«

»Und ich hielt Sie schon für einen Bullen.« Der Junge sah Bardi mitleidig an. »Fast alle haben Schulden bei Signorina Titi. Drogen sind teuer. Außerdem bietet sie uns Schutz. In den Fluren hängen Überwachungskameras, und sie hat ein paar Gorillas, die aufpassen.«

»Und die Stadtverwaltung erlaubt das?«, fragte Bardi ungläubig.

Wieder lachte der Junge auf, diesmal jedoch spöttisch. »Signorina Titi hat gute Kontakte zur Verwaltung. Die Polizei bekommt Gratisgetränke in ihrem Klub. Und wenn es doch einmal Ärger geben sollte, gibt es ja noch Anwälte.«

»Wo finde ich Marilyn? Er hat doch sicher noch eine eigene Wohnung.«

»Keine Ahnung. Ich kenne ja nicht einmal Marilyns richtigen Namen. Aber seine Zimmernummer ist 207. Meistens ist er ab achtzehn Uhr dort.« Der Junge zog den Ärmel seiner Jeansjacke hoch und begann, sich am Unterarm zu kratzen. »Aber von mir haben Sie das alles nicht.«

»Versprochen.«

Bardi holte seine Brieftasche hervor. Doch der Junge machte eine abwehrende Handbewegung.

»Du willst Marilyn eins auswischen, weil Freda immer noch an ihm hängt«, sagte Bardi, der jetzt verstand.

Der Junge zuckte mit den Schultern und nutzte die Lücke zwischen zwei Autos, um die Straße zu überqueren. Bardi sah ihm nach, bis er hinter der nächsten Straßenecke verschwand. Der Junge tat ihm leid.

Er blickte auf seine Armbanduhr. 13.41 Uhr. Noch über vier Stunden, bis er Marilyn aufsuchen konnte. Sein Hunger meldete sich erneut. Bardis erster Gedanke war, zum Fischrestaurant in der Markthalle zurückzukehren. Doch er verspürte wenig Lust, dem Gastronom Rede und Antwort bezüglich der ›schlechten Nachricht‹ zu stehen.

Nach kurzer Überlegung entschied er sich deshalb für ein belegtes Brot in einer der Trattorien. Auf dem Weg zurück in die Altstadt rief er Emanuele an, um ihm mitzuteilen, dass er nicht vor Feierabend zurückkehren würde. Zum Glück war in San Pietro bis auf eine Beschwerde über einen Falschparker alles ruhig. Zum Schluss bat Bardi seinen neuen Assistenten, auf einem Rundgang durch das Städtchen etwas Präsenz zu zeigen.

Da die Museen montags geschlossen hatten, kaufte sich Bardi an einem Zeitungsstand die neuste *L'Espresso*. Mithilfe einiger hoffentlich interessanter Artikel der Wochenzeitschrift und diverser Kaffees gedachte er, die nächsten Stunden ohne Langeweile zu überstehen.

24. Kapitel

Punkt sechs stand Bardi wieder vor dem Club Venus. Etwa fünf Meter neben dem Eingang befand sich eine schlichte Stahltür mit einer kleinen Überwachungskamera über dem Rahmen. Neben der Tür war ein anonymer Klingelknopf angebracht.

Bardi läutete. Sofort ertönte ein Summen, und die Tür wurde entriegelt. Bardi betrat einen Hausflur, der zu einer gewöhnlichen Mietskaserne in irgendeiner italienischen Stadt hätte gehören können. Graue Fliesen auf dem Boden, beige Farbe an den Wänden. Nicht neu, nicht alt. Es roch nach Chlorreiniger.

Irgendwo im Haus lachte heiser eine Frau. Aus einem Radio hallte die monotone Stimme eines Nachrichtensprechers. Ein Glas fiel klirrend zu Boden und wieder ertönte ein heiseres Frauenlachen. Links führte eine Treppe in die oberen beiden Stockwerke. Rechts befand sich eine Metalltür mit einem kleinen Fenster.

In diesem erschien jetzt das bärtige Gesicht eines Mannes. Er musterte Bardi kurz, dieser nickte freundlich. Daraufhin öffnete der vermeintliche Pförtner die Tür. Seine bullige Gestalt füllte fast den gesamten Türrahmen. Für einen kurzen Augenblick konnte Bardi mehrere Überwachungsmonitore in dem Raum hinter dem Türsteher erkennen.

»Ist Marilyn da?«, fragte Bardi.

Der Mann brummte etwas, das mit viel Wohlwollen als ein *Si* gedeutet werden konnte.

»207. Richtig?«

Wieder ein gebrummtes *Si.*

Ohne den Mann weiter zu beachten, stieg Bardi die Treppe zur zweiten Etage hoch, da er annahm, dass die Zwei in der Zimmernummer wie in einem Hotel die Etage angab.

Auf der Treppe kam ihm eine Frau um die vierzig entgegen. Im Vorübergehen konnte Bardi nur einen kurzen Blick auf ihr Gesicht erhaschen, dessen Züge ihm seltsam vertraut vorkamen. Am auffälligsten waren jedoch die rot geschminkten Lippen und das etwas zu schrille Kleid, das sie trug. Bardi nickte flüchtig zum Gruß. Hatte er sie schon einmal gesehen? Er war sich ziemlich sicher, dass dies nicht der Fall war. Woher dann aber dieses scheinbare Déjà-vu?

Für diesen Gedankengang benötigte Bardi drei Sekunden. Dann traf ihn die Erkenntnis wie ein Blitz. Die Frau, der er soeben begegnet war, erinnerte ihn an seinen Freund Mirri. Nicht auf den ersten Blick, aber da war dieser schmollende Zug um den Mund, der die Ähnlichkeit hervorrief. Und überhaupt, hatte das Gesicht nicht etwas Männliches gehabt?

Einen Augenblick lang blieb Bardi verwirrt stehen, dann machte er im wahrsten Sinne des Wortes auf dem Absatz kehrt und rannte die Treppe hinunter. Die Person musste Marilyn gewesen sein. Offensichtlich hatte der Bärtige sie vor ihm gewarnt. Er hörte, wie sich die Schritte der Frau, oder vielmehr des als Frau verkleideten Mannes, jetzt ebenfalls beschleunigten. Doch Bardi war schneller, denn der Mann – Bardi erkannte am kraftvollen Gang des Flüchtenden jetzt eindeutig, dass es sich um einen Mann handeln musste – trug Pumps. Als Bardi das Parterre erreichte, hatte der Mann nur noch eine Armlänge Vorsprung. Noch zwei Schritte und …

25. Kapitel

Wie aus dem Nichts traf Bardi ein Schlag in die Nierengegend. Er jaulte vor Schmerz auf und ging in die Knie. Seine Augen füllten sich mit Tränen. Verschwommen sah er, wie Marilyn das Haus verließ.

Dann wurde Bardi unsanft hochgerissen. Der bullige Aufpasser sah ihn wütend an und durchsuchte seine Taschen. Als er Bardis Dienstmarke fand, pfiff er durch die Zähne. Immerhin lockerte er jetzt den Griff und führte Bardi in den kleinen Raum mit den Monitoren, in dem er den Capitano auf einen Bürosessel setzte. Bardi rang nach Luft. Der Schmerz ließ langsam nach.

»Nichts anfassen«, mahnte der Mann, nahm sein *Telefonino* vom Schreibtisch und verließ den Raum.

Auf einem der Monitore konnte Bardi sehen, wie er telefonierte und dabei aufgeregt Bardis Dienstmarke schwenkte. Schließlich verschwand der Mann aus dem Sichtfeld der Kamera, um einen Augenblick später wieder vor Bardi aufzutauchen. Er gab ihm die Dienstmarke zurück.

»Signorina Tiziana möchte Sie sprechen«, sagte er und bot Bardi mit einer sportlichen Geste die Hand, um ihn hochzuziehen.

»Sie meinen Signorina Titi«, erwiderte Bardi und erhob sich, wobei er die hilfsbereite Hand ignorierte.

»Sie wartet im Klub.«

* * *

Signorina Titi erwartete Bardi in einer der Plüschecken. Bis auf ein paar leicht bekleidete junge Damen, die gelangweilt auf den Barhockern saßen, war der Klub so früh am Abend noch leer. Bardi musste zugeben, dass der Klub im Dämmerlicht des Kronleuchters eine Art von gemütlicher Heimeligkeit verströmte. Er nickte den Damen kurz zu und versank in den Polstern gegenüber von Signorina Titi. Auf dem Tisch in der Mitte des u-förmigen Sofas stand ein goldener Kübel, aus dem eine Champagnerflasche hervorlugte. Zwei Sektflöten komplettierten das Arrangement.

»Dann sind Sie also doch Carabiniere«, begrüßte sie Bardi mit einem breiten Lächeln. »Zu Ihren hiesigen Kollegen besitze ich ausgezeichnete Beziehungen. Allesamt nette Kerle. Nicht wie diese Pedanten von der Guardia di Finanza.«

»Das glaube ich Ihnen gern«, erwiderte Bardi, woraufhin Signorina Titi ihn aufmerksam musterte.

»Sie sind sicher durstig?« Die Besitzerin des Nachtklubs griff zur Champagnerflasche.

»Nein danke«, erwiderte Bardi.

»Oder müde?« Signorina Titi sah ihn mit sorgenvoller Miene an. »Ich kann gern etwas Entspannung für Sie arrangieren.«

»Das glaube ich Ihnen aufs Wort«, erwiderte Bardi kalt. »Mein Freund war in letzter Zeit öfter zu Gast bei Marilyn.«

»Das sind viele. Marilyns beste Jahre liegen zwar weit hinter ihm, aber für die meisten Männer ist er noch gut genug.«

»Wenn nur nicht die Drogen wären«, warf Bardi ein.

»Ja, diese Drogen«, echote Signorina Titi mit einem Gesichtsausdruck, als trüge sie die Last der ganzen Welt.

»Vergießen Sie bloß keine Krokodilstränen«, sagte Bardi.

Sofort verriet Signorina Titis Gesichtsausdruck Wachsamkeit.

Bardi nickte wissend. »Genug geplauscht. Zeigen Sie mir bitte Marilyns Zimmer.«

»Haben Sie einen Durchsuchungsbeschluss oder ist Gefahr in Verzug?«

»Nein«, lächelte Bardi, denn die Signorina schien ihre Rechte genau zu kennen. »Aber wenn ich aus dem Verschwinden meines Freundes eine offizielle Untersuchung mache, bleibt hier kein Steinchen auf dem anderen. Ich bin Capitano der Carabinieri. Glauben Sie, dass Ihre hiesigen Freunde Sie schützen können, wenn die Sache erst einmal in Rom aktenkundig ist?«

Bardi überlegte, ob er etwas dick aufgetragen hatte, doch nach einem Augenblick erhob sich Signorina Titi und nickte freudlos.

26. Kapitel

Marilyns Zimmer hatte eine frappierende Ähnlichkeit mit jener Kasernenstube, in der Bardi während seiner Anfangszeit bei den Carabinieri gewohnt hatte. Es war klein, zweckmäßig eingerichtet und roch nach Desinfektionsmittel. Selbst das Bett strahlte keine Romantik aus, denn es bestand aus einem einfachen Stahlrahmen mit einer Matratze, über die ein azurblaues Spannbettlaken gezogen war. Wahrscheinlich erwarteten die Freier auch keine liebliche Atmosphäre in diesem Etablissement, und die Prostituierten erst recht nicht. Neben dem Bett stand eine kleine Kommode, die als Nachttisch diente. Darauf eine Schale mit eingeschweißten Kondomen, ein leerer Aschenbecher aus Glas und ein Heftchen Streichhölzer mit dem Schriftzug von Signorina Titis Nachtklub.

Das Fenster hatte eine Milchglasscheibe, durch die fahl das orange Licht der Abendsonne fiel. Aus einem der Nachbarzimmer hörte Bardi ein monotones Stöhnen und das Quietschen eines Bettes.

Sein Blick wanderte weiter durch das Zimmer: Neben der Tür war ein Waschbecken angebracht. Des Weiteren gab es einen Kleiderschrank, einen Stuhl und einen großen Spiegel.

Bardi öffnete den Kleiderschrank. Über einem Bügel hing eine Jeanshose und auf einem Brett weiter unten ein akkurat gefaltetes weißes Hemd. Ein Paar Adidas-Sneaker stand auf dem Boden des Schrankes. Ansonsten war er leer. Auch der Inhalt in den Schubläden der Kommode verriet wenig über den Mieter des Zimmers: ein paar Handtücher, Nachfüllpacks für den Seifenspender und ein billiges Damenparfum. Dazu eine Zahnbürste nebst Zahnpasta und ein Deostift.

Der einzige persönliche Gegenstand im ganzen Raum fiel Bardi zuallerletzt auf. Es handelte sich um ein kleines fein gearbeitetes Metallkreuz an einem Rosenkranz, das neben dem Schrank an einem Haken an der Wand hing. Bardi nahm das Kreuz in die Hand und befühlte die glatte, matte Oberfläche: Das Kreuz glich dem, das in Mirris Kassette gelegen hatte, wie ein Ei dem anderen.

»Wissen Sie, was es mit diesem Kreuz auf sich hat?«

»Keine Ahnung.« Signorina Titi zuckte mit den Achseln. »Aber Marilyn trägt es immer bei sich ... Wenn er Mann ist.«

Bardi blickte sich noch einmal um. Doch weitere Geheimnisse schien dieses Zimmer nicht zu bergen. Im Gegenteil, seine Schlichtheit deprimierte Bardi.

Während Signorina Titi den Raum verschloss, fragte Bardi, ob sie Marilyns richtigen Namen kenne.

»Nein«, antwortete die Klubbesitzerin knapp. Ein korpulenter Mann mit Halbglatze kam aus dem Zimmer zwei Türen weiter und huschte mit gesenktem Kopf an Bardi und Signorina Titi vorbei.

»Aber es muss doch einen Mietvertrag geben«, ließ Bardi nicht locker.

»Natürlich«, seufzte Signorina Titi gottergeben und bedeutete Bardi mit einem Handzeichen, ihr zu folgen.

* * *

Das Büro des Klubs von der Größe einer Besenkammer befand sich in einem fensterlosen Raum hinter dem Tresen. Bardi wartete auf dem Gang, an dessen Wänden sich Getränkekästen stapelten. Schließlich erschien Signorina Titi mit dem Mietvertrag, der in einer Klarsichtfolie steckte.

»Aldo Lana, geboren am 18. Juli 1969 in Arezzo, wohnhaft Via Alfredo Ascoli.«

Bardi horchte bei der Erwähnung von Lanas Geburtsort auf. Hatten nicht Mirris Großeltern in der Nähe von Arezzo gelebt? Er zückte seinen Notizblock. »Wie lautet die Hausnummer?«

»Die Mühe können Sie sich sparen. Das Haus gehörte einem Onkel von mir. Es wurde abgerissen und durch einen Wohnblock mit Luxusapartments ersetzt.«

»Und solch ein Apartment konnte sich Marilyn nur früher leisten«, sagte Bardi.

»Woher wissen Sie das?«

Bardi lächelte Signorina Titi an. »Rufen Sie mich an, wenn Marilyn wieder auftaucht.«

Er schrieb der Signorina die Nummer seines *Telefoninos* auf und verabschiedete sich.

27. Kapitel

Auf dem Weg zurück nach San Pietro ließ Bardi seinen Gedanken freien Lauf. Mochten andere fernöstliche Meditation oder einen LSD-Trip benötigen, um ihr Bewusstsein zu erweitern, auf Bardi hatte Autofahren eine kontemplative Wirkung – vor allem wenn die Strecke nicht anspruchsvoll war.

Zunächst musste er milde lächeln aufgrund der Ansammlung eigenartiger Menschen, denen er an diesem Tag begegnet war. Sie alle waren ihm wie Suchende oder besser Flüchtende vorgekommen. Beinhaltete eine Suche nicht immer auch eine Flucht? Vielleicht war sein Freund Mirri auf der Flucht. Aber wovor? Seine Ehe war intakt, und Mirri liebte seine Kinder. Dafür hätte Bardi seine Hand ins Feuer gelegt.

Blieben die inneren Dämonen. Was verfolgte Mirri? Und warum ausgerechnet jetzt? Und dann Marilyn, der Mirri auf seltsame Weise so ähnlich sah. Über seine Verwandtschaft hatte Mirri nie viele Worte verloren. Bardi wusste nur, dass er keine Geschwister hatte.

Ihm kamen die identischen Kreuze in den Sinn. Religiöse Symbole. Und sogleich sah er Padre Adriano vor seinem inneren Auge, wie er vor dem Nachtklub in das Taxi stieg. Was hatte ein

Padre dort zu suchen, wo er doch das Zölibat zu achten hatte? Hatte er sich womöglich auch in ihm geirrt?

Ärgerlich schüttelte Bardi den Kopf, weil er automatisch in dieses Denkmuster verfallen war. Ausgerechnet er, der die Kirche oft als verlogene, selbstgerechte Institution empfand, die sich mehr mit sich selbst beschäftigte als mit den Sorgen und Nöten ihrer Schäflein. Der Padre war auch nur ein Mann. Möglicherweise waren seine inneren Dämonen noch viel diabolischer als Bardis. Bardi beschloss, sich nicht zum Richter über Padre Adrianos Privatleben aufzuschwingen und ihre Begegnung hinter dem Schleier der Diskretion zu verbergen.

Fast verpasste Bardi die Abfahrt Richtung San Pietro. In letzter Sekunde riss er das Lenkrad herum und provozierte ein wütendes Hupkonzert der nachfolgenden Fahrzeuge.

* * *

Auf Bardis Schreibtisch lag ein Zettel, auf dem Emanuele die Vorkommnisse des Tages notiert hatte.

Offensichtlich war es am Nachmittag auf dem Bolzplatz vor den Toren San Pietros zu einer Rauferei zwischen Jungen gekommen, bei der es um einen angeblich gestohlenen Fußball ging. Emanuele hatte den Streit geschlichtet und die Personalien der Jugendlichen aufgenommen. Einer von ihnen war Mirris draufgängerischer Sohn Stefano gewesen, der Zwillingsbruder des stilleren Leandro.

Des Weiteren war erneut eine vergiftete Salami aufgetaucht. Der Halter hatte sie seinem Hund gerade noch rechtzeitig aus dem Maul nehmen können. Die Wurst wies den charakteristischen Schnitt auf und lag in einem Beweisbeutel verpackt neben dem Zettel. Während Bardi überlegte, wo er das Beweisstück am besten verstauen sollte, klingelte das Telefon. Kurz entschlossen warf er den Beutel mit der Wurst in den Mülleimer.

Am anderen Ende der Leitung war Thompson, der Popstar im Ruhestand, und erinnerte ihn als Teamcaptain der Polomannschaft an das Match gegen die Mannschaft aus Verona, das am nächsten Mittwoch in San Pietro stattfinden sollte. Bardi versprach hoch und heilig zu kommen.

Per E-Mail stellte Bardi eine Anfrage an das *Ufficio anagrafe* von Livorno. Er bat die Kollegen vom Einwohnermeldeamt um die aktuelle Adresse von Aldo Lana aka Marilyn.

Dann sperrte er die Tür der Wache zu und machte sich auf den Weg zu den Mirris.

28. Kapitel

Bardi fand Carla mit ihren Söhnen beim Abendessen. Es gab Carlas berühmten Caprese-Salat, dazu Bruschetta mit Knoblauch und Salz. Doch alle drei stocherten lustlos in ihrem Essen herum und rührten das Brot nicht an. Stefano sah ängstlich zu Bardi hinüber, als der sich an den Tisch setzte.

»Der Ball gehört uns«, murmelte er.

»Deshalb bin ich nicht gekommen«, erwiderte Bardi.

Carla schaufelte etwas Caprese in eine Schale und schob sie Bardi über den Tisch. Der Capitano hatte ein schlechtes Gewissen, als er auch beim Bruschetta herzhaft zulangte.

»Sagt euch der Name Aldo Lana etwas?«, fragte er zwischen den ersten Bissen.

Alle drei schüttelten den Kopf.

»Mirri ... Luigi ... hat einen Mann diesen Namens in Livorno besucht«, erklärte Bardi. »Lana besitzt eine gewisse Ähnlichkeit mit Luigi und wurde in Arezzo geboren. Deshalb nehme ich an, dass er ein Verwandter ist.«

Carla sah Bardi erstaunt über diese Neuigkeit an. Er konnte förmlich sehen, wie sich die Gedanken in ihrem Kopf überschlugen.

»Können wir unter vier Augen reden?«, fragte er Carla.

»Ist Luigi …?«, erwiderte Carla stockend.

Doch Bardi tätschelte beruhigend ihre Hand. »Nein.«

Erleichtert raffte Carla sich auf und klatschte in die Hände. »Ab in euer Zimmer.«

Murrend erhoben sich Stefano und Leandro, wobei Stefano offensichtlich ganz froh war, von Bardis Gesellschaft entbunden worden zu sein.

Bardi berichtete Carla in kurzen Zügen von seiner Fahrt nach Livorno.

»Luigi ist nicht … schwul«, sagte Carla, als Bardi von Marilyn berichtete.

»Natürlich nicht«, erklärte Bardi und musste unwillkürlich an einen Kollegen aus Rom denken, der nach dreizehn Jahren Ehe festgestellt hatte, dass er einen Mann liebte.

Zunächst hatte der Kollege seine Neuorientierung vor den anderen verborgen. Die Carabinieri waren noch immer eine von Männern dominierte Organisation und *Finocchio*, Schwuchtel, war eines ihrer beliebtesten Schimpfworte. Doch eines Tages hatte er es seinem besten Freund unter den Kollegen erzählt.

Dieser hatte nichts Besseres zu tun gehabt, als die Neuigkeit jedem weiterzuerzählen, dem er begegnete. Schließlich wollte er nicht in Verdacht geraten, selbst ein *Finocchio* zu sein. Es dauerte keinen Monat, bis der homosexuelle Kollege um Entlassung bat. Und obwohl er einer der Tüchtigsten gewesen war, wurde dieser schneller als gewöhnlich stattgegeben.

Aber Mirri schwul? Dafür gab es keinerlei Anzeichen. Wenn das Thema Homosexualität angesprochen worden war, hatte Mirri sich immer neutral gezeigt. Das Thema schien ihn in keinerlei Weise zu beschäftigen. Er lachte nicht über zotige bis schwulenfeindliche Witze, regte sich jedoch auch nicht darüber auf, wenn jemand solche erzählte.

»Erzähl mir von Mirris Familie«, bat Bardi Carla.

»Da gibt es nicht viel zu erzählen«, erwiderte sie. Sie dachte nach, schüttelte dann aber resigniert den Kopf. »Luigi hat nie viel von seiner Kindheit gesprochen. Anfangs fand ich das etwas befremdlich. Schließlich ist meine Familie so groß, dass ihre Mitglieder ein Telefonbuch so dick wie das von Florenz füllen würden.«

Sie lächelte, und Bardi versuchte ebenfalls eine aufmunternde Miene aufzulegen.

»Luigi war das einzige Kind. Sein Vater war ein Tunichtgut. Matrose bei der Handelsmarine, immer auf Reisen … starb auf hoher See an Herzversagen, als Luigi drei Jahre alt war. Seine Mutter musste sich daraufhin Arbeit suchen, die sie als Sekretärin in Mailand fand. Luigi wuchs bei ihren Eltern auf.«

»Den Olivenbauern?«, fragte Bardi, um im Bild zu bleiben.

Carla nickte. »Dann kam er auf dieses katholische Internat in der Nähe von Mailand. So war er auch seiner Mutter näher, die mittlerweile mit einem verheirateten Mann zusammenlebte, der in seinem Haushalt offenbar nicht das Kind eines anderen Mannes duldete. Wahrscheinlich kam er wenigstens für die Kosten des Internats auf.«

Carla beugte sich zu Bardi über den Tisch. »Ich glaube, Luigis Mutter war eine gefühlskalte Person. Auch wenn Luigi von ihr immer wie von einer Heiligen spricht.«

»Lebt seine Mutter noch?«

»Nein. Noch bevor Luigi das Internat verlassen hat, ist sie an einer verschleppten Lungenentzündung gestorben …«

Bardi berichtete von dem Kreuz, das er in Marilyns Zimmer entdeckt hatte und das dem von Mirri glich.

Carla zuckte mit den Schultern. »Ich hielt es für ein Geschenk zur Kommunion oder so etwas. Luigi hat nie darüber geredet. Aber …« Sie stockte.

Bardi sah sie fragend an.

»Vor ein paar Wochen fand ich ihn hier auf dem Sofa. Neben ihm lag die Kassette. In den Händen hielt er das Kreuz und betrachtete es. Er war ganz in Gedanken versunken. Als Luigi mich endlich bemerkte, war er richtig erschrocken. So als hätte ich ihn ertappt. Er legte das Kreuz schnell zurück und verstaute die Kassette wieder im Schrank und sagte etwas wie ›Alter Plunder‹ oder ›Nichtsnutzes Zeug‹.«

»Aber offensichtlich verbindet er Erinnerungen mit dem Kreuz«, warf Bardi ein.

Carla nickte zustimmend. »Seinem Gesichtsausdruck nach zu urteilen, handelte es sich um keine guten.«

»Darf ich mir das Kreuz ausleihen?«, fragte Bardi.

Carla nickte erneut.

29. Kapitel

Am nächsten Morgen klingelte Bardi, Mirris Kreuz in der Tasche, an der Tür des schmucklosen Pfarrhauses, das sich am Ende einer kurzen Sackgasse hinter der Kirche befand.

Bardi musste den Klingelknopf dreimal betätigen, bevor die Haustür von Signora Bertini geöffnet wurde. Die stets etwas mürrisch dreinschauende Haushälterin von Padre Adriano fühlte sich offensichtlich gestört, denn sie öffnete die Tür nur einen Spaltbreit.

»Ist der Padre zu sprechen?«, fragte Bardi. Im Flur hinter der Haushälterin entdeckte er eine grüne Windjacke am Haken der Garderobe.

Eine junge Frau erschien hinter Signora Bertini. Erst auf den zweiten Blick erkannte Bardi Paola, die sechzehnjährige Tochter der Haushälterin, die – wenn er sich richtig erinnerte – eigentlich als Austauschschülerin in den USA sein sollte. Bardi überlegte, wann er die junge Frau zuletzt gesehen hatte, und kam zu dem Schluss, dass dies mindestens ein Jahr zurücklag. Vielleicht erklärte diese lange Zeit auch die Veränderung, die ihm an Paola auffiel. War sie früher auf hübsche Art immer etwas mollig gewesen, so war sie jetzt schlank. Ja, Bardi fand sie etwas zu mager, fast dürr. Ihre ehemals dunklen Haare waren blond gefärbt und das Gesicht des Teenagers wirkte ausgezehrt, weshalb Bardi sie zunächst nicht erkannt hatte.

»Zurück aus Amerika?«, rief er ihr aufmunternd zu. Paola nickte hastig und verschwand auf der Treppe nach oben, die zu der kleinen Einliegerwohnung von Signora Bertini führte.

»Padre Adriano ist nicht zugegen«, beschied Paolas Mutter Bardi.

»Es geht um die verschwundene Statue«, erklärte der Capitano.

»Ich werde ihm ausrichten, dass Sie hier waren«, erwiderte Signora Bertini, nickte unfreundlich und schloss die Tür.

Bardi seufzte und überquerte die Piazza, auf der mittlerweile nur noch ein paar platt getretene Kartons und vergessene Stromkabel von dem vergangenen Weinfest zeugten, und betrat die Wache.

Emanuele saß gelangweilt an seinem Schreibtisch und begrüßte Bardi mit einem gähnenden *Come sta?*.

»Und Ihnen?«

Jetzt kam Leben in Emanueles Körper. Hastig durchsuchte er die Papiere auf seinem Schreibtisch. Dann hielt er einen Computerausdruck in die Höhe. »Rattengift.«

»Rattengift?« Bardi verstand nicht.

»Die Wurst war mit Rattengift präpariert. Aber etwas ist seltsam ...« Emanuele blickte Bardi erwartungsvoll an.

»Ich habe keine Lust auf Ratespiele«, brummte Bardi.

»Das Gift ist in dieser Zusammensetzung seit über vierzig Jahren nicht mehr im Handel erhältlich. Außerdem hat es durch die lange Lagerung an Wirksamkeit verloren und stellt höchstens noch für kleine Mäuse eine Gefahr dar.«

»Gott sei Dank«, erwiderte Bardi.

»Und jetzt?«

»Irgendwann werden wir den Täter auf frischer Tat ertappen. Bis dahin werden wir ein paar Zettel aufhängen, auf denen vor den präparierten Würsten gewarnt wird.«

Emanuele nickte zumindest halbwegs überzeugt. Bardi bat ihn nachzusehen, ob es Reaktionen auf ihre Vermisstenanzeige bezüglich Mirri gegeben hatte. Er selbst prüfte seine E-Mails und war überrascht, so schnell eine Antwort des Einwohnermeldeamts von Livorno vorzufinden. Unter *Re: Aldo Lana* wurde ihm mitgeteilt, dass Marilyn noch unter der alten Adresse gemeldet war. Und das, obwohl Italiens Meldeverfahren umständlich, aber besonders genau war. In der Theorie hatte jeder Einwohner, Italiener wie Ausländer, mit einer Frist von zwanzig Tagen nach Zuzug beim örtlichen Einwohnermeldeamt zu erscheinen. Danach wurde jede An- oder Ummeldung durch einen Kontrollbesuch überprüft. In der Praxis war dieses Verfahren natürlich sehr zeitaufwendig, und es hatte schon Fälle gegeben, in denen der Kontrollbesuch Jahre später durchgeführt oder gänzlich vergessen wurde. Offensichtlich hatte sich niemand bei der zuständigen Behörde darüber gewundert, dass Aldo Lana in einem Haus wohnte, das zwischenzeitlich abgerissen und durch ein neues ersetzt worden war.

»Nichts Neues bei der Vermisstenanzeige«, erklärte Emanuele nach einer Weile.

Der Capitano beschloss, Emanuele auf den neusten Stand zu bringen, ermahnte ihn jedoch vorher zum Stillschweigen, da er wusste, wie schnell Gerüchte in San Pietro die Runde machten. Seine Begegnung mit Padre Adriano in Livorno verschwieg er, allerdings berichtete er Emanuele von seinem vergeblichen Versuch, mit dem Padre über die Statue und das Kreuz von Mirri zu sprechen.

»Was ist mit mir?«, fragte eine sonore Stimme.

Bardi und Emanuele drehten ihre Köpfe gleichzeitig um. Padre Adriano stand in der offenen Eingangstür.

»Mein Assistent hat herausgefunden, dass es sich bei der verschwundenen Statue um das Werk eines Schülers von Donatello handeln könnte«, rief Bardi dem Pfarrer zu.

»Donatello?«, erwiderte Padre Adriano erschrocken. Seine Stimme klang schrill. Doch schnell erlangte der Geistliche seine Selbstsicherheit wieder und lächelte. »Das wüsste ich.«

»Möglich, dass es eine sehr gute Kopie ist«, fügte Emanuele hinzu.

»Sehen Sie.« Der Padre war sichtlich erleichtert.

»Selbst in diesem Fall sollten Sie Anzeige erstatten und die Versicherung einschalten«, verkündete Bardi streng.

Padre Adriano wischte dessen Einwand mit einer abfälligen Handbewegung beiseite, die nicht zu seinem sonst so gemessenen Auftreten passte. »Ich bin hier, weil ein alter Freund von mir vermisst wird.«

30. Kapitel

Die Benediktinerabtei Monte Rosso lag am Rücken einer Hügelkette sechs Kilometer südöstlich von San Pietro. Ihre Ländereien erstreckten sich bis in das Tal. Sie waren zum größten Teil an örtliche Landwirte verpachtet worden, da es Monte Rosso wie vielen anderen Abteien an Nachwuchs mangelte. Die eigentliche Abtei stammte aus dem späten 14. Jahrhundert. Ihre mächtigen backsteinroten Gemäuer überragten die Zypressen und Pinien der gepflegten Parkanlage, deren Mittelpunkt die Klosteranlage bildete.

Mit seiner Kirche, seinen Kreuzgängen, Lehrsälen und einer großen Bibliothek besaß Monte Rosso die klassische Struktur eines Benediktinerklosters. Neben einem Institut zur Restaurierung alter Schriften war die Abtei vor allem für ihren Kräuterlikör berühmt, dessen geheimes Originalrezept der Erzählung nach in einem Gewölbe lagerte, das tief in den Fels des Bergs hineingehauen worden war.

Bardi hielt diese Geschichte für ein Märchen, das freilich dafür sorgte, dass sich an jenen Tagen, an denen sich die Pforten für Besucher öffneten, ganze Heerscharen von Touristen über die Abtei ergossen und den Klosterladen leer kauften.

Auf der kurzen Fahrt von San Pietro nach Monte Rosso hatte Padre Adriano dem Capitano und seinem Assistenten von

Padre Vincenzo berichtet, einem Freund, mit dem er Mitte der Siebziger in Rom Theologie studiert hatte und der seit Anfang August im Kloster seinen Ruhestand genoss. Im Gegensatz zu Padre Adriano hatte sich Vincenzo nie zum Priesteramt berufen gefühlt. Adriano nannte ihn einen begnadeten Theoretiker, worin auch der Grund zu liegen schien, warum sein Freund Lehrer an einem Benediktinerinternat in der Nähe von Mailand geworden war.

»Luigi Mirri hat ein katholisches Internat in der Nähe von Mailand besucht«, warf Bardi ein.

»Dann war er sicher ein Schüler von Vincenzo«, erwiderte Padre Adriano. »Schon seltsam, wie Schicksale sich kreuzen.«

»Mirri wird ebenfalls vermisst«, sagte Bardi und drehte sich zu Padre Adriano um, der auf der Rückbank des Streifenwagens Platz genommen hatte.

»Schicksale«, murmelte Padre Adriano und schaute aus dem Fenster, wo am Straßenrand ein Holzschild den Weg zum Kloster wies.

»Ich werde den Verdacht nicht los, dass Sie mehr wissen, als Sie uns zu sagen bereit sind«, bemerkte Bardi ohne Schärfe in seiner Stimme. Doch Padre Adriano schwieg standhaft.

Emanuele lenkte den Wagen auf die gepflegte Zypressen-allee, die schnurgerade zum wuchtigen Hauptgebäude der Abtei führte. Sie parkten neben einem Lastwagen, auf dessen Koffer-aufbau eine überdimensionale Likörflasche geklebt war. Padre Adriano öffnete mit der Zielstrebigkeit eines Ortskundigen die Tür innerhalb des großen Tors, das den Zugang zum Inneren des Gebäudekomplexes bildete.

31. Kapitel

Auf dem großen von Kreuzgängen umschlossenen Innenhof erwartete sie der Vorsteher des Klosters: Abt Covito, ein schlanker Mann von Mitte fünfzig in schwarzem Habit, der einfachen Ordenstracht der Benediktiner. Er begrüßte die Besucher mit einem knappen Handschlag und Bardi bemerkte, dass er Padre Adriano bei dieser Gelegenheit über seine randlose Brille einen bösen Blick zuwarf.

Bevor sie miteinander sprechen konnten, mussten sie das ohrenbetäubende Geläut der Glocken der Abteikirche abwarten, die zehn schlugen.

»Ich glaube nicht, dass wir Ihre Hilfe benötigen«, sagte Abt Covito zu Bardi, als das letzte Läuten langsam verklang. »Wahrscheinlich taucht Padre Vincenzo bald wieder auf.«

»Warum haben Sie dann Padre Adriano informiert?«

»Ich dachte, Padre Vincenzo wäre vielleicht bei ihm. Schließlich sind sie alte Freunde.«

»Wenn wir schon einmal hier sind, könnten Sie mir doch erzählen, was genau passiert ist.«

Abt Covito musterte Bardi für einen Augenblick. Dann huschte ein mildes Lächeln über sein Gesicht. »Ich wollte nicht unfreundlich erscheinen.«

Bardi nahm diese Entschuldigung mit einem Nicken an. Kirchenleute waren immer ein schwieriges Klientel, was daraus resultieren mochte, dass sie ihr Dasein halb auf Erden, halb in spirituellen Sphären fristeten.

»Padre Vincenzo wurde zuletzt am vergangenen Freitag gegen Mittag im Kräutergarten gesehen«, ging Abt Covito sofort in medias res.

»Von wem?«, fragte Bardi.

»Von mir«, erwiderte Abt Covito. »Ich habe auf meinem obligatorischen Rundgang gegen elf Uhr fünfundvierzig bei ihm vorbeigeschaut.«

»Ist Ihnen etwas Seltsames aufgefallen?«

»Im Kräutergarten direkt nicht«, erwiderte Abt Covito. »Aber Padre Vincenzo wirkte in den letzten Tagen verändert.«

»Inwiefern?«

»Wir kennen ihn natürlich noch nicht lange. Deshalb kann ich nicht beurteilen, ob er zu Stimmungsschwankungen neigt ...«

Fragend blickte Bardi Padre Adriano an.

Doch der schüttelte den Kopf. »Vincenzo ist eine Frohnatur. Zumindest war er das früher. Wir hatten uns schließlich über dreißig Jahre aus den Augen verloren. Aber als er mich vor einigen Wochen besuchte, war Vincenzo immer noch derselbe. Obwohl, das stimmt nicht ganz ...« Padre Adriano wandte sich zu Abt Covito. »Denn er schien mir noch fröhlicher und ausgeglichener als früher. Offensichtlich tat ihm die Luftveränderung gut.«

»Da habe ich einen ganz anderen Menschen kennengelernt«, entgegnete der Abt.

»Inwiefern?«, fragte Bardi.

Der Abt überlegte kurz. »Nun ja, das Kloster ist ein Ort der Besinnung. Das Leben verläuft sehr ruhig, um den Bewohnern eine innere Einkehr zu ermöglichen. Aber gerade deshalb fallen

Veränderungen schnell auf. Padre Vincenzo war grundsätzlich sehr verschlossen. Aber in den letzten Tagen war er regelrecht verstummt. Selbst außerhalb der Klausur – so nennen wir jenen Bereich, der den Ordensmitgliedern vorbehalten ist und ihnen als Bereich des Rückzugs dient – grübelte er stets eigenbrötlerisch vor sich hin und redete mit niemanden, was er zuvor zumindest ab und zu tat. Als ich ihn darauf ansprach, ob ihn etwas bedrücke, antwortete er einsilbig mit Nein.«

»Wann trat diese Veränderung ein?«

Wieder überlegte der Abt. Die Melodie des *Halleluja* aus Händels *Messiah* ertönte blechern. Bardi brauchte einen Augenblick, bis er begriff, dass die Töne von einem *Telefonino* stammten, das Covito in der linken Hand hielt. Mit einer genervten Geste wies der Abt den Anruf ab. »Anfang der vorigen Woche.«

»Gab es ein Geschehnis, das diese Reaktion hervorgerufen haben könnte?«

»Nicht hier im Kloster. Das wüsste ich.«

»Hatte Padre Vincenzo jemals Besuch?«

Der Abt schüttelte den Kopf. »Auch das wüsste ich. Allerdings habe ich natürlich keine Kenntnisse darüber, mit wem er außerhalb der Abtei verkehrte.« Er blickte Padre Adriano an und lächelte. »Von Ihnen hat Bruder Vincenzo natürlich berichtet. Ohnehin dürften Sie, mein lieber Padre Adriano, einer der Gründe gewesen sein, weshalb er sich unsere bescheidenen Gemäuer als Alterssitz ausgewählt hat.«

Padre Adriano fühlte sich offensichtlich geschmeichelt, was sich in einer übertrieben demütigen Geste äußerte, die er mit seinen Händen vollführte.

»Ist es dafür nicht noch etwas früh?«, fragte Bardi schnell, dem das Süßholzgeraspel der beiden Kirchenmänner auf die Nerven ging.

»Wofür?«, hakte der Abt nach.

137

»Für einen Altersruhesitz. In San Pietro und Umgebung hat in den letzten Jahrzehnten kein Pfarrer sein Amt niedergelegt, der nicht mindestens siebzig war. Nach meinen Informationen ist Padre Vincenzo ungefähr im selben Alter wie unser Padre Adriano.«

»Im Schuldienst gelten andere Regeln«, antwortete der Abt schmallippig. Als er Bardis skeptischem Blick begegnete, fügte er hinzu: »Außerdem ist Bruder Vincenzo niemandem Rechenschaft schuldig, und auch ich habe keine verlangt. Unser Kloster steht jedermann offen.«

Bardi nickte, was den Abt offenbar ermutigte, denn er rang sich ein Lächeln ab.

»Da war noch etwas ...«

Wieder läutete das *Telefonino*. Abt Covito schaute auf die Nummer, zog entschuldigend die Schultern nach oben und entfernte sich, um das Gespräch entgegenzunehmen.

Bardi nutzte die Zeit, um einen Olivenbaum zu begutachten, der in einem Terakottakübel steckte. Obwohl der Baum noch recht jung war, trug er bereits viele – zu dieser Jahreszeit freilich noch sehr unreife – Früchte. Offensichtlich handelte es sich um einen Moraiolo, eine nicht sehr hochwachsende Sorte, die in Mittel- und Norditalien sehr beliebt war, da das Pflücken der Früchte per Hand auf diese Weise einfacher war. Während Bardi noch überlegte, ob solch ein Olivenbaum eine sinnvolle Ergänzung zu den Kräutern auf seiner Terrasse darstellen würde, kehrte der Abt zurück.

»Außer für meine zwölf Mitbrüder bin ich noch für über dreißig weltliche Mitarbeiter verantwortlich, die in den Wirtschaftsbetrieben unserer Abtei arbeiten. Da gibt es ständig etwas zu klären«, meinte er seufzend. »Aber wo war ich stehen geblieben?«

»Sie sagten, dass da noch etwas gewesen sei ...«, half ihm Emanuele auf die Sprünge.

»Es war am Morgen des Tages, an dem ich Bruder Vincenzo das letzte Mal begegnet bin.«

»Letzten Freitag also«, warf Bardi ein.

Der Abt nickte. »Bruder Vincenzo hatte die Angewohnheit, nach der Laudes, unserem Morgengebet, einen Spaziergang zu machen. Normalerweise war er zu Beginn seiner Arbeitszeit um acht Uhr zurück. Am Freitag kam er jedoch fast eine Stunde zu spät. Er entschuldigte sich bei mir damit, dass er sich verlaufen habe. Mir fiel auf, dass seine Kleidung schmutzig war und sein Haar zerzaust.«

»Haben Sie ihm geglaubt?«

»Warum hätte ich Bruder Vincenzo nicht glauben sollen?«

»Wegen seines ... derangierten Äußeren.«

»Für mich war es ein Zeichen dafür, dass er sich beeilt hatte, wieder den richtigen Weg zu finden«, erwiderte der Abt.

»Könnten wir uns Padre Vincenzos Kammer ansehen?«, bat Bardi.

Abt Covito zögerte. Doch als Padre Adriano die Augen schloss und ihn nickend aufmunterte, bat er die drei Besucher mit dem Hinweis, dass dies eine große Ausnahme sei, ihm rechter Hand ins Hauptgebäude zu folgen.

32. Kapitel

Bevor Abt Covito die unscheinbare Holztür öffnete, an der ein Messingschild mit der Aufschrift *Clausura* befestigt war, wies er Bardi und Emanuele an, sich im inneren Bereich des Klosters ruhig zu verhalten und ihre Handys auszuschalten. Hinter der Tür befand sich eine schmale Wendeltreppe. Während sie die ausgetretenen Stufen hochstiegen, fragte Bardi den Abt flüsternd, ob Padre Vincenzo das Kloster außer zu seinen morgendlichen Spaziergängen häufig verlassen hatte.

»Als er hierherkam, bat er mich, die Mittwochnachmittage freihaben zu können, um seine gebrechliche Mutter in Livorno besuchen zu können, wo sie in einem Altenheim lebt. Natürlich gewährte ich ihm diesen kleinen Wunsch«, antwortete Covito mit gedämpfter Stimme.

»Das ist seltsam«, gab Padre Adriano zu bedenken, der als Letzter die Treppe hinaufschritt. »Vincenzos Eltern sind Mitte der Siebzigerjahre bei einem Autounfall ums Leben gekommen.«

»Sind Sie sich da sicher?«, fragte Bardi etwas zu laut, der bei der Erwähnung Livornos hellhörig geworden war.

»Ich war auf der Beerdigung«, zischte Padre Adriano von hinten.

Also hatte Padre Vincenzo gelogen, was den Grund für seine Besuche in Livorno betraf. Bardis Waden zwickten. Die Höhe der Stufen war eindeutig für Menschen bestimmt gewesen, die noch kleiner als er selbst waren, weshalb der Capitano froh war, als nach einer letzten schraubenförmigen Drehung die Treppe endlich in einen langen Gang mündete. An beiden Wänden befanden sich in regelmäßigen Abständen schmale Türen. Es herrschte absolute Stille. Der Geruch, den das Gebäude verströmte, erinnerte Bardi an die Wache in San Pietro, eine Kälte verbreitende Modrigkeit.

Ein Mitbruder Abt Covitos schritt mit gesenktem Kopf an ihnen vorbei und grüßte mit einem kaum merklichen Nicken.

Der Abt öffnete die vierte Tür auf der linken Seite. Bardi fiel auf, dass sie wie alle anderen kein Schloss besaß. Die Zelle dahinter war ungefähr vier Meter lang und drei Meter breit. Am Kopfende befand sich ein kleines Fenster, doppelt verglast, darunter ein Radiator in moderner Ausführung. Hier roch es nach frischer Landluft.

»Wir beziehen die Energie für unsere Heizungsanlage und das Warmwasser über eine eigene Solaranlage«, erklärte der Abt, der Bardis Blicken gefolgt war, mit stolzer Stimme.

Die hohen Wände waren weiß getüncht. In dem Wandschrank vor dem Schlafsofa befand sich eine integrierte Waschgelegenheit. Auf der anderen Seite stand ein Schreibtisch. Alles war modern, praktisch, aufgeräumt und penibel sauber gehalten, wirkte aber unpersönlich.

So etwas nannte man wohl zweckmäßige Einrichtung, dachte Bardi und fühlte sich erneut an seine Stube in der Kaserne und an Marilyns ›Arbeitsplatz‹ erinnert.

Bardi trat einen Schritt in die Zelle, fuhr mit den Fingerkuppen über die alte Bibel auf dem Schreibtisch und betrachtete eingehend ein Foto, das in einem silbernen Bilderrahmen neben der Bibel stand.

Es zeigte zwei Männer, die sich die Hände schüttelten, der jüngere trug einen Anzug, der ältere das schwarze Gewand der Benediktiner. Bardi deutete auf den älteren Mann Ende fünfzig, der von kräftiger, großer Statur war und ein kantiges Gesicht besaß.

Padre Adriano kam näher und deutete ebenfalls auf den älteren der beiden Männer. »Das ist Bruder Vincenzo.«

»Es handelt sich um das Abschiedsfoto von der Schule, an der Bruder Vincenzo so lange erfolgreich unterrichtet hat.«

»Wie hieß die Schule?«, fragte Bardi.

»Collegio Cattolico di Pandino in der Nähe von Mailand«, antwortete Padre Adriano.

Collegio Cattolico di Pandino. Der Name der Schule kam Bardi bekannt vor. Jedoch konnte er nicht mit Gewissheit sagen, ob das Internat, das Mirri besucht hatte, so geheißen hatte.

Er widmete sich wieder dem Schreibtisch und zog die Schublade unter der Schreibfläche auf. Der einzige Gegenstand, der sich dort befand, war ein Kreuz aus Metall an einem Rosenkranz. Es glich jenen von Mirri und Marilyn bis ins kleinste Detail. Nur dass dieses keine Patina angesetzt hatte. Bardi nahm es heraus und ließ es in der Luft baumeln.

»Das Kreuz mit Benediktusmedaille«, flüsterte der Abt und fischte seinerseits aus der Tasche seiner Kukulle einen Rosenkranz, an dem eine kleine silberne Medaille hing. »Auf der Vorderseite befindet sich das Bild des heiligen Benedikt. In der rechten Hand hält er das Kreuz und in der linken das Regelbuch. Im Zeichen des Kreuzes hat Benedikt viele Wundertaten vollbracht. So hat er ...«

»Woher stammt dieses Kreuz hier?«, unterbrach Bardi den Abt.

Dieser schien ahnungslos. »Jeder von uns hat einen Rosenkranz, und viele tragen die Benediktusmedaille bei sich. Dementsprechend gibt es zahlreiche Variationen. Woher diese

Ausführung im Speziellen stammt, kann ich beim besten Willen nicht sagen.«

Fragend blickte Bardi Padre Adriano an. Doch der kniff die Lippen zu einer schmalen Linie zusammen.

Seufzend legte Bardi das Kreuz zurück an seinen Platz und wandte sich dem Kleiderschrank zu. Im oberen Fach lagen sorgfältig gefaltet Unterhosen und T-Shirts, alles in einem einheitlichen Dunkelgrau. Darunter auf Bügeln an einer Kleiderstange ein schwarzer Anzug, eine Regenjacke aus rissigem, gelbem Ölzeug und mehrere einfache dunkle Baumwollhosen.

Bardi sah Abt Corvino fragend an.

»Padre Vincenzo befindet sich noch in einem Zwischenstadium. Sollte er sich endgültig für unsere Gemeinschaft entscheiden, muss er seine Zivilkleidung abgeben.«

Bardi bemerkte, dass Padre Adriano etwas erwidern wollte, doch der Abt unterband dies mit einer unauffälligen Handbewegung. Zuunterst entdeckte Bardi bequeme Straßenschuhe, rahmengenäht, alt und ausgetreten, aber frisch gebürstet und gewachst. Er bückte sich und besah sich die Sohlen. Es waren glatte Ledersohlen, auf denen die Schuhgröße eingestanzt war: 43. All das passte zu den Spuren vom Weinberg.

Bardi stellte die Schuhe zurück und stieß dabei in der hinteren Ecke des Schranks mit der Hand gegen einen faustgroßen Gegenstand, der in Zeitungspapier eingewickelt war. Er öffnete die improvisierte Verpackung. Ein behauener Quader aus Granit kam zum Vorschein. Die obere Fläche war bräunlich verfärbt. Bardi zog den Stein mit der Zeitung ins Licht und betrachtete den Fleck auf dem grauen Gestein näher. Er entdeckte ein einzelnes, leicht gekräuseltes schwarzes Haar, das darauf klebte.

»Hast du einen Tatortbeutel dabei?«, raunte er Emanuele zu und musste sich räuspern. Langsam war er das Geflüstere leid.

143

Emanuele nickte pflichtbewusst, holte einen Kunststoff-beutel aus der Seitentasche seiner Uniformjacke und öffnete ihn.

Vorsichtig nahm Bardi den Stein mithilfe der Zeitung auf und ließ ihn in den Beutel gleiten, den Emanuele sorgfältig verschloss.

»Was hat das alles zu bedeuten?«, wollte der Abt wissen.

»Das erfahren Sie, wenn wir die Ermittlungen beendet haben«, erwiderte Bardi knapp.

»Etwas Entgegenkommen wäre sehr freundlich, Capitano Bardi«, sprang Padre Adriano seinem Glaubensbruder bei.

»Zur Kooperation braucht man mindestens zwei Seiten.«

»Ich habe Ihnen alles gesagt, was ich weiß«, erwiderte der Abt, wobei er seine Verärgerung nur schwer verbergen konnte.

»Sagt Ihnen der Name Luigi Mirri etwas?«, fragte Bardi.

Der Abt legte seine Stirn kurz in Falten, dann schüttelte er den Kopf, wagte allerdings nicht zu fragen, was es mit dem Namen auf sich hatte.

»Luigi Mirri aus San Pietro wird ebenfalls seit Freitag vermisst.«

»Sie glauben, dass zwischen Bruder Vincenzos und Mirris Verschwinden ein Zusammenhang besteht?«, fragte Padre Adriano.

»Glauben Sie an Zufälle?«, entgegnete Bardi.

»Glauben ist ein großes Wort«, beschied der Abt, dessen Art Bardi minütlich unerträglicher wurde.

»Können wir den Kräutergarten sehen, in dem Sie Padre Vincenzo zuletzt begegnet sind?«

Der Abt blickte gen Decke und nickte ergeben.

33. Kapitel

Diesmal benutzten sie eine hölzerne Außentreppe, die an der Rückseite des Gebäudes angebracht war. Der Abt wies seine Besucher darauf hin, dass sie sich nun wieder außerhalb der Klausur befanden. Von hier aus hatte man einen großartigen Blick über die weitläufigen Ländereien des Klosters. Bardi blieb stehen und blickte gen Horizont, den der nächstgelegene Höhenzug bildete. Auf der ihnen abgewandten Seite der Hügel befand sich jener Weinhang, auf dem Signora van Laak den Mann gesehen hatte, von dem Bardi annahm, dass es sich um seinen Freund Mirri handelte. Ein geschlängelter Pfad führte von der Abtei bis zu den Hügeln. Am Ende war nur noch ein dünner Faden zu erkennen. Bardi schätzte, dass die Luftlinie bis zu den Hügeln ungefähr drei Kilometer betrug. Der Pfad dorthin mochte also eine Länge von mindestens vier Kilometern haben.

»Wie lange war Padre Vincenzo am Freitagmorgen abwesend?«, wollte Bardi wissen.

»Das Morgengebet endet gegen halb sieben. Am Freitag hat Bruder Vincenzo nicht am Frühstück teilgenommen. Er wird also sofort zu seinem Spaziergang aufgebrochen sein«, erklärte der Abt.

»Ist Padre Vincenzo gut zu Fuß?«

Covito und Padre Adriano nickten unisono. »Vincenzo machte auf mich einen fitten Eindruck, als ich ihn letztens wiedersah«, erklärte der Padre. »In seiner Jugend war er Bergsteiger.«

Bardi rechnete nach. Ein geübter Wanderer schaffte in leichtem Gelände locker sechs Kilometer in der Stunde. Also konnte Padre Vincenzo den Weinberg gegen halb acht erreicht haben, was sich mit der Aussage Signora van Laaks deckte, die kurz nach acht dort gewesen war. Der Padre hätte also Zeit genug gehabt, um den Mann zu überwältigen, den die Signora gesehen hatte. Für den Rückweg mochte er etwas länger gebraucht haben, wenn er den Granitstein bei sich getragen hatte, den Bardi in seinem Schrank gefunden hatte und von dem er annahm, dass er aus der Mauer am Weinberg stammte.

Wenig später erreichten sie den Kräutergarten, ein windgeschütztes, von einer hohen Ziegelmauer umgebenes Areal. Zwei Mönche zupften schweigend mit langsamen, sorgsamen Bewegungen Unkraut. Als der Abt mit seiner Begleitung hinzukam, blickten sie kurz auf, ohne ihre Arbeit zu unterbrechen. An den länglichen Beeten standen Schilder mit lateinischen Namen, die anzeigten, welche Kräuter hier angepflanzt wurden. Bardi entdeckte bekannte Arten wie *Petroselinum crispum* oder *Ocimum basilicum*, aber auch viele Namen, die ihm nichts sagten.

»Einige der Pflanzen, die wir hier anbauen, sind in der Pharmakologie und in der Küche längst in Vergessenheit geraten«, erklärte Abt Covito stolz.

»Werden hier auch die Kräuter für Ihren Likör angebaut?«

Lächelnd schüttelte der Abt seinen Kopf. Sein *Telefonino* gab ein Signal von sich. Abt Covito schob seine Brille auf die Nasenspitze und las etwas vom Display ab. Dann begann er, mit flinken Fingern eine SMS zu schreiben. »Bei der Menge, die wir produzieren, sind wir auf externe Lieferanten angewiesen. Die jedoch nach strengen Auflagen produzieren«, sagte er, ohne von seinem Handy aufzublicken.

So wie er sprach, hätte der Abt ebenso gut der Manager eines großen Landwirtschaftsunternehmens sein können.

»Haben diese Brüder am Freitag mit Padre Vincenzo zusammengearbeitet?«, fragte Bardi.

»Nein.« Abt Covito machte ein sorgenvolles Gesicht. »Bruder Vincenzo zog es vor, für sich zu bleiben. Deshalb teilte ich ihm Arbeiten zu, die er ohne fremde Hilfe verrichten konnte.«

»Welche Aufgabe hatte er am Freitag?«

Der Abt deutete auf die dünnen Schläuche, die durch die Beete liefen und Bardi erst jetzt auffielen. »Er sollte die Bewässerungsleitungen überprüfen und die kleinen Düsen gegebenenfalls von Verschmutzungen befreien.«

Bardi nickte und verließ den Kräutergarten. Die anderen folgten ihm wie Gänseküken ihrer Mutter. Neben dem Kräutergarten führte eine schmale asphaltierte Straße entlang. In fünfzig Metern Entfernung entdeckte Bardi drei Bauarbeiter, die die Fahrbahndecke mit Teer flickten. Als er, gefolgt von Emanuele und Abt Covito, auf die Männer zukam, ließen sie ihre Arbeit ruhen. Ihre Gesichter verrieten eine Mischung aus Argwohn und Neugier. Bardi grüßte freundlich und fragte, ob sie vorigen Freitag auch an dieser Straße tätig gewesen seien. Der Älteste nickte.

»Ist Ihnen irgendetwas Seltsames aufgefallen?«, fragte Bardi.

»Was meinen Sie damit?«, fragte der Bauarbeiter zurück.

»Trieben sich Leute herum, die offensichtlich nicht hierhergehörten oder die sich seltsam benahmen?«

Der Mann kratzte sich an seiner Halbglatze und brummte etwas, das Bardi als negative Antwort interpretierte.

Jetzt meldete sich der Jüngste der drei zu Wort, ein untersetzter Mann ohne Bartwuchs: »Da war doch dieser Lieferwagen.«

»Welcher Lieferwagen?«, hakte Bardi nach.

»Zunächst parkte er vorn neben der Mauer auf der Straße«, erklärte der junge Mann und zeigte auf den Kräutergarten. »Dann fuhr er über die Wiese zum hinteren Teil des Gartens.«

»Stimmt«, pflichtete ihm der Alte bei. »War eine Sauerei, weil der Rasen vor Kurzem erst neu angelegt worden ist. Ich wollte schon hin, um dem Kerl die Meinung zu geigen, da schoss dieser Idiot mit seinem Lieferwagen um die Ecke und hätte mich beinahe umgenietet.«

»Können Sie den Fahrer beschreiben?«

»Nein. Aber den Wagen kenne ich.« Der Alte kratzte sich wiederholt am Kopf.

Bardi sah den Mann erwartungsvoll an.

»So eine alte Karre. Kommt mindestens zweimal die Woche hier lang. Ford Transit, weiß.«

Mirri fuhr einen betagten, weißen Ford Transit.

»Wohin führt dieser Weg?«

»Zu unserem Handelshof für Großkunden und Lieferanten«, sagte Abt Covito.

Bardi bedankte sich bei den Bauarbeitern für ihre Auskünfte und ging eiligen Schrittes zurück zum Kräutergarten. Tatsächlich waren auf dem kurz gemähten Rasen Reifenspuren zu erkennen, die bis zum Eingang des Kräutergartens führten. Prüfend drehte sich Bardi einmal um die eigene Achse. Vom Klostergebäude aus war diese Stelle gut zu sehen.

»Wäre es möglich zu überprüfen, ob einer Ihrer Mitbrüder den Lieferwagen gesehen hat, als er hier hielt?«, bat Bardi den Abt.

Abt Covito entfernte sich nickend ein paar Schritte, hielt sein *Telefonino* ans Ohr und gab mit leiser Stimme ein paar Anweisungen.

»Ich habe einen Mitbruder aus der Verwaltung mit dieser Aufgabe betraut«, berichtete er, als er zu Bardi zurückkehrte.

»Könnte ich die Liste Ihrer Großkunden sehen?«, fragte Bardi. Wieder blickte der Abt gen Himmel und nickte gottergeben.

34. Kapitel

Die Büros der Abteiverwaltung nahmen die gesamte untere Etage eines Seitenflügels ein und waren hochmodern ausgestattet. Durch Glastüren sah Bardi Mönche und weitaus mehr Mitarbeiter in normalen Anzügen, die an Flipcharts standen und über neuen Marketingstrategien brüteten. Andere saßen vor riesigen Flachbildschirmen und koordinierten die Bestellungen, die via Internet eintrafen. Die Buchhaltung befand sich in einem kleineren Raum am Ende des Seitenflügels. Ein junger Mönch mit Nickelbrille saß vor einem Computer und tippte fleißig auf der Tastatur. Abt Covito klopfte kurz an die Glastür und öffnete sie, ohne eine Reaktion des Mönches abzuwarten. Unwillkürlich nahm der junge Mann eine straffe Körperhaltung an, als er den Abt bemerkte.

»Können Sie herausfinden, ob ein gewisser Mirri zu unseren Kunden gehört?«, bat der Abt.

Der Mönch nickte, rief eine andere Maske auf und tippte Mirris Namen in eines der Felder. Sofort erschienen Kolonnen von Zahlen.

»Mirri, Luigi, Feinkosthändler aus San Pietro, kauft zweimal wöchentlich frische Kräuter, Käse, Eier, aber auch Likör, Olivenöl und Gewürzzubereitungen bei uns. Kleine Mengen, aber regelmäßig. Monatlicher Umsatz bei uns zwischen sechshundert und eintausend Euro«, ratterte der Mönch mit monotoner Stimme die Informationen herunter, die sein System ihm bot.

Jetzt erschien ein älterer weißhaariger Mönch hinter ihnen. Er trat neben Abt Covito und raunte ihm etwas ins Ohr. Mit einem entschuldigenden Achselzucken berichtete der Abt Bardi, dass keiner der Brüder Mirris Lieferwagen am Kräutergarten bemerkt habe. »Meine Mitbrüder sind allesamt sehr fleißig. Da bleibt keine Zeit, um in der Gegend herumzublicken«, fügte er hinzu.

* * *

Wenig später verabschiedete Abt Covito seine Gäste vor dem Hauptgebäude. Mittlerweile füllte sich der Parkplatz mit Fahrzeugen aus aller Herren Länder. Die meisten Touristen folgten direkt den Schildern, die den Weg zum Klosterladen und zum Café wiesen. Einige warteten vor der Pforte, um an der Klosterführung teilzunehmen.

»Bitte behandeln Sie Bruder Vincenzos Verschwinden diskret«, bat der Abt Bardi, während er dessen Hand schüttelte.

»Ich behandele alle Fälle diskret«, antwortete dieser ihm.

»Falls es Neuigkeiten gibt, könnten Sie zuerst mich oder Padre Adriano informieren«, fügte Abt Covito hinzu, ohne Bardis Hand loszulassen.

»Selbstverständlich«, erwiderte der Capitano. »Es ist aber möglich, dass der Fall mir entzogen wird, sobald es sich um mehr als nur eine Vermisstenanzeige handelt.« Der Händedruck des Abts wurde Bardi unangenehm.

»Was heißt das?« Der Blick von Abt Covito verriet leichte Panik.

»Gewisse Indizien deuten auf ein Gewaltverbrechen hin.« Endlich gelang es Bardi, sich der Hand des Abts zu entwinden, ohne als unhöflich zu gelten.

Dieser setzte zum Reden an, beschloss dann jedoch, nichts zu sagen. Er musterte Bardi, als müsse er einen Entschluss fassen. Schließlich nickte er. »Lassen Sie bitte die Presse aus dem Spiel«, murmelte er schließlich und setzte ein fast flehentliches Bitte hinzu.

»Von mir erfährt niemand etwas, der nichts mit dem Fall zu tun hat«, erklärte Bardi und öffnete die Beifahrertür des Streifenwagens.

»Einen Augenblick bitte«, rief Abt Covito und blickte zum Eingang des Klostergebäudes, als erwarte er noch jemanden.

Tatsächlich öffnete sich die Tür und ein Mönch mit einem riesigen Präsentkorb eilte auf sie zu. Der Abt nahm seinem Mitbruder den Korb aus der Hand und reichte ihn Bardi.

»Damit Sie uns nicht mit leeren Händen verlassen«, erklärte Covito.

Bardi zögerte, den Korb anzunehmen. Er akzeptierte ungern Geschenke, wenn er seine Uniform trug. Doch als er all die Köstlichkeiten darin sah, lief ihm das Wasser im Mund zusammen. Neben der obligatorischen Flasche Kräuterlikör lagen frischer Ziegenkäse, ein schön marmoriertes Stück Schinken, verschiedene Gläser mit Kräuterpasten, ein riesiger Beutel getrocknete Tomaten und eine Flasche Olivenöl darin.

Bardi gab sich einen Ruck und nahm den Korb.

»Danke für diese freundliche Geste«, sagte er. »Aber erwarten Sie dafür keine Gegenleistung.«

»Wo denken Sie hin«, erwiderte Abt Covito und lächelte gütig.

* * *

Auf der Rückfahrt schwiegen die drei Männer. Bardi starrte auf den Stein aus Padre Vincenzos Schrank, den Emanuele ihm gegeben hatte.

Welche Berührungspunkte gab es zwischen Mirri und Padre Vincenzo?

Da war zum einen das Internat in Mailand – wenn es sich wirklich um dieselbe Schule handelte, auf die Mirri gegangen war – und zum anderen das Kloster, von dem Mirri Waren für seinen Laden bezogen hatte.

Aber was war am Freitag in der Früh auf dem Weinberg geschehen? Und warum verschwiegen Padre Adriano und der Abt ihm ganz offensichtlich etwas?

Hatte dies mit den Besuchen von Padre Vincenzo und Padre Adriano in Livorno zu tun? Fragen über Fragen. Für einen Augenblick war Bardi versucht, Padre Adriano zur Rede zu stellen. Doch als er sich kurz umdrehte, schien dieser durch ihn hindurchzustarren. Es schien klüger abzuwarten, bis Padre Adriano bereit war, von sich aus auf seine Fragen zu antworten. Denn ganz offensichtlich suchte der Padre selbst noch nach Erklärungen.

In San Pietro angekommen, bog Emanuele in die Piazza ein und hielt vor der Wache. Alle drei stiegen aus. Padre Adriano jedoch blieb unschlüssig am Streifenwagen stehen.

Bardi sah ihn fragend an.

»Wären Sie bereit, mir die Beichte abzunehmen?«, fragte Padre Adriano.

»Ich bin Carabiniere«, erwiderte Bardi verdutzt.

»Ich kann mir schlecht selbst die Beichte abnehmen«, erwiderte Padre Adriano und versuchte zu lächeln, was ihm aber nicht richtig gelingen wollte. »Sie sind einer der wenigen Leute hier, auf deren Diskretion ich vertraue«, fügte er mit ernster Miene hinzu.

»Wenn Sie eine Aussage machen wollen, können wir das auf der Wache erledigen.«

»Eine Aussage ist keine Beichte.«

Bardi nickte.

35. Kapitel

Zuletzt war Bardi im Alter von elf zur Beichte gegangen. Wenn er sich recht erinnerte, war dem Ganzen folgende Geschichte vorausgegangen: Bardi hatte von seinen Eltern zum Geburtstag einen Fußball geschenkt bekommen. Einen echten Lederball, wie er in der Serie A benutzt wurde. Jeden Nachmittag kickten er und ein paar Freunde auf der staubigen Dorfstraße von Mistrettesi, dem armen sizilianischen Bergdorf, in dem Bardi aufwuchs.

Normalerweise nahmen die wenigen Autofahrer, die durch das Städtchen fuhren, Rücksicht auf die jungen Fußballer. Meistens hupten die Fahrzeuge, bevor sie näher kamen, und die Fahrer winkten den Kindern fröhlich zu.

Nicht so Don Gentile, der reichste Mann des Dorfs, der sein Geld nicht nur mit dem Kolonialwarengeschäft am Marktplatz verdiente, sondern auch einen hohen Rang in der ›Ehrenwerten Gesellschaft‹ besaß. Wenn er mit seinem amerikanischen Straßenkreuzer durch das Dorf brauste, wurden Kleinkinder von ihren Müttern hastig zur Seite gerissen und die frei laufenden Hühner nahmen gackernd Reißaus. Zurück blieb dann immer eine riesige Staubwolke, die sich erst nach einigen Minuten legte.

Eines Nachmittags brauste Don Gentile durch die Menge der jungen Fußballer und erwischte mit dem rechten Vorderrad

Bardis Ball. Noch heute konnte sich Bardi an den lauten Knall erinnern, mit dem die Gummiblase zerplatzte und mit ihr alle Träume der Jungen, die sich schon bei Juve, Inter oder wenigstens dem US Palermo Tore schießen sahen.

Wütend war Bardi mit dem traurigen Stück Leder nach Hause gerannt und hatte von seinem Vater Rache an Don Gentile gefordert. In seiner kindlichen Welt war der Vater stärker als der Don, was physisch sogar stimmen mochte. Umso überraschter war er über die Antwort seiner Eltern: eine schallende Ohrfeige vom Vater und ein dankendes Stoßgebet der Mutter, dass Don Gentiles Auto offensichtlich keinen Schaden genommen hatte. Diese Feigheit kränkte Bardi zutiefst und befeuerte die Wut auf Don Gentile, die sich schnell zu einem unbändigen Hass entwickelte.

In der folgenden Nacht schlich sich Bardi in die Küche und holte das spitzeste Messer aus der Schublade unter dem Esstisch. Beim Öffnen quietschten die Scharniere höllisch, doch niemand wachte davon auf. Mit dem Messer in der Hand verließ Bardi das Haus.

Das Mondlicht meidend schlich er weiter zum Anwesen von Don Gentile, das sich ein paar hundert Meter außerhalb des Städtchens befand. Wie immer parkte der Straßenkreuzer mit den imposanten Heckflossen vor der kleinen Villa. Die Seitenfenster waren heruntergelassen und der Zündschlüssel steckte im Schloss. Vorsichtsmaßnahmen waren Don Gentile fremd, denn niemand in Mistrettesi und Umgebung würde es wagen, sein geliebtes Automobil auch nur zu berühren.

Getrieben vom Hass setzte der junge Bardi sich über dieses ungeschriebene Gesetz hinweg und zerstach alle vier Reifen des Wagens. Danach kehrte er befriedigt, aber müde nach Hause zurück. Das Messer versteckte er unter seinem Bett, bevor er in den tiefen Schlaf der Gerechten fiel.

Am nächsten Morgen herrschte wilde Aufregung im Dorf. Die Nachricht von Don Gentiles zerstochenen Reifen hatte blitzschnell die Runde gemacht. Man munkelte von einem Racheakt eines konkurrierenden Clans. Oder war es eine Provokation? Don Gentile hatte sofort einhunderttausend Lire zur Ergreifung des Täters ausgesetzt, dem er kalte Rache schwor. Vor Aufregung konnte Bardi dem Schulunterricht kaum folgen. Er fühlte sich unbesiegbar, euphorisch – ein ungemein gutes Gefühl. Schade nur, dass er seine Euphorie mit niemandem teilen konnte.

Als Bardi an jenem Tag nach der Schule zum Mittagstisch seiner Familie kam, versetzte sein Vater ihm erneut eine schallende Ohrfeige. Denn Bardis Mutter hatte beim Staubwischen das Messer unter seinem Bett entdeckt. Der Vater war es dann, der eins und eins zusammenzählte.

Er befahl Bardi, sich Don Gentile zu stellen und auf das Beste zu hoffen, woraufhin die Mutter lauthals zu jammern begann. Offensichtlich sah sie ihren Sohn schon als Leiche stückeweise auf den umliegenden Feldern verteilt.

Der Vater brachte sie mit einer weiteren Ohrfeige zur Räson und befahl ihr und Bardi, endlich still zu sein, da er überlegen müsse. Denn er sah die Lage weitaus realistischer. Don Gentile würde eine Gegenleistung von ihm einfordern. Irgendwann, aber der Tag würde kommen, so sicher wie der nächste Winter.

Oder noch schlimmer, Don Gentile würde seinen Sohn rekrutieren. Wie man das Blatt auch wendete – in der Schuld des Dons standen sie ohnehin.

Ängstlich meldete die Mutter sich nach einer Weile zu Wort. Ihre Idee war, dass Bardi statt bei Don Gentile Abbitte zu leisten vor dem Dorfpfarrer eine Beichte ablegen solle. So würde er wenigstens unter höherem Schutz stehen. Nach einigem Hin und Her stimmte der Vater zu, und Bardi stattete noch am Abend dem Pfarrer einen Besuch ab.

Seine Buße bestand aus zehn Stockhieben, die ihm der Pfarrer direkt verabreichte. Bardi würde nie das Funkeln in den Augen des Geistlichen vergessen, das entweder seinem Sadismus oder dem Bewusstsein entsprang, dass der Herr seine Hände führte. Wimmernd vor Schmerz war Bardi nach Hause zurückgeschlichen, wobei er aus Scham einen großen Bogen um die Dorfstraße machte, weil dort seine Kameraden spielten. Zu Hause erwartete ihn Don Gentile, der mit dem Vater vor einem riesigem Glas Rotwein am Esstisch der Bardis saß. Er schien ausnehmend gut gelaunt, begrüßte Bardi als seinen Sohn und machte der Mutter halbseidene Komplimente. Als der Don endlich gegangen war, schwiegen alle bedrückt.

Jahre später erfuhr Bardi von seiner Mutter, dass der Pfarrer Don Gentile sofort benachrichtigte, nachdem er Bardi bestraft hatte. Über die Gegenleistung, die Don Gentile ohne Zweifel von Bardis Vater verlangt hatte, schwieg sie sich bis zu ihrem Tod aus.

36. Kapitel

Stumm führte Padre Adriano Bardi zum mit kunstvollem Schnitzwerk versehenen Beichtstuhl, der sich am Eingang des Chors neben dem Kerzenständer befand, an dem jederzeit Lichter brannten. Mit der Erinnerung an die Geschichte aus seiner Kindheit stieg Unwillen in ihm auf. Doch Padre Adriano schien fest entschlossen, nur an diesem Ort mit der Sprache rausrücken zu wollen.

Der Beichtstuhl besaß drei Innenräume. In der Mitte jener für den Priester, seitlich jene für die Beichtenden. Bardi wollte die Tür zur rechten Beichtkammer öffnen, doch Padre Adriano hielt ihn sanft zurück.

»Sie gehören in die Mitte«, beschied er Bardi und hielt ihm die Tür auf.

Zögernd setzte sich Bardi auf die mit grünem Kunstleder bezogene Querbank.

»Unter der Bank stehen eine Flasche Grappa und ein kleiner Kelch«, flüsterte Padre Adriano mit belegter Stimme. »Wenn Sie wollen …«

Bardi schüttelte den Kopf und holte stattdessen seine Schnupftabakdose hervor. Schließlich brauchte er einen klaren Kopf.

»Verstehe«, flüsterte Padre Adriano und lächelte flüchtig, während er sich versicherte, dass sich außer ihnen niemand in der Kirche befand. »Wären Sie so nett und würden mir einen Schluck eingießen?«

Bardi tat, wie ihm geheißen. Er tastete nach der langhalsigen Flasche unter der Bank und fand auch einen silbern glänzenden Kelch. Zur Hälfte gefüllt reichte Bardi ihn dem Padre.

Wieder blickte sich dieser zunächst um und stürzte dann den Grappa mit einer hastigen Bewegung runter.

Padre Adriano seufzte, gab Bardi den Kelch zurück und schloss die Tür. Bardi ließ beides wieder unter der Bank verschwinden und gönnte sich eine kleine Portion Schnupftabak.

Durch das Beichtgitter nahm er Padre Adrianos Schatten in der linken Nachbarkammer wahr. Für einige Zeit vernahm Bardi lediglich das unruhige Atmen des Pfarrers.

Dann ein Rascheln und Padre Adrianos Gesicht war schemenhaft hinter dem Gitter zu erkennen.

»Im Namen des Vaters und des Sohnes und des Heiligen Geistes«, begann Padre Adriano. »Amen.«

»Gott, der unser Herz erleuchtet, schenke dir wahre Erkenntnis deiner Sünden und Seiner Barmherzigkeit«, übernahm Bardi die Rolle des Priesters. Verwundert stellte er fest, dass sich diese Formel nach all den Jahren noch in seinem Gedächtnis befand.

»Amen«, vollendete Padre Adriano die Eingangssequenz.

»Möchten Sie sich bekennen?«, fragte Bardi.

»Ja, denn ich habe gesündigt«, erwiderte Padre Adriano. »Ich habe geschwiegen, als ich hätte sprechen sollen.«

»Dann sprechen Sie jetzt, Padre Adriano.«

Wieder entstand eine Pause. Das Gesicht hinter dem Gitter war jetzt nur noch ein Schatten. Es war kühl in der Kirche und Bardi fröstelte. Das schummrige Licht bereitete ihm Unbehagen.

»Ich war in Livorno.«

»Wir haben uns gesehen. Aber ich bin nicht hier, um über Ihre Moral zu richten.«

Jetzt lachte Padre Adriano lustlos auf. »Was das betrifft, habe ich mir die Hörner in meiner Jugend abgestoßen.«

»Was ist es dann, das Sie bedrückt?«

»Vor zwei Wochen bekam ich einen anonymen Brief, in dem stand, dass Bruder Vincenzo nicht von seinen alten Gewohnheiten ablassen und ich mich davon jeden Mittwochnachmittag selbst überzeugen könne. Dazu die Adresse des Nachtklubs, vor dem Sie mich gesehen haben.«

»Können Sie mir den Brief zeigen?«

»Den Brief, nur ein mit einer Schreibmaschine beschriebener Zettel, habe ich verbrannt, weil sich die Beschuldigungen gegen Bruder Vincenzo als haltlos erwiesen.« Wieder raschelte es in der Nachbarkabine. »Das dachte ich zumindest.«

»Auf welchem Wege haben Sie diesen Zettel erhalten?«

»Er lag im Klingelbeutel nach dem Sonntagsgottesdienst. Aber ich habe keine Ahnung, wer ihn dort hineingelegt hat. Sie waren es auf jeden Fall nicht.«

»Stimmt«, erwiderte Bardi und war froh, dass Padre Adriano seinen Humor wiedererlangt hatte. »Sie sind also am darauffolgenden Mittwoch nach Livorno gefahren?«

»Ja. Aber das war in zweierlei Hinsicht ein Fehler, auch wenn es trotzdem sein Gutes hatte.«

»Wie das?«

»Erstens: Ich habe Bruder Vincenzo nicht in Livorno angetroffen, hätte mir die Reise also sparen können. Zweitens: Ich konnte in Livorno die Seele eines gefallenen Mädchens retten.«

Bardi fiel spontan die Tochter von Padre Adrianos Haushälterin ein. »Bei dem gefallenen Mädchen handelt es sich um Paola Bertini, nicht wahr?«

»Woher wissen Sie …?«

»Ich habe Paola heute Morgen im Pfarrhaus gesehen. Sie sah verändert aus.«

»Eine traurige Geschichte«, murmelte Padre Adriano.

Bardi wartete auf eine Fortsetzung, aber diese kam nicht.

»War Luigi Mirri an jenem Sonntag beim Gottesdienst, als Sie den Zettel im Klingelbeutel fanden?«

»Moment …« Padre Adriano überlegte ein paar Sekunden. »Ja. Ich glaube schon. Er saß ganz hinten. Das wunderte mich. Zum einen, weil er sonst nie die Kirche betrat, und zum anderen, da er von seiner Familie getrennt saß, die Plätze in der ersten Reihe eingenommen hatte. Nach dem Gottesdienst war er dann auch schnell verschwunden.«

»Weil er nicht von seiner Familie gesehen werden wollte«, mutmaßte Bardi.

»Aber warum sollte er Bruder Vincenzo solch haltlosen Verdächtigungen aussetzen?«

»Nur weil Sie Padre Vincenzo in Livorno nicht angetroffen haben, heißt es nicht, dass Mirris Anschuldigungen haltlos sind. Ich kenne Mirri als aufrechten Mann. Solch makabre Scherze sind nicht seine Art.«

Padre Adriano ließ ein Brummen vernehmen, das weder zustimmend noch ablehnend klang.

»Warum hat Padre Vincenzo die Schule in Mailand verlassen?«

»Keine Ahnung.«

»Wirklich nicht?«

»Es gab da Gerüchte, aber …« Padre Adriano zögerte.

»Ich halte mich an das Beichtgeheimnis als Christ und als Carabiniere«, sagte Bardi.

»Vincenzo … Er hatte gewisse Vorlieben … In unserer Studienzeit bewunderte er die Skulpturen Michelangelos, und er hatte viele Atlanten mit antiken Bildnissen von Jünglingen. Und einmal entdeckte ich …« Padre Adriano verstummte.

»Was?«, fragte Bardi. Seine Stimme klang ungewollt scharf.

»Hefte mit nackten Knaben«, presste Padre Adriano hervor.

»Könnte es sein, dass Padre Vincenzo seine Vorlieben an seinen Schülern ...«

»Das kann ich nicht glauben«, unterbrach Padre Adriano Bardi.

»Sagt Ihnen der Name Marilyn etwas?«

»Marilyn Monroe?«

»Nein, im Zusammenhang mit Livorno.«

»Nein. Warum?«

»Laufende Ermittlungen«, erwiderte Bardi. So sehr er Padre Adriano schätzte, war er nicht sicher, ob der Pfarrer seinerseits diskret war. Denn er wusste, dass die katholische Kirche nach ihren eigenen Gesetzen handelte.

»Das ist alles«, sagte Padre Adriano. »Vergebung kann ich von Ihnen natürlich nicht erwarten. Aber ich hoffe, dass ich helfen konnte, das Verschwinden von Bruder Vincenzo und das von Luigi Mirri aufzuklären.«

»Danke für Ihre Offenheit, Padre«, erwiderte Bardi. »Aber eines müssen Sie mir noch erklären.«

»Was wäre das?« Padre Adrianos Stimme klang fast angstvoll.

»Was hat es mit der verschwundenen Statue auf sich?«

»Dazu kann ich nichts sagen.«

»Wenn Sie es nicht tun, werden wir selbst Anzeige gegen Unbekannt erstatten«, erwiderte Bardi. »Sind Sie sicher, dass Sie dies wollen?«

Bardi hörte, wie Padre Adriano unruhig mit den Knien auf der Beichtbank hin- und herrutschte. Er konnte warten.

»Ich habe die Statue verkauft«, flüsterte Padre Adriano schließlich.

»Warum?«

»Ich wünschte, ich könnte sagen, damit wir das lecke Dach unserer Kirche reparieren können.«

»Aber?«

»Ich habe den Erlös genutzt, um Paolas Schulden bei dieser Frau zu bezahlen. Gott vergebe mir.«

»Sie meinen Signorina Titi? Die Chefin vom Club Venus?«

»Die Verderbtheit in Person«, ergänzte Padre Adriano.

»Wie viel haben Sie für die Statue bekommen?«

»Nichts. Es war ein Dreiecksgeschäft. Ich überließ die Statue dem Antiquitätenhändler, dessen Laden sich in derselben Straße wie dieser Nachtklub befindet und der wohl der Bruder dieser Signorina Titi ist. Signorina Titi erließ daraufhin Paola die Schulden in Höhe von fast dreißigtausend Euro und Paola konnte hierher zurückkehren.«

»Aber die Statue ist mindestens fünfzigtausend Euro wert.«

»Woher wissen Sie das?«

»Sie haben die Statue bei einem Fachmann in Florenz vor Kurzem schätzen lassen. Ursprünglich wahrscheinlich, um damit die Reparatur des maroden Kirchendaches zu finanzieren.«

Padre Adriano räusperte sich. »Das stimmt.«

»Auf die Idee, mich einzuschalten, kamen Sie nicht?«

Bardi wartete vergebens auf eine Antwort. Für einige Zeit lauschte er den Geräuschen, die von draußen in die Kirche drangen. Der Schatten hinter dem Beichtgitter bewegte sich nicht. Schließlich erhob sich Bardi langsam von seinem Platz und verließ die Kirche.

37. Kapitel

Die Arme vor der Brust verschränkt, saß Paola Bertini auf dem Sofa in Padre Adrianos Wohnzimmer. Bardi hatte darum gebeten, Paola allein befragen zu dürfen. Dem hatte ihre Mutter jedoch erst zugestimmt, als Padre Adriano versprach, dass Bardi absolute Diskretion bewahren würde, was Paolas Vergangenheit in Livorno betraf. Denn auf das Wort eines *Ateo* – wie Signora Bertini Bardi nannte – wollte sie sich nicht verlassen. Bardi fragte sich, warum sie ihn einen Atheisten nannte. Gewiss, er war kein regelmäßiger Kirchgänger, aber gottlos war er deshalb noch lange nicht. Noch ahnte er nicht, dass er die Antwort auf diese Frage schon bald von Paola erhalten würde.

Bardi hatte es sich auf der anderen Seite des Couchtischs in einem Sessel bequem gemacht und knabberte an einem der Anisplätzchen, die in einer Schale auf dem Tisch standen. Mochte Signora Bertini selbst ungenießbar sein, ihr Gebäck war es keineswegs.

»Bist du froh, wieder in San Pietro zu sein?«, begann Bardi das Gespräch.

»San Pietro ist ein Kaff«, antwortete Paola und starrte auf irgendeinen Punkt hinter Bardi.

»Livorno ist auch nicht besser.«

»Livorno ist auch ein Kaff.«

»Kennst du Aldo Lana?«

Paola schüttelte traurig ihren Kopf. Sie wirkte viel älter als sechzehn, was nicht so sehr ihrem Äußeren geschuldet war, sondern vielmehr der erwachsenen Abgeklärtheit, die sie demonstrativ zur Schau trug.

»Auch Marilyn genannt.«

Paola schwieg.

»Er hatte ebenfalls ein Zimmer bei Signorina Titi.«

Paola schwieg weiter eisern.

»Hilf mir«, bat Bardi, da ihm nichts anderes einfiel, womit er Paola hätte zum Reden bringen können.

Nach einer Weile schaute Paola ihm in die Augen. »Stimmt es, was man sich über Sie erzählt?«

»Was erzählt ›man‹ sich denn so?«

»Dass Sie auf Männer stehen.«

Bardi lachte auf. Er konnte sich vorstellen, wer dieses Gerücht in Umlauf gebracht hatte. »Wäre das schlimm?«

»Nein.« Zum ersten Mal seit Beginn des Gesprächs zeigte Paola wahres Interesse an Bardi. »Es ist nur …«

»Was?«

»Von Ihnen hätte ich das zuallerletzt gedacht. Okay, Sie haben keine Frau. Aber Ihr ganzes Verhalten passt nicht. Die Schwulen, die ich kenne, zeigen es entweder deutlich oder sie verhalten sich wie die größten Schwulenhasser auf Erden. Zumindest in der Öffentlichkeit.«

»Marilyn gehört zur ersten Sorte. Nicht wahr?«

»Was haben Sie nur immer mit Marilyn?« Sie überlegte. »Sind Sie ein Kunde von ihm?«

»Ich bin nicht schwul. Das ist ein Gerücht, das Signorina Bella in die Welt gesetzt hat.«

Jetzt lachte Paola lauthals und war wieder ganz die sechzehnjährige Teenagerin. »Der Atombusen?«

Bardi musste ebenfalls grinsen. »Genau der.«

Er erzählte von dem Missverständnis mit Dottore Gazza, dem Signorina Bella aufgesessen war.

Lächelnd hörte Paola Bardi zu. Dann nahm sie ein Plätzchen und schaute ihn eine Weile an, während sie kaute. »Sie sind okay«, meinte sie schließlich.

»Dann erzählen Sie mir von Marilyn«, bat Bardi. »Bitte.«

»Marilyn ist ein feiner Kerl. Da können Sie alle in Livorno fragen. Sie ... er war die gute Seele ...«, erklärte Paola und griff nach einem weiteren Keks. »Mein Zimmer lag neben seinem. Ein paar Mal hat er mich gerettet, wenn Freier ...« Paola schüttelte resigniert den Kopf und blickte dabei Bardi an. »Sie verachten mich. Nicht wahr?«

»Das steht mir nicht zu«, antwortete Bardi.

»Das sagen Sie nur so. In Ihrem Inneren verachten Sie mich. Und ich kann Sie sogar verstehen, weil ich mich selbst dafür verachte.«

»Das sollten Sie nicht. Immerhin haben Sie das alles hinter sich gelassen, und dazu gehört Mut.«

»Das meint Padre Adriano auch.«

»Na, sehen Sie.«

»Aber seinen Augen sehe ich an, dass er für mich nur Mitleid empfindet.«

»Sie sollten sich nicht den Kopf anderer Leute zerbrechen«, erwiderte Bardi.

»Wahrscheinlich haben Sie recht.«

Wieder schauten sie sich schweigend an. Dann seufzte Paola. »Leider war er ansonsten ziemlich fertig ... Marilyn meine ich.«

»Warum?«, wollte Bardi wissen.

»Drogen. Schulden. Das Alter, das nicht zu seiner Eitelkeit passt.«

Bardi angelte das Bild von Padre Vincenzo aus der Innentasche seiner Uniform. »War dieser Mann Gast bei Marilyn?«

»Der mit der Kutte, ja. Allerdings ohne Kutte. Wir nannten ihn den Mittwochsmann.«

»Weil er immer Mittwochs auftauchte?«

»Nee, weil er immer Donnerstags kam«, erwiderte Paola mit spöttischer Grimasse.

»Dumme Frage«, gestand Bardi.

»Der Mann machte Marilyn richtig fertig. Immer wenn er kam, gab es Streit. Er muss Marilyn wehgetan haben. Denn Marilyn hat jedes Mal geweint, wenn er wieder fort war. Nicht vor Trauer, sondern vor Schmerz. Körperlichem Schmerz.«

Betreten steckte Bardi das Foto wieder ein.

»Wissen Sie, wo Marilyn wohnt?«

»Was wollen Sie von ihm?«

»Er kann mir helfen, Luigi Mirri zu finden, der seit Freitag verschwunden ist.«

Paola legte ihre Stirn in Falten. Dann hellte sich ihre Miene auf. »Jetzt weiß ich auch, an wen Marilyn mich immer erinnert hat. Ich bin nie drauf gekommen. Marilyn und Luigi Mirri sind verwandt, oder?«

»Ihnen ist also auch diese Ähnlichkeit zwischen den beiden aufgefallen.«

Paola nickte. »Marilyn wohnt bei PiPi.«

»Ein Spanier?«

»Nein, der P-I-P-I.«

Bardi musste kurz überlegen, bis ihm einfiel, wer PiPi war. Da er keinen Fernseher besaß, war er über die Prominenten, die dort auftraten, nicht im Bilde. Offensichtlich meinte Paola den Moderator einer erfolgreichen Familienrateshow im italienischen Fernsehen.

»Pierluigi Peruzzi ist der richtige Name. Er stammt aus Livorno. Keine Ahnung, was er ausgerechnet an Marilyn findet.«

»Und wo befindet sich seine Wohnung?«

»Irgendwo am Hafen.«

»Du hast mir sehr geholfen«, bedankte sich Bardi.

»Aber von mir haben Sie diese Info nicht«, erwiderte Paola mit sorgenvollem Gesichtsausdruck.

»Keine Angst. Ich werde deinen Namen nirgendwo erwähnen.«

»Es ist nur, weil …« Paola schluckte.

»Du bist jetzt in Sicherheit. Versuch, die Vergangenheit zu vergessen. Jetzt fängt ein neues Leben an.«

»An Ihnen ist ein Werbetexter verloren gegangen«, bemerkte Paola leicht sarkastisch.

38. Kapitel

Zurück auf der Wache gab Bardi Emanuele für den Rest des Tages frei, unter der Auflage, dass er den Stein aus Padre Vincenzos Schrank beim kriminaltechnischen Institut in Florenz zur Untersuchung abgab.

Natürlich hätte es dem offiziellen Dienstweg entsprochen, den Stein nach Parma zum *Raggruppamento Carabinieri Investigazioni Scientifiche* (RaCIS) zu schicken, dem zuständigen kriminaltechnischen Institut der Carabinieri. Jedoch hätte Bardi in diesem Fall frühestens in einer Woche mit einem Ergebnis rechnen können. Warum also lange warten, wenn ein Anruf bei seinem alten Freund Dottore Gazza genügte, um den Dienstweg zu umgehen?

»DNA?«, fragte Emanuele.

»Nein. Das dauert zu lange. Eine klassische Blutgruppenbestimmung reicht.«

»Ich habe morgen Vormittag meine Schießübung«, erklärte Emanuele, als er seine Jacke vom Haken nahm.

»Lassen Sie sich Zeit. Es reicht, wenn Sie nach dem Mittagessen wieder hier auftauchen.«

»Im Dienstplan sind aber nur maximal drei Stunden …«

»Als Vorgesetzter gebe ich Ihnen hiermit den Befehl, erst nach einem ausgiebigen Mittagsmahl hier anzutreten«, rief Bardi streng.

Emanuele salutierte zackig und verließ die Wache.

Bardi schaute seinem Assistenten kopfschüttelnd nach. Wann würde Emanuele seine Lektion endlich lernen und nicht immer in den Schemata von Dienstplänen und -wegen denken?

Seufzend nahm Bardi den Telefonhörer in die Hand und wählte die Nummer von Dottore Gazzas Büro. Bei dieser Gelegenheit konnte er den florentinischen Polizeichef über den Stand seiner Ermittlungen informieren. Als Bardi ihm schließlich von dem Stein berichtete, den er in Padre Vincenzos Kammer gefunden hatte, goutierte Dottore Gazza dies mit seinem berühmten Brummen und versprach, beim kriminaltechnischen Labor gehörig Dampf zu machen.

Nach dem Gespräch mit Florenz behielt Bardi den Telefonhörer in der Hand und tippte die Nummer von Mirris Gemüseladen ein. Es dauerte etwas, bis sich Carla meldete.

»Ist Luigi aufgetaucht?«, fragte sie sofort. Ihre Stimme schwankte zwischen bangen und hoffen.

»Leider nein.«

»Weshalb rufst du dann an?«, fragte Carla enttäuscht.

»Wie hieß das Internat, das Mirri besucht hat?«

»Wieso ist das so wichtig?«

Schon bevor er Carlas Nummer wählte, hatte Bardi beschlossen, Carla nichts vom Verschwinden von Padre Vincenzo zu erzählen, um sie nicht zu ängstigen.

»Ich will mich dort informieren, mit wem Mirri in einer Klasse war. Vielleicht ist er bei einem alten Freund, von dem wir nichts wissen.«

»Das Internat hieß Collegio Cattolico ...« Carla überlegte kurz. »Collegio Cattolico di Pandino.«

Es war das Internat, an dem Padre Vincenzo als Lehrer tätig gewesen war. Bardi bedankte sich bei Carla und versprach, sich wieder zu melden, wenn es Neuigkeiten gab.

Als Nächstes wählte er die Nummer des Nachtklubs Venus in Livorno, die er sich in seinem Notizbuch notiert hatte.

Seine Augen bereiteten ihm Schwierigkeiten, er konnte die Ziffern nur aus einem gewissen Abstand lesen. Bardi verfluchte diese schleichende Verschlechterung seiner Sehfähigkeit, die er nicht mehr ignorieren konnte.

Beim Gesundheitscheck der Carabinieri hatte ihm ein Augenarzt schon vor zwei Jahren wegen einer beginnenden Altersweitsichtigkeit eine Lesebrille verschrieben. Allein schon das Wort Altersweitsichtigkeit empfand Bardi als Zumutung. Kam ihm der Tag, an dem er seinen vierzigsten Geburtstag gefeiert hatte, nicht vor, als sei er gestern gewesen? Alt ... eine Frechheit, ihn mit diesem Wort in Verbindung zu bringen. Immerhin: Das Rezept hatte er mehrere Monate in seiner Brieftasche aufbewahrt, bis er es eines Tages zerrissen und mit einem Gefühl der Genugtuung die Schnipsel in alle Winde verstreut hatte.

»Hallo?«, meldete sich nach endlosem Klingeln eine Frauenstimme.

Bardi nahm an, dass es sich um die Reinigungskraft handelte, die er zuerst im Venus angetroffen hatte. Tatsächlich meinte er, im Hintergrund das Düsengeräusch des Staubsaugers zu vernehmen.

»Signorina Titi bitte.«

Bardi hörte ein Gemurmel in einer fremden Sprache, dann ein Klacken und danach nur noch das Rauschen des Staubsaugers.

»Nachtklub Venus«, meldete sich nach geraumer Zeit Signorina Titi mit geschäftiger Stimme.

»Capitano Bardi.«

»Warum rufen Sie an?« Signorina Titis Stimme klang abweisend.

»Die Adresse.«

»Welche Adresse?«

»Sie wissen ganz genau, welche Adresse ich meine«, erwiderte Bardi scharf.

»Keine Ahnung, wovon Sie reden.«

»Dann werde ich wohl Rom …«

»Marilyn hat keine Adresse, und er ist hier auch nicht wieder aufgetaucht«, unterbrach Signorina Titi ihn schnell.

»Also ist meine Waagschale voll und Ihre leer.«

»Was wollen Sie?«, fragte Signorina Titi. Ihre Stimme klang nun ängstlich.

»Die Statue.«

»Welche Statue?«

»Das wissen Sie ganz genau«, antwortete Bardi. »Ich verlange, dass sie morgen früh um Punkt acht Uhr bei Padre Adriano am hiesigen Pfarrhaus abgegeben wird.«

»Und wenn nicht?«

»Dann lasse ich Ihren Laden hochgehen und erstatte höchstpersönlich Anzeige gegen Sie wegen Zuhälterei, Wucherei, Hehlerei und illegaler Beschäftigung Minderjähriger, vom Drogenhandel in Ihrem Umfeld ganz zu schweigen. Und wenn nur einer dieser Tatbestände vor Gericht Gehör findet, bedeutet dies das Ende Ihrer Existenz und mindestens sieben Jahre Gefängnis. Wenn Sie wieder in Freiheit sind, werden Sie eine hässliche alte Schachtel sein.«

Am anderen Ende herrschte Schweigen. Auch das Geräusch des Staubsaugers konnte Bardi nicht mehr vernehmen. Nur ein leises, stoßweises Atmen. Dann: »Ach, scheren Sie sich doch zum Teufel. Sie …«

Wieder eine Pause. Scheinbar fand Signorina Titi keine Beschimpfung, die ausreichend beleidigend war. Schließlich ein Knacken und die Leitung war unterbrochen.

Zufrieden ließ Bardi den Hörer auf die Gabel gleiten. Sein Magen knurrte – Zeit für ein verspätetes Mittagessen. Er holte eine angebrochene Flasche Chianti aus der Abstellkammer, schnappte sich den Korb mit den Delikatessen, den er von Abt Covito überreicht bekommen hatte, und stieg pfeifend die Treppe zu seiner Dachwohnung hinauf.

* * *

Nach dem Mittagessen kehrte Bardi in die Wache zurück und wählte die Nummer des katholischen Benediktinergymnasiums, an dem Mirri Schüler und Padre Vincenzo Lehrer gewesen war. Zuvor hatte er auf der Internetseite des Collegio Cattolico di Pandino den Namen des Rektors in Erfahrung gebracht.

Auf dem Foto, das das Kollegium zeigte, war Dottore Rossi einer derjenigen Lehrer, die keine Mönchskleidung trugen. Es war ebenfalls jener junge Mann, der Padre Vincenzo auf dem Abschiedsfoto in dessen Kammer die Hand schüttelte. Bardi entdeckte Padre Vincenzo als einen der Größten in der hinteren Reihe. Er blickte ernst und gütig in die Kamera.

Des Weiteren hatte Bardi sich auf der Seite über die Geschichte des Gymnasiums und des angeschlossenen Internats informieren können, die ausschließlich Jungen vorbehalten waren. Ursprünglich war das Gymnasium einer Benediktinerabtei angegliedert gewesen. Diese war jedoch vor über zwanzig Jahren aufgelöst worden. Bardi entnahm den spärlichen Worten über diesen Abschnitt der Chronik, dass es den Benediktinern auch hier schlicht an Nachwuchs gemangelt hatte. Dies erklärte auch, warum ungefähr die Hälfte des Kollegiums aus Lehrkräften bestand, die keine Ordensbrüder waren.

Eine freundliche Sekretärin verband Bardi mit Dottore Rossi. Die Stimme des Rektors klang so jung, wie Rossi auf dem Foto aussah. Bardi stellte sich vor und berichtete von Padre Vincenzos Verschwinden.

»Hier befindet er sich nicht«, erklärte Dottore Rossi.

»Das nehmen wir auch nicht an.«

»Warum rufen Sie dann an?«, fragte Dottore Rossi und Bardi entnahm dem Tonfall des Rektors, dass er auf der Hut war.

»Uns interessiert, warum Padre Vincenzo Ihre Schule verlassen hat.«

»Aus persönlichen Gründen.« Die Antwort kam schnell und klang kategorisch.

»Die da wären?«

»Hören Sie, ich kann Ihnen dazu keine Informationen geben«, sagte Dottore Rossi.

»Hat es vielleicht mit den vielen Jungen auf Ihrer Schule zu tun?«

Die Antwort war ein Klicken. Der Rektor hatte das Gespräch abgebrochen.

Ratlos blickte Bardi auf den Hörer in seiner Hand, aus dessen Hörmuschel ein stetiger Piepston kam. Hatte er Angst in der Stimme des Rektors vernommen?

39. Kapitel

Das Match des San Pietro Poloklubs gegen die Mannschaft aus Verona näherte sich im letzten Chukker, wie jeder der vier je siebeneinhalb Minuten dauernden Spielabschnitte hieß, dem Ende. Beide Teams lagen mit sechs zu sechs Toren gleichauf. Bardi im roten Dress der San Pietroer jagte auf seinem Wallach Tornado im vollen Galopp dem weißen Ball hinterher, der sich bedrohlich dem Tor näherte. Als Tornado den Ball eingeholt hatte, schwenkte Bardi den Stick zunächst in der Absicht nach vorn, den Ball dann mit einem Rückwärtsschlag in die entgegengesetzte Richtung zu schlagen. Doch das Manöver misslang. Die Zigarre, der untere Teil des Schlägers, touchierte den Ball nur leicht. Wie in Zeitlupe trudelte das runde Weiß weiter in Richtung des Tors. Von hinten hörte Bardi das schwere Schnauben eines anderen Pferdes und das dumpfe Dröhnen sich rasch nähernder Hufe. Nur Zentimeter bevor der Ball knapp neben dem linken Torpfosten über die Linie zu rollen drohte, preschte Thompson heran und schlug den Ball weit zurück ins Feld. Bardi musste mit Tornado abrupt bremsen, damit sie nicht mit Thompson und seinem Pferd kollidierten.

Die zwei Dutzend Zuschauer hinter dem weißen Staketenzaun, der den VIP-Bereich eingrenzte, vergaßen für einen

Augenblick, ihren Prosecco zu schlürfen, während das übrige Publikum, das sich in sicherem Abstand um den saftig grünen Rasen des Spielfelds verteilt hatte, johlte.

Die Glocke ertönte und beendete den letzten Spielabschnitt. Jetzt ging es in die Verlängerung, in der die Sudden-Death-Regel griff, die besagte, dass dasjenige Team gewann, das das nächste Tor erzielte.

Thompson ritt neben Bardi. »Was ist heute nur mit dir los?«

»Nicht mein Tag«, wich Bardi der Bemerkung des Engländers aus.

Thompson nickte. »Konzentrier dich noch einmal. Der nächste Fehler ist tödlich.«

Bardi nahm seinen Helm ab, wischte sich mit einem Tuch den Schweiß von der Stirn und trank etwas Wasser, das ihm ein Helfer reichte. Er blickte über den gepflegten festen Rasen des Spielfelds, das fast achtmal so groß war wie ein Fußballplatz. Er dachte daran, wie ängstlich der Rektor des Internats geklungen hatte. Hatte Padre Vincenzo seine Macht gegenüber den Schülern ausgenutzt, um sich an ihnen sexuell zu vergehen? Und gehörten Mirri und Aldo vielleicht zu seinen Opfern? Bei diesem Gedanken lief ihm ein kalter Schauer über den Rücken.

Neben ihm klatschte jemand in die Hände. »Weiter geht's, Capitano.«

Bardi wandte seinen Kopf und blickte in Tavanos lächelndes Gesicht.

»Das letzte Spiel der Saison gewinnen wir«, rief der Bürgermeister.

Die Mannschaften nahmen ihre Positionen ein. Die eher kleinen, robusten, aber dennoch wendigen Pferde scharrten ungeduldig mit den Hufen. Bei San Pietro standen Bardi und Thompson in der Defensive, Tavano und Alberto Benigni übernahmen die Offensive. Bardi hatte als Einziger sein Pferd nicht wie üblich gewechselt. Tornado strotzte noch vor Energie, und der letzte Spielabschnitt würde aufgrund der Sudden-Death-Regel kaum länger als ein oder zwei Minuten dauern.

Alberto, der Sohn der Grundschulleiterin von San Pietro, war der talentierteste der Spieler, hatte jedoch als arbeitsloser Akademiker kein Geld für eigene Pferde, weshalb Thompson ihm welche aus seinem Stall lieh. Jeder Spieler benötigte im Match mindestens zwei Pferde, da sie nach jedem Spielabschnitt wegen der hohen Belastung gewechselt werden mussten. Außerdem besaß jedes einzelne Pferd seine individuellen Stärken, die im Spiel strategisch eingesetzt wurden.

Da Tornados Unterhalt schon eine große Schneise in Bardis Salär als Carabiniere hinterließ, nahm auch er gern Thompsons Angebot in Anspruch, sich bei Spielen Tiere des Engländers auszuleihen. Tavano wiederum hatte genügend Kapital, um sich seine eigenen vier Polopferde zu leisten.

Die Glocke ertönte, und die beiden Teams kämpften um jeden Zentimeter des Platzes, ohne dass der Ball in die Nähe eines der Tore kam. Dann gelang Bardi ein Round-the-tail-Schlag, bei dem der Schläger akrobatisch hinter dem Pferd geschwungen wird.

»Warum einfach, wenn es auch kompliziert geht«, rief Thompson zu ihm hinüber, um sofort seinem Pferd die Sporen zu geben. Der Ball hatte ordentlich Pace und flog weit in die gegnerische Hälfte hinein. Geschickt leitete Tavano ihn mit einem Nearside Forhand weiter zu Alberto. Dieser beharkte sich mit zwei Veroneser Spielern. Doch wie durch ein Wunder schoss der Ball aus dem Knäuel von Pferden und Reitern in Richtung des Tors der Gegner aus Verona. Gebannt starrte Bardi dem Ball nach, der genau in der Mitte der beiden rot-weiß geringelten Pfosten über die Linie rollte.

Das Match war entschieden, was zunächst aber keiner der Spieler realisierte. Erst als der Gong ertönte, streckten die San Pietroer ihre Schläger gen Himmel.

Unter dem Applaus des Publikums ritten Bardi, Thompson, Tavano und Alberto Benigni vor die weißen Pagodenzelte, wo ein großer silberner Pokal auf die Gewinner wartete, der auf der Motorhaube eines roten Ferrari-Sportwagens stand – denn der San Pietroer Poloklub wurde von einem Autohändler aus Siena gesponsert.

Jonny Ugo, klein, korpulent, aber immer in Bewegung, seines Zeichens rasender Reporter bei *IL FLASH!*, einer durch Anzeigen finanzierten regionalen Boulevardzeitung, schoss ein paar Fotos von den strahlenden Siegern.

»Stehen Sie nachher für ein Interview bereit?«, rief er in Bardis Richtung, nachdem er seine Bilder im Kasten hatte. Ohne eine Antwort des Capitanos abzuwarten, wandte er sich dem Besitzer des Autohauses zu, der den Pokal überreicht hatte, um ihn mit Komplimenten für den schnittigen Sportwagen zu überschütten – schließlich war der Mann nicht nur Sponsor des Poloklubs, sondern auch einer der wichtigsten Anzeigenkunden von *IL FLASH!*.

Bardi führte Tornado zu den gepflegten Stallungen und genoss die Ruhe, die ihn hier umgab. Auf dem kleinen Hof, der u-förmig von den Ställen, dem Gebäude mit den Umkleidekabinen und der Sattelkammer umgeben war, nahm Bardi seinem Pferd den Polosattel aus argentinischem Rindsleder ab. Tornado schüttelte sich kurz, als er von der Last befreit war. Bardi tätschelte dem Wallach den Hals, was dieser mit einem Schnauben und leisem Wiehern quittierte. Einer der Stallburschen kam mit einem Eimer Wasser auf Bardi zu und ließ Tornado trinken. Bardi nickte dem jungen Mann wortlos zu, streichelte Tornado die Mähne und ging anschließend zur Umkleide. Hufgeklapper kündigte die restlichen Spieler mit ihren Pferden an.

Als Bardi frisch geduscht wieder auf den Hof trat, lehnte Ugo, der Reporter, an der Umrandung des alten Brunnens, der den Mittelpunkt der Stallungen bildete, aber schon lange ausgetrocknet war.

Als der Boulevardjournalist Bardi entdeckte, stieß er sich vom Brunnen ab und trat lächelnd an ihn heran. Widerwillig ergriff Bardi die ihm dargebotene Hand.

»Glückwunsch zum Sieg«, sagte Ugo und trat nervös von einem Bein aufs andere.

Ugos Hibbeligkeit machte Bardi stets nervös, weshalb er ohne Umschweife schnellen Schrittes den Parkplatz ansteuerte, der sich direkt hinter den Stallungen befand.

»Wie ich hörte, haben wir hier in San Pietro einen Todesfall«, schnaufte Ugo neben ihm, bemüht, Bardis Tempo zu halten.

»Der letzte Todesfall war im Februar«, erklärte Bardi. »Die Witwe unseres Schuhmachers, friedlich entschlafen mit einundneunzig Jahren.«

»Da habe ich aber andere Informationen«, sagte Ugo und grinste neckisch.

»Von wem?«

Ugo überhörte Bardis Frage. »Signora van Laak soll einen Toten auf einem der hiesigen Weinberge gefunden haben.«

»Signora van Laak hat ganz bestimmt keine Leiche gefunden, denn dann wäre diese im Leichenschauhaus und ich wüsste garantiert davon.«

»Okay, okay.« Ugo überholte Bardi, schnitt ihm so den Weg ab und hob beschwichtigend die Hände. »Und dann gibt es da noch andere Gerüchte. Sie betreffend …«

Bardi seufzte abermals und stoppte nur wenige Zentimeter vor Ugo. Er beschloss, in die Offensive zu gehen, damit die Gerüchteküche ein für alle mal kaltgestellt wurde. »… und die von Signorina Bella stammen.«

Ugo nickte.

»Dabei handelt es sich um ein Missverständnis. Signorina Bella hat mich in meiner Wohnung mit einem alten Freund angetroffen, für den ich gekocht habe.«

»Laut Signorina Bella scheinen Sie nicht nur gekocht zu haben.«

»Bei meinem alten Freund handelt es sich um Dottore Gazza, den Leiter der florentinischen Kriminalpolizei. Ich an Ihrer Stelle wäre also vorsichtig, verleumderische Gerüchte in die Welt zu setzen. Und außerdem sollte die sexuelle Orientierung eines jeden Menschen respektiert werden, solange diese im gegenseitigen Einvernehmen ausgelebt wird.«

»Jetzt klingen Sie wie ein menschliches Gesetzbuch«, lachte Ugo. »Keine Angst, ich hatte nie vor, Sie bloßzustellen.«

»Da gibt es nichts bloßzustellen«, knurrte Bardi, dem das Gespräch zunehmend auf die Nerven ging, weshalb er Ugo einfach stehen ließ.

»Signorina Bella sprach aber auch davon, dass Signora van Laak an dem Morgen, als der Bürgermeister den Unfall hatte, ganz aufgeregt war, weil sie auf ihrem Morgenspaziergang einen toten Mann entdeckt hatte. Wie ich höre, ist zudem Luigi Mirri spurlos verschwunden. Könnte es sein ...« Ugo hastete erneut hinter Bardi her.

Jetzt stoppte der Capitano blitzartig, sodass Ugo in ihn hineinrannte. Bardi schob den Reporter von sich und starrte ihn voller Ärger an. »Hören Sie, Ugo. Wenn Sie davon auch nur ein Wort in Ihrer Zeitung bringen, dann ...«

»Soll ich diesmal das wandelnde Gesetzbuch spielen? Oder gehe ich recht in der Annahme, dass Sie den Paragrafen zur Pressefreiheit kennen?« Ugo versuchte ein freches Grinsen, das ihm jedoch misslang und zu einer schiefen Fratze entglitt.

»Üble Nachrede fällt nicht unter Pressefreiheit«, blaffte Bardi.

»Aber Luigi Mirris Verschwinden ist eine Tatsache. Und wer sollte mich daran hindern, über Tatsachen zu berichten?«

Bardi stöhnte hilflos. »Okay. Ich kann Sie nur bitten, nichts über einen Toten oder Mirris Verschwinden zu schreiben. Denn dadurch würden Sie laufende Ermittlungen gefährden.«

»Ich schreibe, was und wann ich will«, zog Ugo die Daumenschrauben an. »Aber vielleicht haben Sie ja noch etwas anderes, mit dem ich meine Seiten füllen kann.«

»Haben Sie schon von unserem geheimnissvollen Hundehasser gehört?«, fragte Bardi nach kurzem Überlegen und hoffte, Ugo damit von seiner eigentlichen Fährte abzubringen.

»Welcher Hundehasser?«

»Und ich dachte, Sie wären stets bestens informiert.«

Der Reporter zuckte ahnungslos mit den Schultern.

»Wenn ich Ihnen die Exklusivstory darüber verschaffe, versprechen Sie mir, vorerst nichts über Leichen in unseren Weinbergen zu schreiben?«

»Okay. Ich werde nichts schreiben«, versprach Ugo gönnerhaft, fügte nach einer Weile aber ein Zunächst hinzu.

Bardi nickte und berichtete ihm von der vergifteten Salami.

Als Bardi mit seinem Bericht fertig war, machte Ugo ein enttäuschtes Gesicht. »Nicht gerade ein Reißer. Aber ich bekomme als Erster diese andere Story. Toter im Weinberg, Sie wissen schon.«

Der Reporter zwinkerte Bardi verschwörerisch zu.

»Welche Story?«, fragte Bardi unschuldig.

»Wir sind uns also einig«, sagte Ugo und streckte Bardi seine verschwitzte Hand entgegen. Bardi schlug mit gequältem Gesichtsausdruck ein und ging zu seinem Wagen.

Als er die Fahrertür öffnete, hörte er Ugos Stimme hinter sich. »Wie fanden Sie meine Story über den Gewinner beim Weinfest?«

»Keine Zeit, so etwas zu lesen«, rief Bardi, schmiss seine Sporttasche auf die Rückbank und setzte sich auf den Fahrersitz.

»Die Taucherbrille stand Ihnen verteufelt gut«, rief Ugo frech lachend.

Bevor Bardi sich weiter über Ugos ungebührliches Auftreten ärgern konnte, meldete sich sein *Telefonino* mit einem dumpfen Klingeln von der Rückbank. Bardi knallte die Tür zu und durchsuchte hektisch seine Tasche.

40. Kapitel

Die Männerstimme am anderen Ende der Leitung sprach dermaßen leise, dass Bardi sie zunächst nicht verstand. Erst auf Nachfrage verstand er, dass es sich um Dottore Rossi handelte, den Rektor des Benediktinergymnasiums.

»Im Büro konnte ich nicht sprechen«, erklärte Dottore Rossi. Danach hörte Bardi nur das Rauschen der Leitung. Offensichtlich traute sich der Rektor nicht, weiterzureden.

»Worüber konnten Sie nicht sprechen?«, fragte Bardi.

Es dauerte noch über zehn Sekunden, bis Dottore Rossi endlich das Wort ergriff. »Sie müssen mir absolute Vertraulichkeit zusagen.«

»Versprochen.«

Wieder Rauschen. Dann: »Padre Vincenzo musste unsere Schule zum Ende des letzten Schuljahres verlassen, weil er sich zum wiederholten Male an mehreren ihm anvertrauten Schülern vergangen hat.«

Obwohl Bardis Gedanken bereits in diese Richtung gegangen waren, traf ihn diese Aussage wie ein Elektroschock und machte ihn sprachlos.

»Sind Sie noch dran?«

Bardi räusperte sich, um den Kloß im Hals loszuwerden. »Und die Eltern haben keine Anzeige erstattet?«

»Man einigte sich, ohne dass Anzeige erstattet wurde. Die Schüler und Eltern wurden gegen Zahlung einer größeren Summe zum Stillschweigen verpflichtet«, erwiderte Dottore Rossi mit stockender Stimme.

»Und Sie als Schulleiter?«, fragte Bardi, den diese Art von Kuhhandel wütend machte, da auf diese Weise alles unter den Tisch gekehrt wurde und die Täter mit ihren perversen Neigungen fortfahren konnten.

»Ich habe erst vor ein paar Wochen davon erfahren, als Padre Vincenzo schon gegangen war.«

»Von wem?«

»Ein anonymer Brief per Post an mein Sekretariat. Zum Glück bekam ich ihn zuerst in die Hände. Sehr allgemein gehalten. Ich habe mich umgehört und wurde daraufhin von der Kirchenleitung über Padre Vincenzo aufgeklärt. Ich dürfte Ihnen das alles eigentlich nicht erzählen.«

»Warum?«, fragte Bardi, obwohl er die Antwort bereits kannte.

»Man drohte mir mit Kündigung und straf- sowie zivilrechtlichen Konsequenzen, falls ich mich in rufschädigender Weise gegenüber der Schule und der Kirche verhalten würde.«

»Woher stammte der Poststempel des Briefs?«

»Livorno.«

Vor Bardis Augen fügten sich einige weitere Puzzleteilchen zusammen.

»Können Sie mir sagen, ob sich ein Aldo Lana unter den ehemaligen Schülern Ihrer Schule befindet? Er muss das Internat zusammen mit einem Luigi Mirri Anfang bis Mitte der Achtzigerjahre besucht haben.«

»Da müsste ich im Archiv nachsehen.«

»Würden Sie mir den Gefallen tun?«

Rossi zögerte.

»Es ist wirklich dringend«, beharrte Bardi.

Er hörte, wie Rossi tief durchatmete. »Ich werde in einer Stunde nachsehen. Dann ist das Sekretariat garantiert nicht mehr besetzt.«

Bardi sah auf die große Uhr an der Wand: 17.53 Uhr.

»Ich weiß das sehr zu schätzen.«

»Lana und Mirri. Ich melde mich«, flüsterte Rossi.

Bardi startete den Wagen und fuhr wie in Trance zurück in Richtung Wache. Er kam sich vor wie in einem Kokon. Vergaß Zeit und Raum. Sah Mirri vor seinem inneren Auge, sah Padre Vincenzo, sah Marilyn. Kurz bevor er die Stadtmauern von San Pietro erreichte, klingelte sein *Telefonino* erneut. Bardi schaute auf die Uhr im Armaturenbrett: 18.07 Uhr. Viel zu früh für Dottore Rossi. Trotzdem hielt er am Straßenrand. Hupend zog ein Lkw an ihm vorbei, während er das Gespräch annahm.

Eine Laborantin vom kriminaltechnischen Institut aus Florenz teilte ihm mit knappen Worten mit, dass die Untersuchung der Anhaftungen am Stein ergeben habe, dass es sich um Blut der Blutgruppe AB Rh-positiv handele.

Die Blutgruppe samt Rhesusfaktor war somit dieselbe wie bei Mirri. Da das Merkmal AB nur bei ungefähr jedem dreißigsten Italiener vorkam, war die Wahrscheinlichkeit somit recht hoch, dass das Blut am Stein von Mirri stammte.

Bardi bedankte sich für die sehr schnelle Bearbeitung, woraufhin die Laborantin schnippisch erwiderte, er solle sich nicht bei ihr, sondern bei Dottore Gazza bedanken.

Bardi holte tief Luft und nahm seinen Weg wieder auf. Auf der Wache holte er seinen Rotwein aus der Kammer, goss sich ein wenig davon in das nächstbeste Glas, das er fand, und ließ sich in seinen Bürosessel plumpsen.

Um 19.08 Uhr klingelte das Telefon erneut. Bardi nahm nach dem ersten Läuten ab. Es war Dottore Rossi. Wieder sprach er so leise, dass Bardi genau hinhören musste, um den Mailänder Schulrektor zu verstehen.

»Lana, Aldo, und Mirri, Luigi, besuchten unsere Schule seit 1980. Sie waren Interne, wohnten also im Internat, und gingen in dieselbe Klasse. Ihr Klassenlehrer hieß Padre Vincenzo. Beide verließen das Internat während des Schuljahres 84/85.«

»Mirri und Lana gingen mitten im Schuljahr?«, hakte Bardi nach.

»Ja, zum achten Februar.«

»Steht der Grund dafür in Ihren Akten?«

»Der Vermerk lautet: Auf den Wunsch der Erziehungsberechtigten entlassen.«

Bardi bedankte sich bei Dottore Rossi, nicht ohne ihm vorher versichert zu haben, dass er absolute Diskretion walten lassen würde.

41. Kapitel

Am nächsten Morgen stand Bardi nach der obligatorischen Rasur am Tresen der Bar Puccini. Wie immer bestand sein Frühstück aus einem starken *Caffè* und einem *Cornetto* gefüllt mit Aprikosenmarmelade. Bardi biss gerade in das Hörnchen, als Padre Adriano freudestrahlend die Bar betrat. Wie alle Einwohner San Pietros wusste er, dass Bardi zu dieser frühen Stunde hier anzutreffen war.

»Stellen Sie sich vor, was geschehen ist«, rief der Pfarrer und umarmte sämtliche Konventionen vergessend Bardi, der sein *Cornetto* vor dem Ansturm gerade noch in Sicherheit bringen konnte, indem er es auf den Teller warf.

»Die Statue ist zurück«, erwiderte Bardi trocken, als Padre Adriano seine Contenance wiedererlangt hatte.

»Und ich dachte, es sei himmlischer Beistand«, sagte Padre Adriano lächelnd und orderte beim Barista einen *Caffè*. »Wie haben Sie das erreicht?«

»Mit etwas irdischem Druck.«

»Sehr schön gesagt«, sagte Padre Adriano und lächelte. Dann tätschelte er Bardis Hand, die auf dem Tresen neben dem *Caffè* ruhte. »Ich stehe in Ihrer Schuld.«

»Eines Tages werde ich Sie daran erinnern«, erwiderte Bardi. »Werden Sie jetzt das Dach der Kirche reparieren lassen?«

Padre Adriano nickte. »Eigentlich schade, dass wir dafür die Statue hergeben müssen. Jahrzehntelang ahnte unsere Gemeinde nichts von diesem Schatz und jetzt soll er für ein paar Dachziegel herhalten.«

»Vielleicht findet sich eine andere Möglichkeit, um die Arbeiten zu finanzieren«, sprach Bardi dem Priester Mut zu.

»Ihr Wort in Gottes Ohr«, erwiderte dieser. Sein *Caffè* kam, und wie jeder gute Italiener konnte er nicht widerstehen, sofort daran zu nippen und sich die Zunge zu verbrennen. »Mir sind da gewisse Gerüchte zu Ohren gekommen. Sie betreffend.«

»Die Buschtrommeln funktionieren also.«

Padre Adriano nickte. »Diese Signorina Bella ist eine impertinente Person.«

Bardi gab die Geschichte mit Dottore Gazza zum Besten, woraufhin sich Padre Adriano ein verschmitztes Lächeln nicht verkneifen konnte. »Signorina Bella hat eben das gesehen, was sie sehen wollte.«

Bardi nickte.

»Ich werde darauf bei meiner nächsten Sonntagspredigt eingehen. Es wäre schön, wenn ich Sie dazu im Kreis der Gemeinde willkommen heißen könnte. Wir sollten auch für Mirri beten.«

»Besser nicht. Sonst gibt es noch mehr Gerüchte.«

Padre Adriano nickte nachdenklich. »Gibt es etwas Neues in Sachen Padre Vincenzo?«

»Mirri war Schüler von Padre Vincenzo.«

Padre Adriano wurde blass. »Hat Padre Vincenzo …?«

»Einige Indizien sprechen dafür.«

Adriano schüttelte resigniert den Kopf. »Ich hätte es wissen müssen.«

* * *

Kaum hatte Bardi die Piazza Grande erreicht, als sich der Eingang zum Rathaus öffnete und Signorina Bella mit strengem Blick und einem Brief in der Hand auf ihn zustöckelte. Bardi nahm an, dass sie vom Fenster ihres Büros aus den Platz beobachtet hatte, bis er aufgetaucht war. Als sie Bardi erreichte, gab Signorina Bella ihm den Brief. »Der ist fälschlicherweise bei uns gelandet.«

Ohne seine Reaktion abzuwarten, machte sie auf dem Pfennigabsatz kehrt und stöckelte zurück in Richtung ihres Arbeitsplatzes.

»Und was steht drin?«, rief Bardi ihr hinterher, denn natürlich hatte sie vor Neugier nicht widerstehen können, den Brief zu öffnen.

Als Absender war das Comando Generale der Carabinieri in der Viale Romania 45 in Rom angegeben.

Wahrscheinlich hatte Signorina Bella mit einer Dienstaufsichtsbeschwerde wegen Emanueles ungebührlichem Verhalten gegenüber ihrem Chef oder Ähnlichem gerechnet, was sie nach dem Vorfall mit dem befleckten Kleid sicher gefreut hätte.

Der Inhalt musste sie jedoch enttäuscht haben, da es sich lediglich um einen Fragebogen zur Erfassung des Inventars der Carabinieri-Station handelte.

Während in der kleinen Kochecke der Kaffee brühte, brachte Bardi Emanuele telefonisch auf den neusten Stand. Sein Assistent befand sich bereits auf dem Schießplatz, hatte jedoch gerade Pause.

»Ohne Ihre Informationen wäre die Statue auf ewig verschwunden geblieben«, lobte Bardi am Ende seiner Ausführung Emanuele, was diesen hörbar mit Stolz erfüllte.

»Aber was ist mit Mirri?«, fragte Emanuele neugierig.

»Ich glaube, die Frage muss lauten, was haben Mirri und Lana alias Marilyn mit Padre Vincenzo angestellt?« Bardi stellte die Freisprechfunktion am Telefon ein und nahm sich einen Becher Kaffee.

»Dann war es nicht Mirri, den Signora van Laak gesehen hat?«

»Doch.«

»Aha.« Emanueles Stimme klang, als zweifle er an der Zurechnungsfähigkeit seines Chefs.

Bardi lächelte belustigt. »Als Signora van Laak Mirri entdeckt hatte, war dieser ohnmächtig. Ich denke, Mirri wollte Padre Vincenzo in eine Falle locken. Doch Padre Vincenzo witterte den Braten und lauerte seinerseits Mirri auf. Nur war der Stein nicht groß genug, um Mirri damit zu erschlagen. Trotzdem war Padre Vincenzo in dem Glauben, einen Mord begangen zu haben, und reagierte dementsprechend panisch. Das erklärt auch sein derangiertes Äußeres, als er in die Abtei zurückkehrte.«

»Aber warum hat er den Stein mitgenommen und nicht einfach auf dem Weg weggeworfen? Der wäre doch niemals gefunden worden.«

»Menschen handeln oft irrational. Außerdem wird Padre Vincenzo – wie ich schon sagte – unter einem gewissen Schock gestanden haben.«

»Und dann kam Mirri mit dem Lieferwagen ...«

Bardi brummte zustimmend. »Er wird Padre Vincenzo überrascht haben, schließlich dachte dieser, er habe Mirri erschlagen. Wahrscheinlich wird Mirri ihn mit einer Waffe gezwungen haben, in den Lieferwagen zu steigen.«

»Und dann?«

»Keine Ahnung. Kennst du einen Pierluigi Peruzzi?«

»PiPi, den Showmaster? Ja klar. Warum?«

»Aldo Lana wohnt bei PiPi«, erklärte Bardi.

189

»Das glaube ich kaum.«

»Warum?«

Emanuele ließ erneut ein zweifelndes Grunzen vernehmen. »PiPi ist doch seit zwei Jahren mit Elisa Fratinelli verheiratet.«

»Wer zum Teufel ist Elisa Fratinelli?«

»Model und Schauspielerin. Eine der schönsten Frauen Italiens.«

42. Kapitel

Die Wohnung von Pierluigi Peruzzi, bei dem Aldo Lana laut Paola untergekrochen war, befand sich in einem unscheinbaren dreistöckigen Wohngebäude zwischen der Hafenmole und einem kleinen Trockendock, in dem gerade ein altertümlicher Ausflugsdampfer überholt wurde.

Neben dem Eingang befand sich eine Gegensprechanlage mit drei Klingelknöpfen. Laut den Namensschildern gehörte der untere zum Büro eines Schiffsmaklers und der mittlere zur Praxis eines Dottore Sanchez, seines Zeichens Internist. Das Schild neben dem obersten Knopf war leer. Bardi drückte ihn.

Nach einer Weile meldete sich an der Gegensprechanlage eine verschlafen wirkende Stimme. Bardi nannte seinen Namen und sagte, er wolle Aldo Lana sprechen.

»Ich kenne keinen Aldo Lana«, antwortete die Stimme und ein Klicken verriet, dass der Kontakt unterbrochen war.

Kurz entschlossen klingelte Bardi bei der Arztpraxis. Ein Summen ertönte, als das elektronische Schloss aufsprang. Ein mit hellem Marmor gefliester Hausflur mit Treppenaufgang und Fahrstuhl empfing ihn. Die Tür des Lifts öffnete sich, und eine dickliche Dame drängte sich an Bardi vorbei. Bardi stieg in die Kabine, deren Luft parfümgeschwängert war, und drückte den überdimensionalen Knopf mit der Ziffer Drei an der Seitenwand. Lautlos setzte sich der Fahrstuhl in Bewegung.

In der dritten Etage gab es lediglich eine Tür. Diesmal benutzte Bardi nicht die Klingel, sondern klopfte ein paarmal gegen das Türblatt. Aus dem Inneren der dahinterliegenden Wohnung meinte Bardi, ein Rascheln zu hören, und für einen Augenblick wurde der helle Punkt des Spions dunkel.

»Signor Peruzzi?«, rief Bardi.

Nichts tat sich.

»Ich weiß, dass Sie zu Hause sind.«

Wieder nichts.

»Ist Signor Lana zu sprechen? Es ist wirklich wichtig. Es geht um einen gemeinsamen Bekannten von Signor Lana und mir, der verschwunden ist.« Bardi lauschte. Hinter der Tür versuchte jemand, ein Husten zu unterdrücken.

»Seien Sie doch vernünftig, Signor Peruzzi.«

»Woher kennen Sie diese Adresse?«, tönte jetzt eine Stimme dumpf durch die Tür.

»Eine Freundin von Signor Lana hat sie mir gegeben. Sie arbeitet wie Marilyn in dem Haus neben dem Club Venus.«

»Müssen Sie das so laut sagen, dass es jeder im Hausflur hören kann?«, zischte die Stimme hinter der Tür. »Wer sind Sie überhaupt?«

»Wie ich unten schon sagte: Bardi, Capitano Giulio Bardi von den Carabinieri aus San Pietro.«

»Carabinieri? San Pietro?« Der Mann hinter der Tür zögerte. »Ja, ich bin Pierluigi Peruzzi. Aber was wollen Sie von Aldo?«

»Aldo Lana wohnt also bei Ihnen?«

»Nein … Nicht richtig … er …«, stotterte die Stimme.

»Ich bin nicht vom Einwohnermeldeamt und komme auch nicht, um Sie zu kompromittieren«, sagte Bardi. »Trotzdem glaube ich, es wäre besser, wenn wir in Ihrer Wohnung darüber reden.«

Bardi hörte das Geräusch eines Schlüssels, der im Schloss gedreht wurde. Dann öffnete sich die Wohnungstür langsam, und ein Mann um die vierzig im Morgenrock kam zum Vorschein. Pierluigi Peruzzi, dem Fernsehvolk besser bekannt als PiPi. Selbst Bardi, der TV-Verweigerer, erkannte das Gesicht, wenngleich er sich den Fernsehstar größer vorgestellt hatte. Bardi setzte sein gewinnendstes Lächeln auf, stellte sich nochmals vor und streckte Peruzzi seine Hand entgegen. Dieser nahm sie zögernd und bat den Capitano in seine Wohnung.

»Ist Mary… Aldo etwas zugestoßen?«, fragte Peruzzi, kaum dass er die Wohnungstür hinter ihnen zugezogen hatte.

»Ich hatte gehofft, Aldo Lana hier anzutreffen.«

»Sie wissen also auch nicht, wo er steckt?«

»Wo er steckt?«

»Aldo ist seit vorigem Freitag verschwunden«, erklärte Peruzzi. Der Tonfall seiner Stimme verriet, dass er noch immer vor Bardi auf der Hut war. »Ich kann Ihnen also nicht weiterhelfen.«

Peruzzi griff wieder nach dem Knauf der Wohnungstür.

»Ich würde gern mehr über Aldo Lana erfahren«, erwiderte Bardi und trat zwei Schritte in den Flur.

Peruzzi sah ihn fragend an. Bardi schwieg und machte keinerlei Anstalten zu gehen. Resigniert wies Peruzzi in Richtung einer breiten Glastür.

»Ich möchte betonen, dass Aldo hier nur Gast ist«, sagte Peruzzi, während sie in den großen hellen Wohnraum gingen, von dessen Panoramafenstern aus man einen großartigen Blick über den Hafen und das Meer hatte. »Falls Sie vorhaben, gegen mich zu ermitteln, muss ich meinen Anwalt hinzuziehen.«

»Wie ich schon sagte: Ich bin nicht hier, um die Einhaltung des Meldegesetzes zu überprüfen«, erwiderte Bardi.

Peruzzi schien wenig überzeugt, denn er musterte skeptisch Bardis Uniform. »Ich habe einen Ruf zu verlieren«, sagte er schließlich. »Man könnte falsche Schlüsse daraus ziehen, dass Aldo hier verkehrt.«

»Ihr Privatleben interessiert mich nicht.« Bardi hoffte, dass er nicht zu barsch klang.

Doch scheinbar hatte Peruzzi genau diese Worte hören wollen, denn jetzt nickte er beruhigt und bat Bardi, in einem der riesigen Ledersessel Platz zu nehmen. Als Bardi dem nachkam, hatte er das Gefühl, von dem weich gepolsterten Leder verschluckt zu werden.

»Hat Aldo etwas ausgefressen?«, fragte Peruzzi und versank ebenfalls in einem der Sessel.

Bardi nickte. »Ich glaube, dass er im Begriff ist, eine große Dummheit zu begehen.«

»Aldos ganzes Leben ist eine Dummheit«, sagte Peruzzi und lächelte besorgt.

»Hat Lana in Ihrer Gegenwart jemals die Namen Luigi Mirri oder Padre Vincenzo erwähnt?«, fragte Bardi.

»Einen Mann namens Luigi habe ich zweimal hier gesehen. Ein netter Kerl. Wenngleich er mir etwas bedrückt vorkam. Ist wohl über acht Ecken mit Aldo verwandt.«

»Wann war Luigi hier zu Besuch?«

»Zum ersten Mal ungefähr vor einem Monat. Und dann vorige Woche. Montag. Kurz darauf ist Aldo verschwunden. Natürlich kann dieser Luigi auch öfter hier gewesen sein. Ich bin häufig in Rom. Dreharbeiten. Sie verstehen.« Peruzzi zeigte sein verschmitztes Lächeln, für das er vom Fernsehvolk geliebt wurde.

»Haben Sie den Grund für diese Besuche mitbekommen?«

Peruzzi schüttelte den Kopf. »Ich bin diesem Luigi nur zwischen Tür und Angel begegnet, weil ich jedes Mal direkt weiter ins Studio musste. Die neueste Staffel meiner Show wird gerade aufgezeichnet.«

»Und Padre Vincenzo?«

Wieder schüttelte Peruzzi den Kopf. »Ich kenne keine Padres. Und ich nehme stark an, Aldo legt auch keinen Wert auf einen solchen Umgang.«

»Warum?«

Peruzzi blickte Bardi ironisch lächelnd an. »Ich glaube, Sie verstehen, warum.«

Bardi nickte. »Es könnte sich um eine Bekanntschaft sozusagen aus grauer Vorzeit handeln.«

»Sie meinen diese unsägliche Internatsgeschichte?« Peruzzi hielt sich erschrocken die Hand vor den Mund, als habe er ein Geheimnis verraten.

»Keine Angst, ich bin im Bilde, was das betrifft«, erklärte Bardi und hoffte innigst, dass Peruzzi weitersprechen würde.

43. Kapitel

»Ich habe Aldo versprochen, diese Geschichte für mich zu behalten.«

»Das können Sie auch. Ich weiß, dass Lana damals von einem seiner Lehrer missbraucht wurde«, wagte Bardi einen Schuss ins Blaue.

Peruzzi nickte. »Hat Aldos Verschwinden damit zu tun?«

Wieder ein Puzzleteil, dachte Bardi und nickte ebenfalls. »Mehr darf ich Ihnen dazu nicht sagen.«

Peruzzi machte einen verzweifelten Gesichtsausdruck.

»Wie lange kennen Sie und Lana sich?«

»Bestimmt schon zwanzig Jahre. Anfangs nur flüchtig. Ich war …« Peruzzi schämte sich, das Wort auszusprechen.

»Sie waren Kunde bei Lana?«, fragte Bardi, wobei er versuchte, möglichst verständnisvoll zu klingen.

»Ja, ich war sein Freier … Aber ich mochte ihn wirklich. Dann geriet Aldo zusehends auf den absteigenden Ast. Probleme mit Drogen, mit dem Alter, mit seinen Freiern. Eines Tages stand er vor meiner Tür und seitdem wohnt er hier. Ich habe ihm angeboten, seine Schulden bei dieser Schlampe zu bezahlen … Entschuldigen Sie meine Wortwahl.«

»Sie meinen Signorina Titi.«

Peruzzi verzog angeekelt sein Gesicht, als müsse er eine Gefängnislatrine reinigen. »Er hätte als mein Privatsekretär arbeiten können, doch dazu ist Aldo zu stolz. Redete immer von Unabhängigkeit. Dieser verdammte störrische Narr.«

»Hat Lana sich in letzter Zeit verändert?«

Peruzzi legte seine Stirn in Falten und überlegte. »In den letzten Wochen war er tatsächlich seltsam still.«

»Bedrückte ihn etwas?«

»Nein. Es schien eher, als brüte er etwas aus. Durch meinen Job bin ich häufig wie gesagt für längere Zeit nicht in Livorno. Deshalb deutete ich sein Verhalten zunächst als Zeichen der Einsamkeit. Aber als ich ihn darauf ansprach, reagierte er ausweichend und übertrieben fröhlich. So als wolle er ein Geheimnis vor mir verbergen. Und da ist noch etwas …« Peruzzi zögerte weiterzusprechen.

»Was denn?«

»Aldo hat Geld genommen.«

»Wie viel?«

»Ungefähr zehntausend Euro.«

Bardi pfiff leise durch die Zähne.

»Es war die Gage für einige Autogrammstunden … Ich bewahrte sie in meinem Sekretär auf.« Wieder zögerte Peruzzi. Offensichtlich missinterpretierte er Bardis fragenden Gesichtsausdruck. »Ich gebe meine Einkünfte immer beim Finanzamt an.«

»Kein Problem«, erwiderte Bardi.

»Glauben Sie, Aldo bleibt lange fort? Wissen Sie, ich bin ihm nicht böse … wegen des Geldes. Hauptsache, er kehrt bald wohlbehalten zurück.«

»Das hoffe ich auch«, erwiderte Bardi und dachte an Mirri. Das Geld sprach eine andere Sprache: Mit Peruzzis zehntausend Euro und dem Geld, das Mirri hier in Livorno abgehoben hatte, konnten die beiden ein paar Monate klarkommen, wenn sie sparsam lebten.

Bardi räusperte sich und fragte, ob er Lanas Zimmer sehen könne.

»Natürlich.« Peruzzi machte eine auffordernde Geste in Richtung Tür.

Das Zimmer entpuppte sich als Einliegerwohnung mit eigenem Bad sowie Wohnraum mit Küchenecke und Bett. Die vorherrschende Farbe war Hellblau, was dem Raum das luftige Ambiente eines Kinderzimmers gab.

»Aldo hat es ganz nach seinem Geschmack eingerichtet«, erklärte Peruzzi.

Bardi warf einen flüchtigen Blick in das blitzblank geputzte Badezimmer und schaute sich dann im Wohnraum um. Dieser wurde von einem ovalen Wasserbett dominiert, das in der Mitte stand. Vor dem Fenster, das einen Blick auf das Trockendock gewährte, stand ein Schreibtisch mit Glasplatte. Darauf lagen einige Werbeprospekte für Damenmode, die Bardi durchblätterte und in denen er einige großformatige Fotos entdeckte, die zwischen den Seiten versteckt worden waren. Offenbar mit einem Teleobjektiv aufgenommen, zeigten die Fotos zwei Männer, die auf einer Wiese spazieren gingen. Bardi erkannte beide sofort: Der eine war Padre Adriano, der andere Padre Vincenzo. Die Wiese befand sich vor dem Kloster Monte Rosso, in dem Padre Vincenzo seit Kurzem wohnte.

Peruzzi trat mit neugierigem Gesichtsausdruck neben Bardi.

»Das ist Padre Vincenzo.« Bardi tippte auf den großen, hageren Mann neben Padre Adriano.

»Und der hat Aldo damals …« Voller Abscheu wandte sich Peruzzi ab.

Bardi ließ seinen Blick weiter durchs Zimmer schweifen und entdeckte ein Foto, das in einem Wechselrahmen über der kleinen Sitzecke hing, die aus zwei Rattansesseln und einem tiefen hölzernen Couchtisch bestand, auf dem eine angebrochene Flasche Blue Curaçao nebst zwei Cocktailgläsern stand.

Bei dem Foto, das ungefähr zwanzig mal zehn Zentimeter maß, handelte es sich offensichtlich um die Vergrößerung eines alten Negativs, denn es war schwarz-weiß und auf jene Art grobkörnig, wie es nur analoge Fotos waren. Es zeigte ein aus Naturstein gemauertes Haus, vor dem eine y-förmige knorrige Eiche stand. Am rechten Bildrand war die lange Motorhaube eines Lastwagens zu erkennen. Der Bauform des Lastwagens zufolge musste das Foto in den Fünfzigerjahren des vorigen Jahrhunderts aufgenommen worden sein.

Peruzzi war Bardis Blick gefolgt. »Aldo nennt das Foto immer sein Heile-Welt-Bild.«

»Warum?«

»Kindheitserinnerungen. Seine Augen wurden immer ganz feucht, wenn er dieses Foto ansah.«

»Wo steht dieses Haus?«

Peruzzi zuckte mit den Schultern. »Es handelt sich wohl um das Haus, in dem Aldo aufgewachsen ist. Über seine Kindheit hat er allerdings nie viele Worte verloren.«

»Dürfte ich mir das Bild ausleihen?«, fragte Bardi.

»Wenn es hilft, Aldo zu finden«, erwiderte Peruzzi.

Bardi nahm den Rahmen von der Wand und legte ihn auf den Couchtisch. Dann inspizierte er Lanas Schrank, in dem sich lediglich Kleidung befand. In der Kommode neben der Tür fand er abgesehen von alten Zeitschriften aus der Gay-Szene einen Schuhkarton mit Fotos. Bardi nahm den Karton heraus und blickte Peruzzi um Erlaubnis fragend an. Peruzzi nickte schlapp, woraufhin Bardi sich auf das Bett setzte, das jede noch so kleine Bewegung mit einem Schwanken erwiderte.

Die obersten Fotos waren neueren Datums und zeigten hauptsächlich Lana als Marilyn. Mal posierte er als schrille Sängerin mit Mikrofon vor der Kamera, mal warf er dem Objektiv schmollend einen Kussmund entgegen.

Auf anderen Fotos war Lana mit Peruzzi zu sehen. Immer in der Wohnung, in der Bardi sich augenblicklich befand. Und immer nur zu zweit, wie im goldenen Käfig. Ihm tat der Showmaster leid. Offensichtlich führten er und Lana eine Beziehung im Verborgenen.

Weiter unten folgten blaustichige Polaroidfotos eines wilderen, jüngeren Lana. Viele Muskeln, viele Schnäuzer, viel Leder. Ganz unten lagen Schwarz-Weiß-Fotos. Lana bei der Armee, Lana als Kellner, Lana als Schüler. Auf einem Klassenfoto stand er in der ersten Reihe neben einem jugendlichen Mirri. Beide blickten ernst in die Kamera. In der hinteren Reihe ganz links stand Padre Vincenzo. Auch noch ein junger Mann, mit einem breiten Lächeln in seinem Gesicht.

* * *

Am frühen Nachmittag kehrte Bardi in die Wache zurück. Er ließ sich auf seinen Bürosessel fallen, streckte alle viere von sich und gähnte ausgiebig.

Nach einer Weile holte er das gerahmte Foto aus seiner abgewetzten Aktentasche hervor, das er aus Lanas Bleibe mitgenommen hatte. Wo stand dieses Haus? Bardi kannte nur eine Person, die ihm weiterhelfen konnte: Giovanni. Schließlich entstammte der Barbier einer der ältesten Familien von San Pietro und hatte in fast jedem Ort zwischen Siena und Florenz Verwandtschaft. Ächzend erhob Bardi sich aus seinem Sessel und zog die Uniformjacke über. Als er die Tür zur Wache abschließen wollte, hörte er von innen die aufdringliche Melodie des Telefons.

Einen kurzen Augenblick lang war Bardi versucht, das Telefon zu ignorieren, schließlich verfügte die Wache über einen Anrufbeantworter. Doch dann riss er die Tür wieder auf und eilte an seinen Schreibtisch zurück.

Der Anrufbeantworter würde nach dem sechsten Läuten anspringen. Das fünfte Signal war bereits verhallt. Mit einem großen Satz gelang es Bardi, den Hörer während der sechsten Wiederholung der Tonfolge abzunehmen. Am anderen Ende meldete sich eine heisere Stimme, die aufgeregt etwas von Erpressung und einer Videobotschaft stammelte.

»Wer spricht?«, fragte Bardi, der aus den Worten des anderen nicht schlau wurde.

»Covito … Abt Covito.«

44. Kapitel

Rutschend kam Bardis Streifenwagen auf dem geschotterten Parkplatz der Abtei von Monte Rosso neben drei Reisebussen zum Stehen.

Der Capitano hatte Covito am Telefon nicht recht folgen können. Der Abt hatte sehr aufgeregt geklungen. Offensichtlich hatte er per E-Mail ein Erpresservideo erhalten, das im Zusammenhang mit Padre Vincenzo stand.

Bardi stieg aus seinem Wagen und grüßte nickend die Busfahrer, die es sich im Schatten eines ihrer Fahrzeuge auf Campingstühlen bequem gemacht hatten und Karten spielten.

Das *Telefonino* vibrierte in seiner Brusttasche. Am anderen Ende war Emanuele. Außer Atem erzählte er etwas vom Motor seiner Vespa, der seinen Geist aufgegeben hätte. Er befände sich allerdings nur sieben Kilometer vor San Pietro und rechne damit, in ungefähr zwei Stunden einzutreffen. Bardi erkundigte sich nach Emanueles genauem Aufenthaltsort und versprach, ihn dort abzuholen, wenn er in der Abtei fertig wäre. Verwundert fragte Emanuele, warum Bardi schon wieder in Monte Rosso sei. Kurz angebunden vertröstete der Capitano seinen Assistenten auf später und beendete das Gespräch.

Bardi eilte zum Tor des Hauptgebäudes und drückte auf die Klingel der modernen Gegensprechanlage. Sofort ertönte die Stimme von Abt Covito.

»Die Tür ist offen. Ich erwarte Sie im Büro. Den Weg kennen Sie ja.«

Auf dem Innenhof lauschten an die hundert Touristen einem voluminösen Mönch, der mit sonorer Stimme die bewegte Geschichte des Klosters schilderte. Einige der Touristen ließen sich von Bardis Uniform ablenken, doch der Mönch fuhr ungerührt mit seinem Vortrag fort.

Durch das Treppenhaus betrat Bardi den Seitenflügel, in dessen Erdgeschoss sich die Büros befanden, von denen aus die Geschäfte des Klosters gemanagt wurden. Am Ende des langen Flurs stand Abt Covito mit einem finster dreinblickenden Herrn um die vierzig, der einen schwarzen Anzug und darunter ein Hemd der gleichen Farbe trug.

Bardi eilte an den Glastüren vorbei, hinter denen die Mönche und ihre weltlichen Kollegen fleißig ihren Bürotätigkeiten nachgingen.

»Das ist unser Dottore vom Vatikan«, erklärte Abt Covito, als Bardi die beiden Männer erreichte.

Bardi schüttelte dem Mann die Hand. »Ich habe Ihren Namen leider nicht verstanden.«

»Ich befasse mich im Auftrag unserer Kirche mit der Entführung von Padre Vincenzo«, erklärte der Mann vom Vatikan milde lächelnd.

»Kommen Sie in mein Büro«, sagte Abt Covito schnell und streckte Bardi zur Begrüßung hastig die Hand entgegen.

Das Büro des Klostervorstehers befand sich ebenfalls hinter einer Glastür neben dem der Buchhaltung. Es unterschied sich weder in der Größe noch in der Ausstattung von den anderen Büros.

»Respekt verschafft man sich nicht durch Insignien, sondern durch Taten«, erklärte Covito, als er Bardis erstaunten

Blick bemerkte, und schob zwei der Besucherstühle zurecht, sodass Bardi und der Ermittler der Kirche freie Sicht auf den Flachbildmonitor des PC hatten, der auf der kurzen Seite des l-förmigen Schreibtisches stand. Bardi setzte sich, und der Abt und sein Kollege taten es ihm gleich.

»Ich habe zwei Mails erhalten, diese war die erste«, sagte Abt Covito, schob seine Brille auf die Nasenspitze und klickte mit der Maus auf einen Eintrag in seinem E-Mail-Programm, der den Betreff *Molto importante* trug und von *Padre Vincenzo* beziehungsweise *padrevincenzo@yellowmail.it* stammte.

Die Mail selbst verfügte über keinen Text, sondern lediglich über eine Videodatei als Anhang. Covito klickte doppelt auf die Büroklammer, die den Anhang mit der Bezeichnung *666* symbolisierte.

»Die Zahl des Teufels«, wisperte Covito, als sich der Videoplayer auf dem Bildschirm öffnete. Zunächst blieb der Monitor schwarz. Aus dem Lautsprecher tönte ein leises metallisches Rauschen. Bardi erschrak, als nach ein paar Sekunden plötzlich das Gesicht von Padre Vincenzo erschien.

Obwohl es fast den ganzen Bildschirm einnahm, konnte Bardi im Hintergrund eine Wand aus groben dunkelbraunen Ziegeln erkennen. Der Padre wirkte müde, schien aber ansonsten unversehrt zu sein. Einige Zeit starrte er leicht über das Objektiv der Kamera hinweg. Dann begann er mit leiser, brüchiger Stimme zu sprechen. An seinen Augen, die kaum merklich von rechts nach links wanderten, erkannte Bardi, dass Padre Vincenzo die Botschaft ablas. Offensichtlich hielt jemand den Text hinter der Kamera in die Höhe.

45. Kapitel

»Ich beichte«, begann Padre Vincenzo. »Ich habe die Leben vieler Menschen zerstört. Nicht nur jene meiner Opfer, die ich ...«

Padre Vincenzo stockte, und Bardi konnte unverständlich eine Stimme aus dem Off zischen hören. Scheinbar drohte derjenige hinter der Kamera Padre Vincenzo, denn der Geistliche zuckte zusammen. Dann fuhr er stockend fort: »Die ... die ich sexuell ... miss... missbraucht habe, sondern auch die Leben von Angehörigen, Frauen und Kindern. Ich bin der Albtraum, der jede Nacht zurückkehrt. Ich bin die Verdammnis, die sich wie ein dunkles Tuch über die Jünglinge gelegt hat, die mir anvertraut waren und deren Vertrauen ich so schändlich ausgenutzt habe. Ich nannte es Liebe. Obwohl es Hass war. Zerstörerischer Hass ...«

Jetzt rannen Tränen über Padre Vincenzos Wangen. »Aber ich habe euch doch geliebt. Ich liebe euch«, wimmerte er. Wieder ein Zischen aus dem Off. Drohend, ungeduldig.

Padre Vincenzo nickte und wischte sich mit zittrigen Händen die Tränen aus dem Gesicht. Mit erstaunlich fester Stimme fuhr er fort.

»Sollte die katholische Kirche nicht bis Dienstag dieser Woche zweiundzwanzig Uhr als Eingeständnis ihrer Schuld zwei Millionen Euro an die GASPA überweisen, werde ich für meine Sünden mit meinem Leben büßen. Als Beweis soll der Spendeneingang in der Spätausgabe von TG3 gemeldet werden.« TG3 war eine Nachrichtensendung der öffentlich-rechtlichen Fernsehprogramm-Gruppe RAI.

Padre Vincenzos Gesicht wich einem schwarzen Bildschirm.

»Was hat es mit dieser GASPA auf sich?«, wollte Bardi wissen.

»Gruppo auto-aiuto abusi sessuali per adulti«, murmelte Covito.

»Eine Selbsthilfegruppe für sexuell missbrauchte Menschen«, erläuterte der Vatikangesandte.

»Das Ultimatum ist gestern abgelaufen«, sagte Bardi.

Der Mann vom Vatikan nickte. »Wir hatten beschlossen, abzuwarten. Es ist immer besser, aus einer Position der Stärke heraus zu verhandeln.«

»Kannten Sie das Video schon, als ich das letzte Mal hier war?«

Abt Covito schwieg.

»Mit Ihrem Verhalten haben Sie das Leben von Padre Vincenzo aufs Spiel gesetzt«, rief Bardi mit solch lauter Stimme, dass der Abt zusammenzuckte.

Der Mann vom Vatikan blieb ruhig. »Wir hielten es für besser, wenn nicht allzu viele von der Existenz dieses Erpresservideos wissen. Schließlich betrifft die Sache in erster Linie unsere Kirche.«

»Und deshalb meinen Sie, sich über die Gesetze des italienischen Staates hinwegsetzen zu können«, wandte Bardi ein, während er versuchte, seine aufkeimende Wut im Zaum zu halten.

»Deshalb haben wir Sie jetzt eingeschaltet«, erklärte der Mann vom Vatikan mit einem versöhnlichen Lächeln um die Lippen.

»Haben Sie auch an die Entführer gedacht?«

»Natürlich.« Wieder lächelte der Mann vom Vatikan. »Sie sind Täter und Opfer zugleich.«

»Genau«, erwiderte Bardi mit galliger Stimme. »Und Sie nehmen es billigend in Kauf, dass aus Entführern Mörder werden.«

»Noch scheint Padre Vincenzo zu leben.«

»Das zweite Video?«, mutmaßte Bardi.

46. Kapitel

Wieder ertönte zunächst das leise metallische Rauschen. Dann erschien das Gesicht von Padre Vincenzo. Er wirkte noch müder als im ersten Video. Seine Wangen lagen hohl unter dem Bartschatten. Die rot unterlaufenen Augen blickten starr in die Kamera.

»Mangani, Gennaro, Perugia … Moro, Silvio, Verona … Zironelli, Antonio, Turin … Fantini, Frederico, Bologna …«

»Springen Sie zum Ende«, bat der Mann vom Vatikan.

Abt Covito hielt die linke Taste seiner Maus gedrückt und eine Reihe von Standbildern erschien. Nach ein paar Sekunden erwachte das letzte dieser Bilder wieder zum Leben.

»Alfredo, Varese … Drei Millionen Euro an die GASPA bis heute Abend zweiundzwanzig Uhr, ansonsten werde ich für meine Sünden noch heute mit meinem Leben büßen. Als Beweis soll die Überweisung der Summe in der Spätausgabe von TG3 vermeldet werden.«

Padre Vincenzos Gesicht verschwand.

Bardi blickte auf seine Armbanduhr. »Die Frist läuft in genau fünf Stunden und sechsundfünfzig Minuten ab. Wann haben Sie die Mail erhalten?«, fragte Bardi.

»Heute Vormittag«, sagte der Mann vom Vatikan.

Covito schaute in die Liste. »10.41 Uhr.«

»Was sollen die Namen?«, fragte Bardi.

Covito starrte beschämt auf die Tastatur vor ihm.

Der Mann vom Vatikan räusperte sich. »Offensichtlich hatte Padre Vincenzo Kontakt zu anderen Pädophilen.«

»Aus den Reihen Ihrer Kirche?«

Der Vatikanermittler schloss die Augen und atmete hörbar ein und wieder aus. »Vier der Namen sind uns bekannt. Aber ich nehme an, dass es sich auch bei den anderen um Personen aus dem Umkreis unserer Kirche handelt.«

»Wie viele Namen nennt er insgesamt?«

»Dreiundzwanzig.«

Abt Covito sah auf. »Padre Vincenzos schändliches Verhalten ekelt alle hier an.«

Jetzt verstand Bardi. »Er konnte hier tun und lassen, was er wollte, weil er ausgeschlossen wurde.«

Covito nickte erneut.

»Deshalb brauchte er auch nicht die Ordenskleidung zu tragen.«

»Es mag feige klingen, aber wir waren froh, dass er keine Anstalten unternahm, sich unseren Gebräuchen und Regeln zu unterwerfen. So brauchten wir uns nicht mit ihm und seinen Sünden auseinanderzusetzen. Dass er bei uns wohnen durfte, war eines der größten Opfer, das uns jemals abverlangt worden ist. Schließlich waren wir alle von Anfang an dagegen, ihn hier aufzunehmen. Aber es handelte sich um eine Direktive von oben.« Er blickte zu dem Vertreter des Vatikans hinüber. Dieser zeigte keine Regung. »Dagegen sind wir leider machtlos.«

»Warum haben Sie mich jetzt doch eingeschaltet?«

»Ich komme einfach nicht weiter.«

»Womit?«

»Mit meinen Ermittlungen.«

Bardi zwang sich, ruhig zu bleiben. »Was ist denn bei Ihren Ermittlungen herausgekommen?«

»Bei den Entführern handelt es sich offensichtlich um Opfer von Padre Vincenzo. Ich nehme wie Sie an, dass sie unter den ehemaligen Schülern des Internats zu suchen sind, an dem Padre Vincenzo lange Jahre als Lehrer tätig war.«

»Sie wissen, dass ich …«

»Dottore Rossi war so freundlich, mich nach Ihrem ersten Anruf bei ihm ins Bild zu setzen. Ich habe ihm geraten, kooperativ zu sein.«

»Mit Ihnen oder mit mir?«

Der Mann vom Vatikan lachte kurz auf. »Sie halten mich für so etwas Ähnliches wie einen Agenten der OVRA, oder?«

Die OVRA war Mussolinis Geheimpolizei gewesen, die den Erhalt der Macht des Duces mit allen Mitteln durchsetzte. »Ihre Methoden sind zumindest zweifelhaft«, erwiderte Bardi.

»Sie kennen die Gegebenheiten hier besser als ich. Außerdem scheinen Sie … wie soll ich sagen … unorthodoxen Maßnahmen nicht unaufgeschlossen gegenüberzustehen. Verstehen Sie?«

»Nein«, antwortete Bardi, obwohl er natürlich eine Vermutung hegte, von woher der Wind wehte.

»Es wäre gut, wenn von dieser ganzen Sache nichts an die Öffentlichkeit dringen würde. Unser neuer Vater müht sich wirklich redlich, die alten Missstände zu beheben.«

Das glaubte Bardi sogar. Jedoch verstand er nicht, warum dies im Geheimen geschehen sollte. Er schaute zu Abt Covito hinüber. »Was würde passieren, wenn Sie das alles dennoch öffentlich machen würden?«

»Das steht mir nicht zu«, flüsterte Covito ängstlich.

»Sozusagen Staatsräson oder besser Kirchenräson.« Bardi war angewidert von so viel Feigheit. Der Abt musste doch ein mächtiger Mann sein. Und wenn der Papst sich die Wahrheit auf die Fahne geschrieben hatte, musste er einen Mann, der die Wahrheit ans Licht brachte, eher belohnen als bestrafen.

»Ist das bei Ihnen anders? Ein Carabiniere hackt dem anderen kein Auge aus. Oder?«, warf der Mann vom Vatikan ein.

»Aber wir missbrauchen keine Kinder«, erwiderte Bardi, wenngleich er dem Argument insgeheim zustimmen musste.

Jetzt ließ der Abt mit einer solchen Wucht seine Faust auf die Schreibtischplatte donnern, dass sein *Telefonino* auf der Unterlage tanzte und Bardi unwillkürlich zusammenzuckte. »Wir auch nicht. Das sind Einzelne. Und bevor Sie mit mir weiterdiskutieren wollen: Ich verurteile diese Einzelnen. Das sind für mich keine Männer Gottes. Diese Männer gehören vor ein ordentliches Gericht.«

»Und warum sorgen Sie dann nicht dafür, dass genau das geschieht?«

»Ich?«, fragte Abt Covito und blickte verdattert zu seinem Glaubensbruder vom Vatikan, als müsse Bardi eher ihn meinen.

»Ja, ich meine Sie, Abt Covito«, erwiderte Bardi. »Sie sind ein mächtiger Mann und können etwas ändern.«

Einen Moment lang sann der Klostervorsteher über Bardis Bemerkung nach. Dann nahm er eine stramme Haltung an, ein Lächeln huschte über sein Gesicht und er blickte über seine Brille hinweg wieder zu seinem Vatikankollegen hinüber. Doch diesmal verriet sein Blick eine neu gewonnene Selbstsicherheit. Prompt senkte der Mann vom Vatikan seinen Kopf, schüttelte ihn missbilligend, sah dann ruckartig wieder auf, traute sich aber nicht, Abt Covito anzuschauen, sondern musterte stattdessen Bardi.

»Wenn von meiner Seite nichts an die Öffentlichkeit dringen soll, dürfen Sie oder Padre Vincenzo die Entführer nicht anzeigen«, sagte Bardi.

Abt Covito starrte Bardi erstaunt an. »Sie kennen die Entführer?«

»Ich habe eine starke Vermutung.«

»Wer ist es?«, fragte der Abt neugierig.

»Zwei Männer, die Schüler und Opfer von Padre Vincenzo waren«, antwortete der Vatikanermittler stellvertretend für Bardi.

Der Capitano schüttelte resigniert den Kopf. Offensichtlich arbeitete der ›Geheimdienst‹ des Vatikans sehr effektiv. »Dottore Rossi hat Ihnen also Bericht erstattet.«

Für einen Augenblick herrschte betretene Stille. Dann nickte der Mann vom Vatikan und klatschte in die Hände. »Wir werden keine rechtlichen Schritte gegen die Entführer unternehmen, das gilt ebenso für Padre Vincenzo. Vonseiten Ihrer Entführer darf auch nichts an die Öffentlichkeit dringen.«

»Das sind nicht ›meine‹ Entführer«, erwiderte Bardi. »Aber sie werden schweigen.«

Der Capitano fühlte einen bitteren Geschmack auf der Zunge. Ein Symptom, das jedes Mal auftrat, wenn er gezwungen war, einen Kompromiss einzugehen. Jetzt würde Padre Vincenzo mit einem blauen Auge davonkommen, aber eben auch sein Freund Mirri. An die anderen Opfer von Padre Vincenzo wagte Bardi nicht zu denken. Er konnte nur hoffen, dass die Saat aufgehen würde, die er bei Abt Covito gelegt hatte.

Er deutete auf den Namen des Absenders. »Vielleicht können wir über den Absender und Besitzer dieses Mailaccounts mehr erfahren.«

Abt Covito nahm sein *Telefonino* und tippte eine Nachricht auf der Tastatur des Touchscreens. »Einer unserer Novizen ist ein wahres Computergenie«, bemerkte er, während er den Sendeknopf drückte.

Wenig später steckte ein junger Mann seinen Kopf ins Büro. Der Abt winkte ihn eilig zu sich und erklärte ihm, worum es ging, ohne jedoch das Video zu erwähnen.

»Yellowmail bietet kostenlose Mailaccounts. Jeder kann sich dort anmelden.«

»Aber muss man nicht Namen und Adresse angeben?«, wollte Bardi wissen.

»Schon. Aber die Identität wird nicht überprüft.«

»Und was ist mit dieser Adresse, die jeder Computer im Internet hat?«, ließ Bardi nicht locker.

Der Novize lächelte nachsichtig. »Sie meinen die IP-Adresse. Wenn ich inkognito einen solchen Account nutzen wollte, würde ich mich über einen öffentlichen Hotspot ins Internet einwählen und meine Identität per Anonymisierungssoftware, die es im Internet zuhauf gibt, verbergen. Dann ist es nahezu unmöglich, meine wahre Identität zu erkennen. Es sei denn, Sie haben Freunde bei der NSA.«

47. Kapitel

Giovanni, der Barbier, war gerade im Begriff, mit einer Haken-
stange das Rollgitter vor seinem Salon nach unten zu ziehen, als
ihm Bardi auf die Schulter klopfte. Verwirrt sah er den Capitano an. Dann hellte sich seine Mine auf und er machte Anstalten, das Gitter wieder nach oben zu schieben.

»Ein Rendezvouz?« Er zwinkerte Bardi verschwörerisch zu.
»Wer ist denn die Glückliche?«

»Ich brauche eine Information«, erwiderte Bardi ernst.

»Also keine späte Rasur?«

Bardi schüttelte den Kopf und holte das Foto aus Marilyns
Zimmer aus der Aktentasche.

»Wissen Sie, wo sich dieses Gebäude befindet?«

Giovanni nahm Bardi das Bild aus der Hand und betrachtete es eingehend. »Nein, kommt mir unbekannt vor. Aber das
Fabrikat des Lkws kenne ich.« Er deutete auf den Lastwagen,
der vor dem Haus zu sehen war. »Das ist ein Sauer. Schweizer Fabrikat. Mein Onkel besaß so ein ähnliches Modell. Wird
schon seit vielen Jahrzehnten nicht mehr gebaut.« Giovanni
seufzte. »Wenn das Foto aus der Zeit stammt, in der dieser Lastwagen gebaut wurde, steht das Gebäude vielleicht schon längst
nicht mehr.« Giovanni gab Bardi das Bild zurück.

»Schade«, seufzte Bardi, während er auf seine Armbanduhr schaute. Die Zeit lief ihm davon.

Giovanni deutete auf das Geschoss oberhalb der benachbarten Bar. »Aber vielleicht kann der alte Dagoberto weiterhelfen. Wenn er das Gebäude nicht kennt, kennt es niemand.«

Bardi ärgerte sich, dass er nicht selbst an Dagoberto gedacht hatte. Der Mann war über neunzig, halb blind und fast taub, hatte aber ein halbes Jahrhundert als Postbote gearbeitet und kannte die Gegend wie seine Westentasche.

»Danke und bis morgen«, verabschiedete sich Bardi eilig von Giovanni, verstaute das Bild wieder vorsichtig in der Aktentasche und huschte durch das kleine Tor, das sich zwischen Giovannis Salon und der Bar Puccini befand.

Der Aufgang zur Wohnung des alten Dagoberto befand sich in der überdachten Toreinfahrt. Im dunklen, engen Treppenhaus stank es nach Katzen. Bardi klopfte laut an die Wohnungstür des alten Mannes und machte sich auf Schlimmes gefasst. Doch als der ehemalige Postbote nach dem sechsten Klopfen endlich öffnete, erwartete Bardi eine lupenrein gesäuberte Wohnung, die nach Lavendel roch. Vor allem bei der älteren Generation war Lavendel ein beliebtes Mittel, um Spinnen aus den Häusern zu vertreiben.

Der alte Dagoberto war klein, spindeldürr und trug eine dicke Brille mit einem altertümlichen Horngestell. Er beugte sich vor, indem er sich auf seinem Gehstock abstützte, und musterte Bardi von oben bis unten.

»Meine Uniform machte bedeutend mehr her«, kicherte er.

»Das glaube ich Ihnen aufs Wort«, erwiderte Bardi. »Darf ich hereinkommen?«

»Wollen Sie nicht hineinkommen?« Unbeholfen winkte der alte Dagoberto Bardi zu, ihm in den Flur zu folgen. Bardi tat, wie ihm geheißen. Sie kamen in ein kleines, etwas übermäßig möbliertes Zimmer, in dem all die Gegenstände standen, die sich in einem langen Leben ansammelten.

Die einzige Sitzgelegenheit bestand aus einer mit grünem Kunstleder bezogenen Couch. Ächzend setzte sich der alte Dagoberto und bedeutete Bardi, es ihm gleichzutun.

»Also, was habe ich ausgefressen?«, fragte der Alte spöttisch, als Bardi sich neben ihm niedergelassen hatte.

»Sie können mir helfen«, sagte Bardi.

»Welpen?« Der alte Dagoberto schaute Bardi an, als habe dieser den Verstand verloren. Doch dann hellte sich sein Gesicht auf. »Hat es endlich einen erwischt?«

Bardi sah den alten Mann verwirrt an.

»Sind Sie gekommen, um mich festzunehmen?« Der Alte streckte Bardi beide Hände entgegen.

»Sie haben also die Würste mit Rattengift präpariert«, rief Bardi.

»Serviert würde ich das nicht nennen«, kicherte Dagoberto. »Wissen Sie, was diese Bestien mir im Laufe meines Lebens angetan haben? Verboten gehören diese Feinde aller Postboten. Früher war ich schnell. Trotzdem haben mich diese Monster dreimal erwischt. Am grässlichsten war diese Töle von unserem alten Bäcker. Hörte auf den Namen Topolino, war aber fast so groß wie ich. Die Narbe habe ich noch heute …«

Der Alte wollte sich vom Sofa erheben, doch Bardi hielt ihn sanft zurück, indem er Dagoberto die Hand auf den Arm legte.

»Wo ist das Rattengift?«, rief Bardi.

Der alte Dagoberto deutete auf eine vergilbte Schachtel auf dem Wohnzimmerschrank. »Ist ohnehin nicht mehr viel drin.«

Bardi erhob sich und holte die Schachtel herunter. »Wo finde ich die Toilette?«

Als der alte Dagoberto ihn fragend ansah, machte Bardi eine wegwerfende Handbewegung. Die Wohnung war nicht groß, und binnen Sekunden hatte Bardi die richtige Tür gefunden. Er ließ das gräuliche Pulver in die Toilette rieseln und zog ab.

Danach setzte er sich wieder zu dem Alten. »Sie können mir h-e-l-f-e-n«, wiederholte Bardi laut und sehr deutlich.

»Helfen? Ich …« Der alte Dagoberto schüttelte kichernd den Kopf. »Aber wie? Ich bin blind, kann kaum noch gehen und mein Gehör lässt auch zu wünschen übrig.«

»Aber jung genug, um Hunde zu vergiften«, murmelte Bardi und holte das Bild aus seiner Aktentasche. Behutsam legte er es auf die Knie des alten Dagoberto.

»Kennen Sie dieses Haus?« Er deutete auf das Gebäude.

Der Alte nahm das Bild und hielt es sich nah vor die Augen. »Wenn Sie mir erzählen würden, das sei der Petersdom, würde ich es Ihnen glauben.« Er deutete auf den Beistelltisch neben Bardi. »Geben Sie mir mal die Lupe.«

Bardi tat das Gewünschte.

Dagoberto legte das Bild wieder auf seine Knie und beugte sich über das Vergrößerungsglas, das so schwer war, dass er es mit beiden Händen halten musste. Mit kreisenden Bewegungen suchte er das Bild ab. Dann ließ er die Lupe sinken.

»Das Haus erkenne ich nicht wieder«, murmelte er. Bardi wollte sich schon erheben, als der Alte die Lupe erneut kreisen ließ. »Aber der Baum … Der stand vor dem Haus von diesem Eismann Richtung Arezzo … Wie hieß er noch gleich …« Dagoberto schüttelte resigniert den Kopf.

»Lana«, wagte Bardi einen Schuss ins Blaue.

»Lama?«

»Hieß der Eismann Lana?«, schrie Bardi.

Sogleich hellte sich die Miene des Alten auf. »Ja. Lana hieß er. Sie brauchen nicht so zu schreien. Das ist schon ewig her. Er hatte einen Eiskeller – dicke Wände, Nordlage, in den Fels gehauen und deshalb immer kalt –, wo er im Winter aus Schnee Eis presste, das er dann vom Frühling bis zum Herbst an die

Leute in der Umgebung lieferte. Er hat mich mal mit runter-genommen. Muss Anfang der Fünfziger gewesen sein. War richtig unheimlich da unten. Wie in einer Gruft.«

»Was machte er, wenn kein Schnee fiel?«

Der alte Dagoberto lächelte. »Junger Mann, Sie denken wohl, wir hätten früher das Rad noch nicht erfunden gehabt? Wenn auf den nahen Bergen des Apennin kein Schnee lag, musste er eben mit dem Lastwagen vom Monte Amiata im Süden herbeigeschafft werden.«

»Das müssen über hundert Kilometer sein.«

»Eis war damals ein Luxus, der dementsprechend teuer bezahlt wurde.« Der alte Dagoberto schien mit seinen halb blinden Augen auf einen Punkt weit hinter Bardi zu starren. »Irgendwann hatten dann alle elektrische Kühlschränke und Lana musste mehr recht als schlecht von ein paar ausgezehrten Ziegen und kargen Olivenhainen leben. Ich glaube, er stellte auch Honig her.«

»Wo genau befindet sich das Haus auf dem Foto?«

»Wenn ich mich richtig erinnere, starb der alte Lana Ende der Siebziger und seine Frau ungefähr zehn Jahre später. Danach wurden die Gebäude nicht mehr genutzt«, murmelte der alte Dagoberto ganz in seine Zeitreise versunken.

»Aber wo war das?« Bardi klang ungeduldiger, als er beabsichtigte.

Mit einem Zucken tauchte Dagoberto aus den Tiefen seiner Gedanken auf. »Die alte Strada Provinciale in Richtung Arezzo. Kennen Sie den Bach, der die Straße kreuzt?«

Bardi musste überlegen. Er kannte die Straße. Aber ein Bach? Egal, er würde den Weg schon finden, weshalb er nickte. Als er jedoch bemerkte, dass der alte Dagoberto diese Geste nicht gesehen hatte, machte er mit einem »Mhm« deutlich, dass er im Bilde war.

»Ungefähr fünfzig Meter hinter der kleinen Brücke führt rechter Hand ein Weg durch den Wald. Nach circa einem halben

Kilometer kommt Lanas Gehöft.« Der Alte gluckste bei dieser Erinnerung. »Ich war immer froh, wenn die Lanas keine Post hatten. Besonders im Winter, wenn es glatt oder zugeschneit war, brauchte man für den Weg durch den Wald eine Ewigkeit.«

»Luigi Mirri stammt auch aus der Nähe von Arezzo«, warf Bardi ein.

Der Alte nickte. »Luigi Mirri wohnte zeitweise bei seinen Großeltern.«

»Moment«, rief Bardi. »Verstehe ich richtig: Luigi Mirri war der Enkel der Lanas?«

»Natürlich. Seine Mutter war ein hübsches Mädchen, aber leider etwas leichtlebig. Sie hat als ganz junges Ding einen viel älteren Mann mit Nachnamen Mirri geheiratet. Die Ehe ging schnell vorüber. Der Nachname blieb. Sie hatte dann etwas mit diesem jungen Matrosen aus …« Er überlegte eine Weile, um dann resigniert den Kopf hängen zu lassen.

»Erinnern Sie sich noch an andere Enkelkinder der Lanas?«

Ein paar Sekunden überlegte der alte Dagoberto und Bardi befürchtete schon, er sei wieder falsch verstanden worden. Doch dann nickte der Alte strahlend. »Ja, da war noch so ein Fratz. Ein süßer Junge. Hatte Engelslocken und auch das passende Gesicht.« Der Alte kicherte. »War ein schüchternes Bürschchen, aber meine Bonbons hat er gern genommen … Wie hieß er noch … Irgendein Name mit A … Alberto?«

»Aldo«, rief Bardi.

»Ja. Der kleine süße Aldo. Er und unser Luigi Mirri waren Cousins und unzertrennlich. Was wohl aus Aldo geworden ist?«

Bardi ließ die Frage offen und verabschiedete sich.

Als er in der Tür stand, hielt ihn die Stimme des Alten auf.

»Wissen Sie, was komisch ist, Capitano?«

»Nein?«

»Wenn ich diese alten Geschichten erzähle, fühle ich mich wieder jung.« Dagoberto winkte Bardi dankbar zu.

Auf der Treppe nach unten beschloss Bardi, den betagten Mann öfter zu besuchen. Doch bereits als er in den Hinterhof trat, wusste er, dass er diesen Beschluss wahrscheinlich nicht in die Tat umsetzen würde. Es war wie bei einem jener Vorsätze, die man zu Neujahr fasste und doch nie einhielt.

48. Kapitel

Bardi eilte zurück zur Wache. Alles passte jetzt zusammen: Luigi und Lana, das einsame, verlassene Haus ihres Großvaters. Welches Versteck wäre wohl besser geeignet, um einen Entführten gefangen zu halten?

Für einen kurzen Augenblick war Bardi versucht, in Florenz Verstärkung anzufordern. Doch dann würde sein Freund Mirri ohne Zweifel für längere Zeit im Gefängnis landen. Außerdem war Eile geboten. Nein, er musste versuchen, den gordischen Knoten, den sein Freund geknüpft hatte, allein zu lösen. Und nicht, indem er ihn durchschlug.

In der Wache legte Bardi das Bild auf seinen Schreibtisch. Danach holte er zwei Paar Handschellen aus dem Schrank und überprüfte seine Dienstwaffe, eine Beretta-Pistole vom Typ 92 – zuverlässig, robust und präzise.

Auf dem Weg nach draußen blickte er auf die Uhr an der Wand. 17.33 Uhr. Noch knapp viereinhalb Stunden, bis die Frist zu Ende ging und Padre Vincenzo Gefahr lief, hingerichtet zu werden. Das Gesicht seines Freundes Mirri tauchte vor Bardis innerem Auge auf. Wäre Mirri in der Lage, einen Menschen kaltblütig zu ermorden?

Noch vor einer Woche hätte Bardi diese Frage ohne zu zögern verneint. Doch jetzt war er sich nicht mehr so sicher – Hass war das stärkste Gift.

Dann war da noch Aldo Lana alias Marilyn. Nach allem, was Bardi erfahren hatte, konnte es sich bei ihm um keinen stabilen Charakter handeln.

* * *

Arezzo lag ungefähr vierzig Kilometer von San Pietro entfernt. Der Beschreibung des alten Dagoberto zufolge musste sich das Gehöft der Lanas ungefähr auf halbem Wege befinden. Die Landstraße dorthin war den geografischen Gegebenheiten angepasst und dementsprechend kurvig. Den ersten Teil des Weges fuhr Bardi mit eingeschaltetem Blaulicht und Sirene. Als das Ziel noch drei Kilometer entfernt war, schaltete er sie schließlich ab. Das Gebiet hier war dünn besiedelt. Somit konnte eine Polizeisirene schon aus einigen Kilometern Entfernung gehört werden, und Bardi wollte unbedingt den Überraschungseffekt auf seiner Seite haben.

Eine Brücke gab es auf dem ganzen Weg nicht. Bardi fuhr den infrage kommenden Streckenabschnitt zweimal ab, bis er schließlich ein Betonrohr bemerkte, das unter der Straße verlief. Bei starkem Regen mochte Wasser durch das Rohr abfließen. Der Bach jedoch, von dem der alte Dagoberto gesprochen hatte und der an dieser Stelle einmal geflossen haben mochte, war sicher schon seit Jahrzehnten ausgetrocknet.

Langsam fuhr Bardi weiter. Auf der rechten Seite der Straße befand sich ein dichter Nadelwald, zur linken eine Wildwiese. Die Abzweigung des Weges, der zu Lanas Gehöft führte, war zwischen den Tannen kaum zu erkennen.

Bardi beschloss, den Streifenwagen einige Meter weiter am Straßenrand zu parken. Wieder blickte er auf die Uhr:

17.54 Uhr. Er verließ sein Fahrzeug und machte sich auf den Weg zu Lanas Haus.

Der Pfad beschrieb eine lange Rechtskurve, die bergauf führte. Im Lauf der Jahrzehnte hatte der Wald sich sein Terrain zurückerobert, der felsige Untergrund war mit Moos und niedrigen Schlingpflanzen überwuchert. Abgeknickte Tannenäste zeugten jedoch davon, dass der Weg vor Kurzem noch benutzt worden war. An einer erdigen Stelle fand Bardi dann auch frische Reifenspuren.

Je tiefer er in den Wald vordrang, desto dunkler und ruhiger wurde es. Er fühlte sich wie in einem Tunnel, der immer enger und niedriger zu werden schien. Den ganzen Weg über blieb er nah bei den Tannen, immer bereit, sich zu verstecken, falls ihm jemand entgegenkommen sollte.

Nachdem er zehn Minuten gelaufen war, wurde es vor ihm heller. Hinter einer letzten Biegung tauchte eine Lichtung von der Größe eines Fußballfelds auf. Die Sonne brach zwischen den Nadelbäumen hervor. Das kalte Licht blendete Bardi. Hastig versteckte er sich zwischen zwei Tannen. Die Szenerie vor ihm glich dem Bild, das er aus Lanas Zimmer mitgenommen hatte. Er war am Ziel.

Alles war da: die y-förmige Eiche, das aus grobem Stein erbaute einstöckige Haus, nur der Lastwagen fehlte. An seiner Stelle stand Mirris Lieferwagen.

Geduckt rannte Bardi zu dem Fahrzeug, um dahinter Schutz zu suchen. Er horchte. War soeben nicht ein leises Brummen zu vernehmen gewesen? Doch jetzt hörte Bardi nur die Geräusche des Waldes. Vorsichtig lugte er hinter dem Lieferwagen hervor. Die kleinen Fenster des Hauses waren mit groben Holzbrettern vernagelt, die bereits mit Moos überwuchert waren. Vor dem Eingang waren die Bretter entfernt worden und lagen wenige Meter daneben gestapelt mitsamt der morschen Tür vor der Hauswand.

Niemand war zu sehen. Er zog seine Dienstwaffe aus dem Holster und rannte weiter zum Haus. Eng an die nasskalte Hauswand gepresst, spähte er am Eingang um die Ecke. Ihm fröstelte. Unwillkürlich kam ihm die Frage in den Sinn, ob er sich hier am kältesten Ort der Toskana befand. Was natürlich Unsinn war, da die Temperaturen in den höheren Lagen der Region gewiss niedriger waren. Nein, die Kälte entstand durch das Ambiente, das von den dunklen Tannen, dem moosigen Boden und groben Fels geprägt war. Bardi schüttelte sich und blickte ins Innere des Hauses. Dort war es still. Im diffusen Licht konnte er kaum etwas erkennen. Vorsichtig schlich er in den kleinen Vorraum, der sich hinter dem Eingang befand. Hier war es kalt und es roch nach feuchter Erde. Linker Hand hatte sich die Küche befunden, wovon ein alter gusseiserner Herd zeugte. Ansonsten war dieser Raum bis auf ein paar Kartons mit Konserven und einige in Folie eingeschweißte Packs mit Mineralwasserflaschen leer. Daneben befand sich das Badezimmer, worauf eine gusseiserne Wanne hinwies, die wie ein Fischerboot am Strand Schlagseite hatte, weil ihr auf der einen Seite die Bodenstützen fehlten.

Rechter Hand lag ein Raum, der mit altem, verrottetem Hausrat und Gerümpel vollgestopft war. Langsam ging Bardi weiter in Richtung des Wohnraums, der sich gegenüber vom Eingang befand.

Als unter seinem Schuh eine Scherbe aus dünnem Fensterglas knirschte, hielt er inne. Weiterhin Ruhe. Nichts ließ darauf schließen, dass sich jemand im Haus befand oder auf ihn aufmerksam geworden war. Der Wohnraum war eng und leer geräumt. In einer Ecke stand ein Besen. Daneben waren Glasscherben zu einem Haufen zusammengekehrt.

Vor dem vernagelten Fenster standen zwei Feldbetten, auf denen grobe Decken lagen. Ein dreibeiniger Schemel vor den Betten diente als Kochgelegenheit mit Campingequipment.

Auf dem Gestell über der Gaskartusche stand eine offene Dose Ravioli, in der ein Löffel steckte. Unter dem Schemel standen eine Packung Instantkaffee und zwei Trinkbecher aus Aluminium.

Plötzlich drang von draußen leises Brummen ins Haus. Bardi schlich zurück zum Eingang. Das Brummen wurde lauter, aber immer noch war keine Menschenseele zu sehen.

Das Geräusch schien seinen Ursprung hinter dem Haus zu haben. Bardi presste sich an die Hauswand. Augenblicklich kroch die Kälte des Natursteins wieder durch das dicke Gewebe seiner Uniformjacke. Ganz langsam schob er seinen Körper weiter. Alle Sinne geschärft in Erwartung dessen, von dem er nicht wusste, was es war.

49. Kapitel

An der Seitenwand ging Bardi in die Hocke. Das Brummen war nun deutlich zu vernehmen. In Zeitlupentempo linste er um die Hauswand. Hinter dem Wohnhaus befand sich ein weiteres Gebäude, das von Tannen umwuchert war. Es handelte sich um einen bunkerähnlichen, runden Bau, der aus dem gleichen groben Stein errichtet worden war wie das Wohnhaus. Es gab keine Fenster oder Öffnungen. Nur eine breite, zweiflügelige Stahltür war in Richtung des Wohnhauses in die Steinmauer integriert.

Dies musste der Zugang zum Eiskeller der Lanas sein. Geduckt rannte Bardi in Richtung des kleinen Gebäudes, die Pistole mit beiden Händen umklammert. Als er bis auf fünf Meter an den Eingang herangekommen war, sah er, dass die Tür leicht geöffnet war. Ein Kabel schlängelte sich durch den Spalt. Das Brummen wurde abermals lauter und hatte seinen Ursprung hinter dem Eishaus.

Jetzt war sich Bardi sicher, dass er am Ziel war. Wahrscheinlich rührte der Lärm von einem kleinen Generator her, der das Eishaus mit Strom versorgte. Das erklärte auch das Kabel. Mit ein paar schnellen Schritten war Bardi neben der Tür.

Keuchend überlegte er, wie sein nächster Schritt aussehen sollte. Die Versuchung war groß, direkt ins Haus zu gehen, um

Padre Vincenzo zu befreien. Doch aus seiner Erfahrung, die er beim Militär gemacht hatte, wusste Bardi, dass es sinnvoller war, vorher die gesamte Lage zu erkunden. Deshalb beschloss er, den Bau zu umrunden. Vielleicht gab es auf der Rückseite einen zweiten Einstieg.

Langsam bewegte er sich Schritt für Schritt vorwärts. Immer darauf achtend, keinen Laut zu erzeugen. Und Bardi hatte richtig geraten: Hinter dem Gebäude stand ein kleiner benzinbetriebener Generator, der auf ein Gestell mit zwei Rädern und einem Griff zum Schieben montiert war.

Neben dem Generator stand Mirri mit einem Benzinkanister in der Hand und befüllte den Tank des Geräts.

Bardi trat einen Schritt vor und richtete seine Waffe auf ihn. Mirri trug einen grauen Overall und sah übernächtigt aus. Auf dem Kopf trug er eine Wollmütze, unter der ein Verband hervorlugte. Mit rot unterlaufenen Augen starrte er Bardi an, stumm und müde. Ebenso wortlos bedeutete Bardi seinem Freund mit einem kurzen Schwenken seiner Pistole, dass er den Benzinkanister abstellen solle. Mirri nickte kaum merklich und tat, wie ihm geheißen. Nachdem er den Kanister neben den Generator auf die Erde gestellt hatte, richtete Mirri sich langsam wieder auf und trat einen Schritt auf Bardi zu.

Sofort riss Bardi die Waffe hoch. »Los, umdrehen und mit erhobenen Händen an die Wand«, zischte er.

Mit langsamen Bewegungen tat Mirri, wie ihm geheißen. Als sein Freund an der Wand stand, stieß Bardi ihm den Lauf seiner Pistole in den Rücken und tastete ihn ab. Mirri war unbewaffnet. Dann trat er drei Schritte zurück.

»Wo ist dein Cousin?«, fragte Bardi leise.

»Unten.«

»Du gehst vor.«

»Woher wusstest du …?«, fragte Mirri, als er sich umdrehte. Als Bardi nicht antwortete, wandte er sich zum Gehen.

Während sie langsam um den Bau herumgingen, fingerte Bardi nach den Handschellen, die er an seinem Gürtel befestigt hatte. Am besten wäre es, Mirri im Lieferwagen ans Lenkrad zu ketten und dann Marilyn im Eishaus zu überwältigen. Falls Aldo sich im Eishaus befand – denn jetzt hörte Bardi hinter sich Äste knacken.

Bevor er sich umdrehen konnte, hörte er eine bekannte Stimme. »Sind Sie das, Bardi?«

Bardi blickte hinter sich. Padre Adriano kam mit erstauntem Gesichtsausdruck schnellen Schrittes um den Rundbau herum.

»Wurden Sie auch hierherbestellt?«, rief der Padre und starrte dann erschrocken an Bardi vorbei.

Bevor der Capitano etwas erwidern konnte, sah er aus dem Augenwinkel einen Schatten auf sich zurasen. Er fühlte einen dumpfen Schlag an der Schläfe, dann wurde es dunkel.

50. Kapitel

Bardi erwachte mit pochenden Kopfschmerzen. Zunächst nahm er seine Umgebung nur verschwommen wie durch Milchglas wahr. Was war passiert? Der Capitano konnte sich an nichts erinnern. Er saß mit dem Rücken an einer kalten, grob behauenen Felswand. Seine rechte Hand schmerzte ebenfalls, denn sie hing über seinem Kopf und steckte in einer Handschelle, deren anderes Ende um einen an der Wand befestigten Metallring geschlossen war. Während seiner Ohnmacht hatte sein ganzes Gewicht am Handgelenk gehangen. Obwohl er mit einer Decke aus dickem Faden zugedeckt war, fröstelte Bardi. Kein Wunder, hier unten mochte die Temperatur nur wenige Grad über dem Gefrierpunkt liegen.

»Bardi?«, flüsterte eine Stimme.

Mit einem leisen Stöhnen drehte er seinen schmerzenden Kopf nach rechts. Er musste blinzeln, bis im Halbdunkel schemenhaft Padre Adrianos Gesicht auftauchte. Langsam kehrte Bardis Erinnerung zurück. Das Letzte, was sein Gehirn gespeichert hatte, war, dass Padre Adriano hinter dem Eingang zum Eiskeller aufgetaucht war.

»Wieso sind Sie hier?«, fragte der Capitano, während er sich umblickte. Der Raum, in dem sie sich befanden, hatte die Form eines großen Kegels. Teile der Wand bestanden aus

Fels, andere waren gemauert. In der Mitte des Raums führte eine Wendeltreppe aus rostigem Metall circa acht Meter in die Höhe, von wo ein schwaches Licht hinunterschien. In regelmäßigen Abständen tropfte Wasser von der Decke. Die feucht glänzenden Stufen schlängelten sich um einen Flaschenzug, an dessen Kettenende ein Karabinerhaken baumelte.

Bardi nahm an, dass mit dieser Konstruktion früher die gewiss schweren Eisstücke nach oben transportiert worden waren. Der alte Dagoberto hatte recht gehabt, dieser kalte, dunkle Ort war zum Gruseln.

Hinter der Wendeltreppe auf der anderen Seite des Raums stand ein robustes Stativ, auf dem die Videokamera, die daraufgeschraubt war, lächerlich klein wirkte. An der Wand lehnten zwei Baustrahler. Hier also hatten Mirri und Lana die Videobotschaft von Padre Vincenzo aufgenommen. Padre Adriano war ebenso wie Bardi mit Handschellen an die Wand gefesselt. Ein dritter Eisenring war zwischen ihnen angebracht. Unter diesem stand eine halb volle Mineralwasserflasche.

»Ich erhielt heute Nachmittag einen Anruf. Eine Stimme sagte, wenn mir das Leben meines Freundes Padre Vincenzo etwas wert sei, solle ich hierherkommen«, erklärte Padre Adriano mit vor Kälte klappernden Zähnen.

»Warum haben Sie mich nicht benachrichtigt?« Bei der Erwähnung des Telefonats fiel Bardi sein *Telefonino* ein, das in der Innentasche seiner Uniformjacke stecken musste, wenn Mirri und Lana es ihm nicht abgenommen hatten. Mit der freien Hand tastete Bardi von außen seine Uniform ab. Das *Telefonino* befand sich an seinem Platz.

»Der Anrufer sagte, ich solle keine Polizei einschalten. Ansonsten sei Padre Vincenzo ein toter Mann.«

Bardi holte sein Handy hervor und schaute auf das Display. Die fehlenden Balken zeigten ihm, dass hier unten kein Empfang möglich war. »War Mirri der Anrufer?«

»Nein. Die Stimme klang eindeutig anders. Ich glaube, sie gehört diesem anderen Mann, der Sie niedergeschlagen hat. Sein Gesicht kommt mir seltsam bekannt vor.«

»Er ist Mirris Cousin und schaffte in demselben Haus in Livorno an wie die Tochter Ihrer Haushälterin, Paola.« Enttäuscht steckte Bardi sein *Telefonino* wieder ein.

»Ich habe mich dumm verhalten, oder?«

»Trösten Sie sich, ich habe es auch nicht schlauer angestellt.«

Bardi wies auf den leeren Platz zwischen ihnen. »Sind Sie Padre Vincenzo begegnet, als man uns nach unten brachte?«

»Nein. Aber oben an der Treppe befindet sich ein Holzverschlag. Ich hatte den Eindruck, dass sich dort jemand Drittes befand, denn ich hörte ein leises Stöhnen.«

Bardi blickte auf seine Uhr, was einen stechenden Schmerz an seinem Hinterkopf verursachte. Erneut verschwamm alles um ihn herum. Deshalb brauchte er einige Sekunden, bis er die Uhrzeit ablesen konnte: 19.53 Uhr. Wieder zwei Stunden weniger.

»Was wollen Sie jetzt tun?«, fragte Padre Adriano.

»Gute Frage«, erwiderte Bardi matt. Wenn er sich recht erinnerte, stand in den Lehrbüchern, dass man in Situationen wie dieser einen persönlichen Kontakt zu den Geiselnehmern aufnehmen und auf Zeit spielen sollte. In den Büchern hatte aber nichts dazu gestanden, wenn Geisel und Carabiniere ein und dieselbe Person waren. Trotzdem hielt er es für eine gute Idee, wenn er zumindest Mirri dazu bewegen konnte, mit ihm in Kontakt zu treten.

»Luigi«, schrie er, so laut er konnte.

Das Wort hallte durch das Rund, bis es zu einem einzigen kreischenden Ton wurde. Bardi blickte nach oben. Ein Schatten huschte vor dem Lichtschein her. Aber niemand kam die Treppe herunter.

»Luigi«, schrie Bardi erneut mit aller Kraft. Beim finalen i brach seine Stimme ab und hinterließ ein krächzendes, hässliches Echo.

»*Mio Dio*«, murmelte Padre Adriano. Denn jetzt erschien ein Mann auf der Treppe. Mit einer starken Taschenlampe leuchtete er erst auf Bardi, dann auf Padre Adriano. Das Gesicht des Mannes blieb im Dunkeln, als er langsam die Treppe hinunterschritt.

Erst als er zwei Meter vor Bardi stehen blieb, erkannte dieser sein Gesicht. Es war Aldo Lana alias Marilyn. Er trug einen blauen ölverschmierten Overall. Seine Füße steckten in schweren Arbeitsschuhen. Trotzdem schienen seine Bewegungen seltsam grazil, wie die eines Balletttänzers. Seine feinen Gesichtszüge jedoch zitterten vor Wut.

»Es war ein großer Fehler, hierherzukommen«, sagte er zu Bardi. Seine Stimme war hoch und klang krächzig wie die einer alten Frau. »Denn jetzt werden wir Sie alle töten müssen. Der Kinderschänder und der Kirchenmann hier hätten aus Angst, dass alles rauskommt, geschwiegen. Doch ein Carabiniere ...?« Urplötzlich lachte er aufgeregt wie ein ungläubiges kleines Kind. »Ein Carabiniere.«

»Ich möchte Mirri sprechen«, fuhr Bardi ihn an.

»Du hast hier keine Forderungen zu stellen«, keifte Lana und verursachte einen feinen Spuckeregen im Strahl seiner Lampe.

»Mirri, komm sofort runter«, schrie Bardi. »Ich weiß, dass du da oben bist. Lass uns von Mann zu Mann reden.«

51. Kapitel

Für einen kurzen Augenblick schienen Lanas Gesichtszüge einzufrieren. Mit grotesk erweiterten Pupillen starrte er Bardi an. Er holte mit dem Arm aus, als wolle er ihn mit der schweren Taschenlampe schlagen. Plötzlich hielt er inne, beugte sich vor und streichelte Bardi über die Wange.

»Von Mann zu Mann willst du also reden«, flüsterte er. »Ihr seid alle richtige Männer. Richtige, tolle Männer, Ihr Arschlöcher. Aber jetzt macht Ihr Euch in die Hosen.«

Er richtete sich wieder auf. »Du kannst so laut schreien, wie du willst. Hier hört dich niemand.« Seine Stimme klang jetzt männlich und hart.

Er schaute nach oben. Der Lichtkegel seiner Taschenlampe erhellte von unten sein Gesicht und ließ es diabolisch erscheinen.

»*Mio Dio*«, hörte Bardi Padre Adriano erneut angstvoll flüstern.

»Hier herrscht das Jüngste Gericht und der Richter bin ich ...«, rief Lana. Offensichtlich stand er unter Drogen. Bardi tippte auf Amphetamine, wie bei dem Jungen, den er in Livorno getroffen hatte.

»Mirri!«, schrie Bardi erneut.

Sofort traf ihn der Schein von Lanas Taschenlampe. »Stehen Sie auf kleine Jungs oder wie der Pfaffe neben Ihnen auf Lolitas?«

Lana beugte sich zu Bardi hinunter. Dieser musste die Augen schließen, so sehr blendete ihn das Licht.

»Kann ich bitte mit Ihrem Cousin sprechen?«, fragte Bardi.

Zu seiner Überraschung nickte Lana. »Zu Befehl, mein kleiner süßer Capitano«, hauchte er, berührte mit den Lippen seine Handfläche und blies den imaginären Kuss in Bardis Richtung.

Dann rannte er laut lachend die Treppe hoch. Sekunden später erschien er mit Mirri am Eingang. Vor den Cousins erkannte Bardi eine große hagere Gestalt in einem langen weißen Leinenhemd. Offensichtlich handelte es sich um Padre Vincenzo. Langsam stiegen die drei die Treppe hinab. Der Geistliche war barfuß, und seine Füße suchten unsicher Halt auf den glitschigen Stufen. Als sie näher kamen, sah Bardi, dass der Padre vor Angst oder Kälte, vielleicht auch aufgrund von beidem, am ganzen Körper schlotterte.

Als Padre Vincenzo seinen Jugendfreund Adriano erkannte, blieb er auf der untersten Stufe stehen. Doch Lana gab ihm einen leichten Schups, woraufhin Vincenzo zu seinem Platz schlurfte, ohne jedoch Padre Adriano aus den Augen zu lassen. Lana holte ein paar Handschellen aus seinem Overall und kettete Padre Vincenzo damit an den freien Eisenring.

»Hallo Mirri«, sagte Bardi, als Mirri vor ihm stand, und suchte den Augenkontakt zu seinem Freund.

»Wir wollten dir nicht wehtun«, murmelte Mirri. Seine Augen schwirrten um Bardi herum, ohne ihn direkt anzublicken. »Woher wusstest du, dass wir uns hier verstecken?«

»Noch ist es nicht zu spät«, sagte Bardi. »Ich kann dafür sorgen, dass euch nichts geschieht.«

Lana streckte seine Hand aus. »Gib mir das Klebeband.«

»Aber …«, wandte Mirri ein.

»Nichts aber. Dein Freund ist ein genauso perverses Monster wie diese beiden anderen Heiligen hier. Außerdem geht mir sein Geschwätz langsam auf die Nerven.«

Zögernd griff Mirri in die Seitentasche seines Overalls und reichte Lana eine breite Rolle Paketklebeband.

»Schön still halten«, rief Lana, während er mit den Zähnen ein Stück Klebeband abriss. Mit einer Hand fixierte er Bardis Kopf, indem er seine Kieferknochen fest umfasste, mit der anderen klebte er das Band über dessen Mund. Bardi grimassierte, musste jedoch schnell einsehen, dass er keine Chance hatte, das Klebeband zu lösen.

»Nun zu dir.« Lana leuchtete mit seiner Taschenlampe auf Padre Adrianos Gesicht. »Seit wann weißt du, dass dein Freund auf kleine Jungs steht?«

Padre Adriano schwieg.

»Seit wann?«, schrie Lana, trat einen Schritt näher zu Padre Adriano und schwenkte die Taschenlampe, als wolle er den Priester damit schlagen.

»Hör auf«, rief Mirri und fasste seinen Cousin am Arm.

Es entstand ein Gerangel, an dessen Ende Lana sich losriss und drohend die Taschenlampe hob. »Willst du nicht wissen, ob er etwas gegen diese Bestie hätte unternehmen können?«

Angstvoll wich Mirri einen Schritt zurück.

»Los, antworte endlich!«, schrie Lana.

»Gewusst habe ich es nicht. Aber geahnt …«, presste Padre Adriano hervor. »Ich habe geglaubt, dass Vincenzos Liebe zu Knaben rein platonisch war.«

»Hast du das gehört, Luigi?« Lana lachte, als wäre er irre geworden. Dann verstummte das Lachen so plötzlich, wie es gekommen war. Er trat so nah an Padre Adriano heran, dass seine Schuhe die des Geistlichen berührten. »Du hättest verhindern können, was diese Bestie mit uns und weiteren Dutzenden von kleinen Jungs angestellt hat.«

»Das war ein Fehler«, erwiderte Padre Adriano mit belegter Stimme.

»Einen Fehler hat er gemacht«, äffte Lana ihn nach. »Einen Fehler, der mein Leben ruiniert hat, du Teufel im Ornat!« Wieder holte er zum Schlag aus, stoppte jedoch wenige Zentimeter vor Padre Adrianos Schläfe.

»Aber du stehst mehr auf Jungfrauen, oder?« Wieder kicherte er. »Aber nicht auf Maria, sondern auf die kleine Paola, die im Zimmer neben mir angeschafft hat.«

»Ich habe Paola aus dem Sumpf in Livorno befreit«, erwiderte Padre Adriano.

Lana drehte sich zu Mirri um. »Redet der immer so geschwollen daher?«

Ohne eine Antwort seines Cousins abzuwarten, wandte er sich wieder Adriano zu. »Erlösung durch deinen heiligen Samen, oder was?«

»Paola ist die Tochter meiner Haushälterin«, erklärte Padre Adriano.

Mit vor Schrecken aufgerissenen Augen verfolgte Bardi diesen obskuren Disput. Sein Blick traf den Mirris. Und Bardi konnte nur hoffen, dass sein Freund langsam einsah, welchen Fehler er begangen hatte.

»Das könnte stimmen«, sagte Mirri denn auch und zog seinen Cousin von Padre Adriano weg. »Das Mädchen heißt Paola und ist seit längerer Zeit weg. Angeblich als Au-pair in den USA.«

»Umso schlimmer«, keifte Lana. »Sie war Ihnen also so schutzlos ausgeliefert wie wir früher dieser Bestie.« Er spuckte Padre Vincenzo ins Gesicht und wandte sich danach wieder Adriano zu. »Vielleicht ist sie Ihretwegen weggerannt.«

»Ich war in Livorno, um Paola von Signorina Titi freizukaufen«, stammelte Padre Adriano.

Lana begann, Padre Adriano wild zu rütteln. Dabei schlug der Kopf des Geistlichen gegen den Fels.

»Lass ihn«, rief Mirri, während er Lana von Padre Adriano wegriss.

»Aber dazu ist er doch hier«, schrie Lana und versuchte, sich aus Mirris Griff zu befreien. Diesmal jedoch behielt Mirri die Oberhand. Lana schaute seinen Cousin hasserfüllt an. »Die beiden Pfaffen stehen hier vor Gericht. Schon vergessen?«

»Natürlich.« Mirri nickte ergeben. »Lass uns hochgehen. Gleich kommen die Nachrichten.« Er legte seinen Arm um Lanas Schulter.

Widerwillig folgte dieser seinem Cousin zur Treppe. Dort angekommen, wandte er sich noch einmal um und deutete mit dem Zeigefinger seiner rechten Hand auf Padre Vincenzo.

»Bete, dass die drei Millionen überwiesen worden sind. Sonst …« Er fuhr sich mit der Hand an der Kehle entlang, um Mirri dann wild kichernd die Treppe hinauf nach oben zu folgen.

Für ein paar Minuten schwiegen Bardi und die Padres und lauschten. Nur das Geräusch des Wassers, das von der Treppe tropfte, ertönte, ansonsten herrschte Stille. Grabesstille, schoss es Bardi durch den Kopf. Wieder musste er an die Worte des alten Dagoberto denken.

Schließlich schaute Padre Adriano zu seinem Jugendfreund Vincenzo hinüber. »Stimmt das, was dieser Mann eben gesagt hat?«

Padre Vincenzo schwieg.

»Hast du deine dir anvertrauten Schüler missbraucht?«

Jetzt lächelte Padre Vincenzo, so als erinnere er sich an bessere, schönere Zeiten.

52. Kapitel

»Ich habe sie geliebt. Jeden von ihnen.« Padre Vincenzo schaute seinen Freund aus Jugendtagen versonnen an. »Weißt du noch, als ich dir die Augen für die Schönheit eines David von Michelangelo geöffnet habe?«

»Aber deine Schüler waren aus Fleisch und Blut«, erwiderte Padre Adriano.

»Und auch sie haben mich im Innersten ihres Herzens geliebt«, erklärte Padre Vincenzo.

Adriano schüttelte angewidert den Kopf.

»Doch, doch«, sagte Padre Vincenzo und lächelte wieder versonnen. »Ich bot ihnen eine Oase der Liebe, der Zärtlichkeit. Und sie lockten mich ja auch. Sie waren wie neugierige Kitzlein. Sie wollten Liebe und Anerkennung. Und die gab ich ihnen.«

»Du siehst dich also als Opfer?«, fragte Padre Adriano empört.

»Nicht nur, aber auch.« Vincenzo legte den Kopf in den Nacken und schaute nachdenklich in das Dunkel über ihm. »Opfer ist nicht das richtige Wort. Denn es gibt in diesem Spiel keinen Täter. Also kann es auch keine Opfer geben. Nein. Wir waren Partner im tiefsten Sinne dieses Wortes. Voneinander abhängig, aber gleichzeitig helfend und gebend. Das ist die edelste und reinste Form der Liebe.«

Padre Adriano sah seinen früheren Freund entsetzt an. »Wie kannst du deine perverse, monströse Art der Sexualbefriedigung Liebe nennen?«

»Wolltest du nie Grenzen überschreiten, mein lieber Adriano?« Padre Vincenzo schaute seinen Freund forschend an. »Du warst schon immer naiv. Hast alles geglaubt, was sie dir beizubringen versuchten. Früher habe ich dich darum beneidet. Du warst so rein. Keine Dämonen wohnten in dir. Aber ich ... ich bin anders. Ich wollte alles erfahren. Weißt du, was seltsam ist?«

»Du kennst mich nicht.« Padre Adriano starrte seinen früheren Freund fassungslos an.

»Als ich Luigi Mirri auf dem Weinberg traf, wohin er mich gelockt hatte, um mich zu entführen, habe ich wieder Liebe für ihn empfunden. Gott hat uns mit der Gabe ausgestattet, ewige Liebe zu fühlen.«

»Lass Gott aus dem Spiel«, zischte Padre Adriano.

Padre Vincenzo achtete nicht auf Adriano. »Und ich wette, auch er hat mich noch geliebt. Warum sonst konnte er mich nicht überwältigen? Und ich hatte Angst, dass ich ihn mit dem Stein erschlagen habe ... armer Junge. So schwach. Auch jetzt wieder. Sein Cousin ist viel stärker. Aber er ist auch vom Teufel besessen. Schon früher hat er sich immer gewehrt. Doch dann war es umso schöner. Auch jetzt in Livorno. Aldo wollte hart angefasst werden und ich ... ich empfand, was nur ganz wenigen Menschen vergönnt ist ...« Tränen rannen über Padre Vincenzos Gesicht. »Bittersüße Liebe.«

Zuerst dachte Bardi, es seien Tränen der Reue. Doch dann sah er, dass es Tränen der Erinnerung waren. Dieser Mann schien wirklich zu glauben, was er sagte.

»Wie gern hätte ich meine Erfahrungen mit dir geteilt, Adriano. Du hättest mit mir den Weg zu Ende gehen sollen. Denn dort wartete ein wahrer Garten Eden.« Padre Vincenzo zitterte jetzt am ganzen Leib. Weinend. Plötzlich jedoch hielt er inne und blickte zu Padre Adriano hinüber. »Du bist doch noch mein Freund?«

Padre Adriano starrte zurück. Kalt. Hasserfüllt. »Dieser Lana hat recht. Du bist ein Monster, eine Bestie.«

So hatte Bardi den Padre noch nie gesehen. Adrianos Gesicht war vor Zorn verzerrt, und die sonst sonore Stimme kreischte jetzt scharf. Er zerrte an seinen Handschellen, als wolle er Padre Vincenzo an die Gurgel gehen.

»Warum bin ich nur hergekommen?«, schrie Padre Adriano. »Du verdienst keine Gnade.«

Bardi war über diesen Anblick dermaßen erstaunt, dass er Padre Vincenzo keine Aufmerksamkeit mehr schenkte.

Ein seltsames Wimmern entfuhr Vincenzo. »Bitte beteilige dich nicht an dieser Hexenjagd. Bitte, Adriano …«

»Das ist keine Hexenjagd. Damals wurden Unschuldige von der Kirche verfolgt. Aber du bist schuldig. Meine Kirche hat viel zu lange den Deckmantel des Schweigens über deine Machenschaften gelegt. Dafür schäme ich mich.«

Plötzlich stöhnte Padre Vincenzo vor Schmerz auf und lenkte so wieder Bardis Aufmerksamkeit auf sich. Auf seine Oberlippe traten Schweißperlen. Sein Gesicht war totenbleich und die Augenlider bewegten sich flackernd.

Bardi sah, wie Padre Vincenzo in sich zusammensank. Er atmete stoßweise. Das war keine Schauspielerei oder zur Schau getragenes Selbstmitleid.

Padre Adriano ließ nicht locker. Er war viel zu erzürnt, um die Notlage seines Gegenübers zu erkennen. »Du hast die kindliche Ohnmacht gegenüber den Erwachsenen schamlos ausgenutzt. Du hast Angst und Schrecken verbreitet, das Leben vieler

240

Menschen zerstört. Du bist kein Mann Gottes, du hast keine Barmherzigkeit verdient.«

Padre Vincenzos Kopf hob sich. Er blickte Bardi hilfe-suchend an und gab dabei ein schwaches Stöhnen von sich. Sein Gesicht war noch bleicher als zuvor. Das Haar hing ihm – vom Angstschweiß durchnässt – strähnig in die Stirn.

53. Kapitel

»Vincenzo?«, fragte Padre Adriano jetzt besorgt. Er riss an seinen Fesseln. Doch er konnte gegen die Kette nichts ausrichten. Schließlich sank Padre Vincenzos Kopf auf seine Brust.

»Vincenzo?«, wiederholte Padre Adriano flüsternd. Als er merkte, dass alles Leben aus Padre Vincenzos Körper entwichen war, sackte er selbst in sich zusammen.

Bardi versuchte erneut, das verdammte Stück Klebestreifen auf seinem Mund loszuwerden. Ohne Erfolg.

Nach einer Weile blickte Padre Adriano wieder auf. »Ist er …?«

Bardi nickte. Alle Symptome sprachen für einen schweren Herzinfarkt.

»Ich hätte nicht so hart mit ihm ins Gericht gehen dürfen«, murmelte Padre Adriano. »Aber ich konnte nicht anders. Er hat mich so enttäuscht. Scheinbar spross zwischen all den Rosen schon damals eine Distel. Ich hätte das erkennen müssen. Vielleicht hätte ich ihn mit Gottes Hilfe auf dem Pfad der Tugend halten können.«

Padre Adriano sah Bardi an, als erhoffe er sich von ihm ein zweites Mal nach der Beichte Absolution. Bardi zeigte keine Regung. Er konnte diese Sünde nicht vergeben. Diese Kategorien des Denkens blieben ihm weiterhin verschlossen.

So saßen sie und schwiegen. Bardi gezwungenermaßen und Padre Adriano im inneren Widerstreit mit sich selbst.

Der Capitano versuchte, sich eine Taktik zurechtzulegen, die es ihnen ermöglichte, dieser verfahrenen Situation zu entkommen. Doch dazu musste er mit Mirri reden. Nach einer Weile schaute er auf seine Uhr: 22.38 Uhr. Die Nachrichten mussten mittlerweile gesendet worden sein.

Tatsächlich hörte er jetzt von oben Stimmen. Offensichtlich stritten Mirri und Lana, was zu tun sei, da ihrer Forderung, das Geld an die Selbsthilfeorganisation zu überweisen, nicht nachgekommen worden war.

Nach einer Weile kamen die Cousins die Treppe herunter. Lana baute sich vor Padre Vincenzos leblosem Körper auf.

»Die rühren keinen Finger für dich!«, schrie er. Dann fasste er ihn unterm Kinn und hob den Kopf an. Padre Vincenzos Augen starrten ihn leblos an. Erschrocken ließ Lana den Kopf wieder los.

»Ist er ...?« Lana sah Bardi an.

»Er ist tot«, antwortete Padre Adriano für Bardi.

»Wer redet mit dir?«, zischte Lana und begann, nervös vor den Gefangenen auf und ab zu tigern.

»Jetzt kriegen wir lebenslänglich«, rief Mirri entsetzt.

»Nur wenn sie uns kriegen«, erwiderte Lana.

»Wie ist das passiert?«, fragte Mirri Bardi.

Bardi gab ein gurgelndes Geräusch von sich. Mirri riss ihm das Klebeband vom Mund.

»Ich tippe auf Herzinfarkt«, nuschelte Bardi. Seine Lippen waren wie betäubt.

»Ich halte das nicht mehr aus!«, schrie Mirri Lana ins Gesicht. »Das ist doch Wahnsinn!«

Lana blieb abrupt stehen. »Sag bloß, dir tut diese Bestie leid.« Er sah seinen Cousin verächtlich an. »Hast du schon vergessen, was er uns angetan hat?«

»Natürlich nicht. Aber jetzt ist er tot. Und man wird uns die Schuld dafür geben.«

»Genau deshalb müssen wir das hier auch zu Ende bringen. Noch haben wir einen Trumpf in der Hand.« Lana zeigte auf Padre Adriano.

»Aber er hat uns doch nichts getan«, wandte Mirri ein.

»Er hat seinen Freund gedeckt und steht auf kleine Mädchen.«

»Was hast du vor?«

»Eine kleine Planänderung. Diesmal werden sie zahlen und mit dem Geld starten wir in ein neues Leben.«

Lana breitete die Arme aus und intonierte: »Hey big spender. Spend a little time with me ...« Dann lachte er. »Wir werden Zeit haben und Geld. Viel mehr als die paar Kröten, die du und ich zusammengekratzt haben. Schon vergessen? Wir sind schließlich auch Opfer und haben eine Wiedergutmachung verdient.« Lana nahm Mirri grinsend in den Arm. »Weißt du noch, wie wir früher von Amerika geträumt haben? Mexiko.« Er sprach Mexiko wie ›Mechiko‹ aus und lachte wie über einen alten Witz.

Mirri entwandt sich brüsk seinem Cousin. »Schau uns an: ein verkorkster Gemüsehändler und eine Tunte – darauf wartet in Mexiko niemand. Wir müssen aufgeben.«

»Ihr tragt keine Schuld am Tod von Padre Vincenzo«, warf Bardi ein.

Sofort funkelte Lana Bardi wütend an. »Lassen Sie Ihre Psychospielchen, sonst verklebe ich Ihnen nicht nur den Mund.«

»Aber er hat doch recht«, sagte Mirri. »Lass uns aufgeben, bevor alles noch schlimmer wird.«

»Und dann?« Lana trat vor seinen Cousin, der sofort einen Schritt zurückwich. »Glaubst du, ich gehe nach Livorno zurück?«

»Das müssen Sie nicht«, sagte Padre Adriano. »Meine Schwester lebt in Amerika. Zwar nicht in Mexiko, sondern in Buenos Aires, aber sie sucht immer fähige Leute für ihr italienisches Restaurant.«

»Wer hat dich gefragt?«, keifte Lana.

»Aber vielleicht wäre das die Lösung«, meinte Mirri. Doch er klang kleinlaut, ohne Hoffnung. »Du könntest noch einmal von vorn anfangen.«

Lana packte Mirri am Kragen seines Overalls und zog ihn ganz nah an sich heran. »Du kannst dich entscheiden. Entweder du machst mit und wir gehen beide nach Mexiko oder ich ziehe es allein durch.« Lana schüttelte Mirri. Und obwohl Letzterer der Stärkere der beiden war, besaß Lana so viel mehr an Energie, dass sein Cousin dagegen machtlos war. »Also?«

Mirri erwiderte nichts.

»Machst du mit?«

Es kostete Luigi Mirri sichtlich viel Überwindung zu antworten. »Ich kann nicht.«

Wütend schubste Lana seinen Cousin von sich, sodass dieser ins Stolpern geriet und mit der Stirn gegen die Wand schlug. Benommen blieb er neben dem toten Padre Vincenzo liegen. Lana friemelte einen Schlüsselring hervor und schloss die Handschellen auf, an denen Padre Vincenzos lebloser Körper hing. Der Padre kippte zur Seite. Lana fing ihn auf und zog ihn keuchend in die Mitte des Raums. Dann packte er den wehrlosen Mirri und kettete ihn an Padre Vincenzos Stelle an die Wand, indem er die eine Schelle um Mirris rechtes Handgelenk schloss und die andere um den Eisenring an der Wand.

Mirri starrte seinen Cousin an, Lana starrte zurück. Auf seinem Kopfverband breitete sich ein roter Fleck aus. Minutenlang. Blut rann über Mirris Nase. Lana drehte sich auf den Hacken um und stieg langsam die Treppe hinauf.

Als Lana nicht mehr zu sehen war, hallte seine Stimme gellend nach unten. »Schlaft gut und genießt eure letzte Nacht auf Erden.« Das Licht wurde ausgeschaltet. Das donnernde Knallen der Tür ließ die drei Gefangenen zusammenfahren, als Lana das Eishaus verließ.

54. Kapitel

Die Zurückgebliebenen lauschten in die Dunkelheit, den toten Padre Vincenzo zwischen sich.

»Carla stirbt fast vor Sorge«, platzte es nach einiger Zeit aus Bardi heraus, den plötzlich der aufgestaute Zorn überwältigte.

»Das Ganze war von Anfang an zum Scheitern verurteilt«, murmelte Mirri und blickte auf den Toten vor ihm.

»Hast du wirklich geglaubt, deine Familie verlassen zu können?«, fragte Bardi ungläubig.

»Ich weiß es nicht. Die Aussicht auf Rache erzeugt ein starkes Gefühl. Diese Wut. Sie ist wie ein ...« Mirri schüttelte resigniert den Kopf.

»... wie ein Gift, eine Droge«, sagte Padre Adriano leise. »Seit heute weiß ich, was Wut bedeutet.«

»Was hat Lana jetzt vor?«, fragte Bardi.

»Er ist zu allem fähig«, antwortete Mirri matt. »Aber vorher wird er schlafen. Die Drogen halten ihn lange wach, aber dann ist er von einer Sekunde auf die andere dermaßen k. o., dass er wie ein Toter schläft.« Schuldbewusst blickte er auf die Leiche in der Mitte des Raums. »Entschuldigung ...«

»Hat er eine Waffe?«

»Den alten Revolver unseres Großvaters. Er war im Haus gegenüber versteckt.«

»Wir müssen die Handschellen aufbekommen, bevor er zurückkehrt«, sagte Bardi. »Was hast du in deinen Taschen?«

»Nicht viel.« Mirri durchwühlte mit seiner freien Hand die diversen Taschen seines Overalls. Zum Vorschein kamen ein Taschentuch, ein *Telefonino*, ein Bleistiftstummel und Mirris Lesebrille. All diese Gegenstände legte Mirri fein säuberlich aufgereiht zwischen sich und Bardi.

Grübelnd betrachtete Bardi die Utensilien. Dann kam ihm eine Idee. Die Lesebrille war aus Metall. »Brich den Bügel von der Brille ab«, befahl er Mirri.

Dieser nahm die Brille mit der freien Hand, steckte sie zwischen die Finger der angeketteten und bog. Nach dem dritten Versuch brach der Bügel ab.

»Jetzt biege einen Haken vorne rein.«

Mirri brauchte etliche Minuten, bis ihm dies gelang.

»Die Handschellen haben altertümliche Schlösser. Versuch, meine zu öffnen«, erklärte Bardi.

Mirri rutschte so nah zu ihm herüber, wie es seine angekettete Hand erlaubte. Mit ausgestrecktem Arm konnte er gerade noch das Schloss der Handschellen erreichen, mit denen Bardi an den Ring in der Wand gekettet war. Unbeholfen steckte er den provisorischen Dietrich ins Schlüsselloch und hakte darin unbeholfen herum. Nach ein paar Sekunden gab er auf.

»Das klappt nicht«, sagte er müde.

Auch Bardi war die Kälte bis in die Knochen gedrungen, und er fühlte eine lähmende Müdigkeit. Außerdem brummte ihm der Kopf. Doch sie durften nicht aufgeben. Aus Erfahrung wusste er, dass sich jedes Schloss irgendwann öffnete. »Versuch es weiter. Einfach drehen und ruckeln.«

Mirri gehorchte.

55. Kapitel

Bardi erwachte als Erster aus einem dumpfen, traumlosen Schlaf. Ein leichter Luftzug wehte von der Treppe herüber nach unten und er meinte, leise das frühmorgendliche Singen der Vögel zu hören. Ein paar Sekunden lang blickte er sich verwirrt um, bis er bemerkte, dass der vermeintlich böse Traum die Realität war.

Mirri lag in einer grotesk verrenkten Haltung neben ihm. Und erst als Bardi den Brillenbügel entdeckte, der neben Mirris ausgestreckter Hand lag, erinnerte er sich an die verzweifelten Versuche in der Nacht zuvor, seine Handschellen zu öffnen. Irgendwann nach Hunderten von Versuchen hatte Mirri der Schlaf übermannt. Zu diesem Zeitpunkt war Padre Adriano schon längst in Morpheus' Reich entschwunden und Bardi war gefolgt.

Bardi streckte seine steifen Glieder und fühlte, wie die Schelle um seine linke Hand aufsprang. Ungläubig starrte er nach oben. Seine Hand war tatsächlich frei. Offensichtlich hatten Mirris Versuche doch zum Erfolg geführt.

Langsam zog Bardi die Handschellen durch den Ring an der Wand. Unbeholfen erhob er sich, indem er sich an der kalten Wand abstützte.

Während Bardi seine schmerzenden Gelenke rieb, durchdachte er die nächsten Schritte: Lana unter Kontrolle bringen und Emanuele informieren. Dann zusehen, dass Mirri möglichst unbeschadet aus dieser Sache herauskam.

Flüsternd weckte er Mirri und Padre Adriano. Beide starrten ihn mit erstaunten Augen an.

»Wo im Haus schläft Lana?«, fragte Bardi.

»Im alten Wohnzimmer, Erdgeschoss, immer geradeaus«, erklärte Mirri.

Bardi nickte, stieg über den toten Padre Vincenzo, um die Treppe zu erklimmen. Jede Stufe schmerzte, und so brauchte Bardi lange, bis er oben ankam. Außer Atem blieb er am Treppenansatz stehen und fischte sein *Telefonino* aus der Uniformjacke. Durch die halb geöffnete Tür strömte kühle, frische Luft herein.

Während er die Powertaste drückte, stieß er mit dem rechten Fuß die Tür ganz auf. Zwei Meter vor der Tür stand breitbeinig Lana. Der Revolver, den er in beiden Händen hielt, glänzte in der Morgensonne.

56. Kapitel

Instinktiv stürmte Bardi, den Kopf geduckt, auf Lana zu. Obwohl er einen trainierten Körper besaß, war die letzte Nacht nicht ohne Spuren geblieben. Deshalb gelang es Lana, ihm auszuweichen. Bardi torkelte an ihm vorbei ins Leere und musste sich mit den Händen auf der Erde abstützen.

»Hinknien oder ich knalle dich ab«, hörte er Lanas Befehl von hinten. Bardi gehorchte und bekam einen festen Tritt in den Rücken, sodass er flach auf den Boden fiel.

Lana setzte sich rittlings auf ihn, wobei er Bardis Arme mit seinen Schenkeln fixierte. »Keine falsche Bewegung«, raunte er dem Capitano ins Ohr. Bardi fühlte die harte Mündung des Revolvers an seinem Hinterkopf. Er fluchte leise, weil er den Fehler begangen hatte, Lana zu unterschätzen. Mochte dieser ab und zu Frauenkleider tragen, so war er, was Zweikampftechnik betraf, offensichtlich ein ganzer Kerl.

»Schwarzer Gurt im Judo«, flüsterte Lana und gluckste kurz. Dann fügte er lauter hinzu: »Du bist nicht der Erste, der mich unterschätzt. Und jetzt halt still.«

Bardi spürte einen Luftzug hinter seinem Kopf. Dann einen dumpfen Schlag, der ihm fast das Bewusstsein nahm.

Als der Schmerz einsetzte und er wieder klar denken konnte, war er bereits mit Klebeband an Händen und Füßen gefesselt. Zwischen seinen Zähnen knirschte der Sand des Bodens, auf dem er lag.

Er wälzte sich auf den Rücken und schrie vor Schmerz auf, als sein Hinterkopf die Erde berührte. Fluchend richtete er sich auf, bis er eine sitzende Position erreichte. Die Tür zum Eiskeller stand offen. Von unten hörte er Mirri mit Lana streiten. Doch bald ging Mirris Stimme in ein flehendes Bitten über. Bardi konnte jedoch nicht verstehen, worüber die Cousins diskutierten. Schließlich hörte er hallende Schritte und kurz darauf erschien Lana in der Tür.

»Geben Sie auf«, sagte Bardi mit ruhiger Stimme. »Noch können Sie das Gelände hier als freier Mann verlassen.«

Doch mit Entsetzen musste Bardi feststellen, dass Lana nicht einmal mehr wütend wurde. Scheinbar hatte er einen Entschluss gefasst, den er jetzt ohne Kompromisse in die Tat umsetzen wollte.

Er verschwand neben der Kuppel des Eishauses, um wenig später mit einem dicken Wasserschlauch zurückzukehren. Das Ende des Schlauchs steckte er zwischen den Türflügeln hindurch ins Eishaus. Dann verschwand er erneut. Kurz darauf hörte Bardi ein Gurgeln, dem Rauschen folgte. Offensichtlich war beim Wasserwerk niemand auf die Idee gekommen, die Leitung für das nicht mehr bewohnte Anwesen zu kappen.

»Damit werden Sie nicht durchkommen!«, rief er, als Lana wieder auftauchte.

»Hierhin kommt in den nächsten zehn Jahren niemand«, erwiderte Lana, blieb zwei Meter vor Bardi stehen und richtete den Revolver auf dessen Kopf.

»Sie werden für den Rest Ihres Lebens ein Gejagter sein«, presste Bardi hervor, während er auf Lanas Zeigefinger starrte, der sich um den Abzug spannte. Er wollte den Gesprächsfaden keineswegs abreißen lassen. Denn Reden bedeutete Leben.

Lana lachte auf. »Die Dämonen jagen mich seit meiner Schulzeit.«

»Die Dämonen sind weg«, entgegnete Bardi.

Für einen Augenblick ließ Lana den Revolver sinken. Offensichtlich dachte er über Bardis Worte nach. Dann schüttelte er wütend den Kopf und zielte erneut.

»Sie haben keine Ahnung.«

Jetzt drang ein Knattern zu ihnen aus dem Wald herüber. Zunächst hörte es sich wie ein Rasenmähermotor an, der kleine Aussetzer hatte. Als das Geräusch lauter wurde, erkannte Bardi jedoch, dass es sich um einen schwach motorisierten Motorroller handeln musste.

Auch Lana war durch das Geräusch abgelenkt worden. Denn er hatte seinen Kopf in die Richtung gedreht, aus der es sich rasch näherte. Die Mündung des Revolvers war jedoch weiter starr auf Bardi gerichtet. Lana stieß einen Fluch aus und richtete seinen Blick wieder auf den Polizisten. Dieser sah, wie sich der Zeigefinger weiter um den Abzugshahn des Revolvers krümmte, bis er auf den Widerstand des Druckpunktes stieß.

Noch ein Zehntelmillimeter …, dachte Bardi.

Lana fluchte erneut und ließ den Revolver sinken. »Du bleibst still und rührst dich nicht vom Fleck. Sonst knall ich dich sofort ab.«

Bardi beobachtete, wie Lana – ohne ihn aus den Augen zu lassen –rückwärts zum Haus eilte und Deckung hinter einem rostigen Ölfass suchte, das neben dem Eingang stand. Das Motorgeräusch war jetzt ganz nah. Sekunden später kam ein Roller in Sicht, auf dem zwei Personen saßen. Den Fahrer erkannte Bardi sofort: Es handelte sich um Emanuele, seinen Assistenten. Die andere Person, die ihn von hinten fest umklammert hielt, war offensichtlich eine Frau.

57. Kapitel

Emanuele ließ seine Vespa auf dem Hof ausrollen und bemerkte Bardi erst, als er den Helm abnahm. Bardi sah, wie sich der Mund seines Assistenten öffnete. Doch bevor er reden konnte, trat Lana aus seinem Versteck hervor und schwenkte den Revolver zwischen Emanuele und Bardi hin und her.

»Hände hoch!«, schrie Lana, doch Emanuele begann, unter seiner Uniformjacke nach dem Verschluss des Holsters zu tasten, in dem seine Dienstwaffe steckte.

Jetzt setzte auch die junge Frau hinter Emanuele ihren Helm ab und lenkte Lana von dem jungen Mann ab, sodass er den Revolver sinken ließ. Denn es war Paola, die Tochter der Haushälterin von Padre Adriano und Lanas ehemalige Zimmernachbarin in Signorina Titis Etablissement.

»Was machst du hier?«, fragte Lana erstaunt, riss aber im selben Augenblick seine Waffe wieder hoch, als er bemerkte, was Emanuele vorhatte.

Ein scharfes Krachen hallte über den Hof und Emanueles Helm flog in hohem Bogen davon. Alle vier waren wie erstarrt. Lanas Hände zitterten. Aus dem Lauf des Revolvers kräuselte sich feiner Rauch.

»Hände hoch«, wiederholte er. Auch seine Stimme zitterte.

Diesmal gehorchte Emanuele.

»Steigt ab und kniet euch neben euren Freund«, befahl Lana.

Emanuele und Paola stiegen vom Roller. Unter Lanas ungeduldigen Blicken trat Emanuele den Ständer herunter und wuchtete die Vespa darauf. Dann trottete er mit erhobenen Händen an Lana vorbei in Bardis Richtung. Paola folgte ihm langsam mit einigen Metern Abstand.

Aus dem Eishaus drangen jetzt gellend Padre Adrianos und Mirris Hilferufe. Offensichtlich lief der Keller langsam mit Wasser voll.

»Stehen bleiben!«, befahl Lana, als Emanuele an ihm vorbeiging. Die beiden stoppten.

»Wirf deine Waffe weg. Keine Tricks!«, rief Lana und deutete mit dem Stummellauf des Revolvers ungeduldig auf Emanuele.

Der junge Carabiniere öffnete den Verschluss seines Schulterholsters, holte vorsichtig die Pistole hervor und warf sie in hohem Bogen hinter den Roller.

»Beeilung«, befahl Lana, und Emanuele trottete weiter in Bardis Richtung.

Als Paola an Lana vorbeiging, stiegen Tränen in die Augen der jungen Frau. Plötzlich wandte sie sich um und rannte schluchzend auf Lana zu.

»Bleib stehen«, schrie Lana und fuchtelte unbeholfen mit seinem Revolver herum. »Verdammt, bleib stehen!«

Wieder krachte es. Paola fiel zu Boden. Im ersten Augenblick dachte Bardi, dass sie getroffen worden war. Doch dann stellte er erleichtert fest, dass ihr offenbar nichts fehlte. Denn sie rappelte sich auf, rutschte auf Knien zu Lana und umklammerte schluchzend seine Beine.

»Runter!«, schrie Lana Emanuele zu, der sich daraufhin neben Bardi auf die Knie fallen ließ.

Dann strich Lana Paola mit der freien Hand durch die Haare.

»Warum?«, schluchzte Paola. »Warum tust du das?«

»Das verstehst du nicht«, antwortete Lana sanft.

»Stellen Sie das Wasser ab«, rief Bardi. »Sonst ertrinken Mirri und Padre Adriano.«

Paola starrte Lana von unten an. Ihre Hände lösten die Umklammerung. »Da unten ist Padre Adriano?«

Lana nickte. »Ein Freier weniger. Was kümmert dich das?«

»Du hast keine Ahnung. Padre Adriano ist kein Freier. Er hat mich gerettet. Ohne ihn …« Paola stand auf. Der Lauf des Revolvers drückte gegen ihren Bauch, so nah stand sie vor Lana.

»Ich werde dir ewig dankbar sein für das, was du in Livorno für mich getan hast. Aber ich werde nicht zulassen, dass Padre Adriano etwas zustößt.« Sie drehte sich um und folgte langsam dem Schlauch.

»Bleib stehen!«, schrie Lana.

Paola gehorchte nicht.

»Zwing mich nicht«, rief Lana, doch seine Stimme klang ängstlich. Er hob die Waffe und zielte auf Paolas Rücken. Seine Hand zitterte. Nach einer Weile ließ er den Revolver langsam sinken.

Als Emanuele Anstalten machte, sich zu erheben, fuhr Lana sofort herum. »Bleib, wo du bist«, befahl er.

Nun hörte das Wasser im Schlauch auf zu rauschen. Kurze Zeit später kam Paola zurück. Wieder trat sie zu Lana. Diesmal hielt er den Revolver auf den Boden gerichtet.

Emanuele wollte erneut hoch, doch Bardi hielt ihn mit einem leisen Zischen zurück.

Paola strich Lana über die Wangen. »Weißt du noch, wie wir uns gegenseitig getröstet haben?«

Lana nickte. Seine Augen füllten sich mit Tränen und mit seiner freien Hand strich auch er Paola über die Wange.

»Geh. Bevor es zu spät ist«, sagte sie sanft.

Jetzt rannen Tränen über Lanas Gesicht, während seine Finger Paolas Gesichtszüge nachzeichneten. Schließlich nickte er, gab Paola einen kurzen Kuss auf den Mund und ging langsam zu Mirris Lieferwagen. Er öffnete die Fahrertür und schaute noch einmal zu Paola hinüber, die jetzt lächelte. Er erwiderte ihr Lächeln, ließ den Revolver zu Boden gleiten, setzte sich hinters Steuer und fuhr langsam davon.

58. Kapitel

Als der Lieferwagen außer Hörweite war, holte Emanuele ein Klappmesser aus seiner Hosentasche und schnitt Bardis Fesseln durch.

Bardi rieb sich kurz die Handgelenke und zeigte auf den Eingang zum Eiskeller. »Beeilung.«

»Wie hast du herausgefunden, wo ich bin?«, fragte Bardi seinen Assistenten, als sie die Treppe nach unten eilten.

»Nachdem Sie mich nach zweieinhalb Stunden immer noch nicht abgeholt hatten, fand sich ein hilfsbereiter Lkw-Fahrer, der mich mit meinem Roller zurück nach Florenz gebracht hat. Da ich mir Sorgen gemacht habe, fragte ich telefonisch bei Mirris Frau und Signora van Laak nach. Aber beide hatten keine Ahnung, wo Sie steckten.«

»Ist die Luft rein?«, hörten sie Padre Adrianos Stimme von unten.

»Lana ist mit dem Lieferwagen geflüchtet«, rief Bardi.

Unten angekommen, reichte ihm das Wasser bis zur Hüfte und war eiskalt. Vorsichtig watete er zu Mirri und Padre Adriano. Die Leiche von Padre Vincenzo schwamm schwankend mit dem Kopf nach unten etwas weiter hinten.

Sowohl Mirri als auch Padre Adriano hatten sich hinge-stellt. Aber wegen der durch die Handschellen erzwungener-maßen geduckten Haltung stand ihnen das Wasser bis zum Bauch. Bardi erklärte ihnen, was vorgefallen war.

»Hast du einen Bolzenschneider?«, fragte Bardi Mirri und deutete auf die Handschellen.

Mirri schüttelte den Kopf. »Mein Werkzeugkasten befindet sich im Lieferwagen. Aber vielleicht findet Ihr im Haus eine Säge.«

Bardi nickte und bedeutete Emanuele, ihm beim Suchen zu helfen.

Während sie die Rumpelkammer im Haus nach einer Säge durchforsteten, erzählte Emanuele, was sich am Morgen zuge-tragen hatte.

»Heute Morgen bin ich nach San Pietro gefahren …«

»Ich dachte, dein Roller hat einen Motorschaden«, warf Bardi ein.

»Einer meiner Kameraden ist ein wahres Genie auf dem Gebiet der Motoren und Getriebe«, erwiderte Emanuele grin-send. »Er hat meinen Roller in zehn Minuten wieder zum Lau-fen gebracht. Hat mich allerdings zwanzig Euro gekostet.«

Lächelnd hielt Bardi inne, holte sein Portemonnaie aus der Uniformjacke und gab Emanuele zwei Zehneuroscheine.

»So habe ich das nicht …«, erwiderte Emanuele und wurde rot.

»Sie haben mir und zwei anderen aus der Patsche geholfen, ja, uns vielleicht das Leben gerettet«, sagte Bardi. »Ich hoffe, Sie bleiben noch sehr, sehr lange in San Pietro.«

»D… danke«, stotterte Emanuele. Sein Kopf glich jetzt einer Glühlampe.

»Was ist heute Morgen in San Pietro passiert?«, fragte Bardi und wuchtete ächzend eine zerkratzte Resopalplatte an die Wand.

»Sie waren immer noch verschwunden. Dann erschien Paola auf der Wache und berichtete, dass sie und ihre Mutter Padre Adriano seit gestern Abend vermissten. Ich bin dann mit Paola durch San Pietro gelaufen, um nachzuforschen, ob jemand etwas über Ihr Verschwinden und das des Pfarrers wusste.«

»Und Giovanni hat Ihnen von dem Foto berichtet, dass ich ihm gezeigt habe«, mutmaßte Bardi.

Emanuele nickte. »Dieser alte Kauz ... Dagoberto hat uns dann von diesem Gehöft hier berichtet. Paola wollte unbedingt mit, und als ich den Streifenwagen am Straßenrand gesichtet habe ...«

»Helfen Sie mir mal«, unterbrach Bardi seinen Assistenten. Denn er hatte unter einer Kommode einen runden rostigen Griff aus Metall entdeckt.

* * *

Wenige Minuten später hatten sie mit der rostigen Eisensäge die Gefangenen befreit. Mirri stützte Padre Adriano auf dem Weg nach oben. Beide zitterten am ganzen Leib. Deshalb holte Paola die wärmenden Decken von den Feldbetten aus dem Haus.

»Unter einem der Betten liegt eine Waffe«, berichtete Paola Bardi, als sie mit den Decken unterm Arm zurückkehrte.

Eilig lief Bardi ins Haus und war froh, seine Beretta dort vorzufinden. Er überprüfte die Waffe. Alle Patronen befanden sich noch im Magazin. Erleichtert steckte er die Pistole weg.

Nun war noch das Problem der Leiche von Padre Vincenzo zu lösen. Bis jetzt hatte Bardi erfolgreich verhindert, dass Paola diese zu Gesicht bekam. Damit dies so blieb, schickte er sie mit Emanuele vor nach San Pietro, nicht ohne ihr vorher ins Gewissen zu reden, dass sie den Vorfall mit Lana vergessen solle. Da sie Lana offenbar sehr mochte, versprach sie dies hoch und heilig.

Nachdem Emanuele mit Paola verschwunden war, ging Bardi zu Mirri, der neben Padre Adriano an der Hauswand saß und Instantkaffee trank.

Schweigend blickte er auf seinen Freund hinunter. Mirri erwiderte Bardis Blick, stellte den Becher auf den Boden und erhob sich langsam. Einige Zeit standen sie sich stumm gegenüber. Dann holte Bardi aus und versetzte Mirri eine schallende Ohrfeige. Mirri kniff die Augen zusammen, um die Tränen zu unterdrücken. Langsam trat Bardi einen Schritt vor und drückte seinen Freund fest an sich. Mirri begann zu schluchzen und Bardi spürte, wie der Körper seines Freundes bebte.

»Ich weiß nicht, was in mich gefahren ist«, kam Mirris Stimme dumpf unter Bardis Händen hervor, die dessen Kopf an seine Brust drückten.

»Carla macht sich Sorgen«, erwiderte Bardi und ließ Mirri los.

Dieser nickte, während er sich die Tränen aus dem Gesicht wischte.

»Mein Handy befindet sich im Lieferwagen.«

Wortlos reichte Bardi ihm seines.

»Was soll ich Carla sagen?«, fragte Mirri.

»Am besten die Wahrheit.«

59. Kapitel

Mirri verschwand hinter dem Haus, um mit seiner Frau zu telefonieren. Nach einigen Minuten kehrte er mit sichtbar erleichtertem Gesichtsausdruck zurück.

»Und?«, wollte Bardi wissen.

»Sie ist froh, dass ich nicht wegen einer anderen weggerannt bin. Und sie wollte wissen, was passiert ist.«

»Das würde ich auch gern aus deinem Mund hören«, erklärte Bardi und zeigte auf zwei Felsbrocken, die am Rand des Hofes in der Sonne glänzten.

»Ich hatte Aldo schon fast vergessen«, begann Mirri, als sie sich auf den Steinen niedergelassen hatten. »Und mit ihm die schrecklichen Ereignisse im Internat. Früher – lange bevor ich Carla kennenlernte – meldete er sich ab und zu. Erzählte mir Geschichten von Reisen nach Miami, wilden Partys und Hollywoodstars, mit denen er angeblich per Du war. Natürlich glaubte ich ihm nicht. Über Dritte wusste ich von seinen Problemen: von seiner Drogensucht, dass er als Stricher arbeitete und all das ... Ehrlich gesagt war ich froh, als sich Aldo irgendwann nicht mehr meldete ...«

Mirri seufzte. »Dann vor ein paar Wochen rief er im Laden an. Erzählte von Padre Vincenzo und dass er bei ihm in Livorno gewesen war und von Monte Rosso. Die Ironie des Schicksals war, dass Padre Vincenzo mir am Tag, bevor Aldo anrief, auf dem Weg zum Kloster fast in den Lieferwagen gelaufen wäre. Ich konnte gerade noch rechtzeitig bremsen. Vielleicht wäre es besser gewesen, ich hätte einfach Gas gegeben. Dann hätte jeder gedacht, dass es ein tragischer Unfall war ...«

Mirri lachte bitter. »Ich glaubte zunächst, es handele sich um einen Doppelgänger. Aldo hat mich dann mit seinem Anruf eines Besseren belehrt.«

»Wann genau war das?«

»Ende Juli ...« Mirris Stimme stockte kurz und er legte die Stirn in Falten. »Nein, Anfang August. Ein paar Tage später sah ich Padre Vincenzo dann vor unserer Kirche in San Pietro. Die Probe des Kinderchors war gerade beendet und ...«

Mirri Stimme stockte. Es kostete ihn sichtlich Überwindung, weiterzusprechen.

»Padre Vincenzo strich ausgerechnet meinen beiden Jungs über die Haare. Dieser Unmensch fasste meine Kinder an! Kannst du dir vorstellen, was das in mir ausgelöst hat?«

Mirri schüttelte voller Abscheu den Kopf.

»Es war ein Schock. Ich beobachtete, wie Padre Vincenzo sich mit Adriano unterhielt. Die beiden benahmen sich wie zwei kleine Kinder. So sehr freuten sie sich über ihr Wiedersehen ...«

Erneut stockte Mirri.

»Aldo war jedenfalls von dem Gedanken besessen, Padre Vincenzo eine Lektion zu erteilen. Anfangs hielt ich das für eine von Aldos spleenigen Ideen, aber er ließ nicht locker. Um ihn zu beruhigen, verfasste ich einen Brief an Padre Adriano. Ich wollte sehen, auf welcher Seite er stand, doch nichts geschah. Da begann ich, rotzusehen. Schon wegen meiner Söhne, die bei Padre Adriano im Chor sind. Ich malte mir die schlimmsten Dinge aus ...«

Bardi bemerkte, dass Mirris Augen feucht wurden. Er beugte sich zu seinem Freund hinüber und legte ihm tröstend die rechte Hand aufs Knie. »Woher wusste Padre Vincenzo, dass Aldo in Livorno war?«

»Aldo war so etwas wie Padre Vincenzos Obsession. Er schrieb ihm immer wieder Briefe und Aldo …« Mirri schüttelte den Kopf. »Aldo hat ihm zurückgeschrieben. Irgendwie hatte Padre Vincenzo Macht über ihn. Ich würde sogar sagen, dass es eine Art Vater- Sohn-Geschichte war. Aldo hasste Padre Vincenzo. Aber er brauchte ihn auch auf irgendeine Weise. Es mag verrückt klingen, aber Aldo war Waise und Padre Vincenzo war der erste Erwachsene, der ihn wie einen Erwachsenen behandelte, auch wenn er Aldo quälte.«

Bardi nickte. »Und du?«, fragte er zögernd.

Mirri schaute gen Himmel. »Ich … Mich hat er nie für voll genommen. Ich war zu leichte Beute. In mir war nur Angst vor der Qual. Ich habe Padre Vincenzos Verhalten nie als einen sexuellen Akt begriffen, sondern nur als Strafe. Das habe ich erst jetzt verstanden.«

»Strafe wofür?«

»Strafe für die Sünden, die ich als Kind begangen habe.« Jetzt blickte Mirri Bardi an und lachte bitter. »Was natürlich vollkommener Schwachsinn ist. Kinder sind ohne Sünde. Aber Padre Vincenzo hat mir eingeredet, dass mir nur vergeben würde, wenn ich bei ihm Buße tat, und ich habe daran geglaubt. Insofern war es richtig, dass wir Padre Vincenzo zur Rechenschaft ziehen wollten. Er war wie ein Götzenbild, das wir vom Sockel gestoßen haben. Ich weiß, dass du mich dafür verurteilen wirst.« Er sah Bardi bitter lächelnd an.

»Als Freund kann ich dein Verhalten nachvollziehen. Verstehen kann ich es natürlich nicht. Schließlich ist mir nicht widerfahren, was dir und Aldo angetan wurde. Als Carabiniere muss ich euer Verhalten verurteilen. Keine Frage.«

»Ich bin bereit, für meine Tat zu büßen«, sagte Mirri.

»Wem würde das helfen?«, entgegnete Bardi. »Wenn du Stillschweigen bewahrst, hast du von der Kirche nichts zu befürchten.«

»Wie großzügig«, spuckte Mirri aus.

»Ich verstehe deinen Zorn. Aber du musst an deine Familie denken. Besser ein fauler Kompromiss als im Gefängnis zu landen. Oder?«

Mirri schüttelte wütend den Kopf. »Und was ist mit all den Opfern von Padre Vincenzo?«

»Ist denen geholfen, wenn du vor Gericht landest?«

»Vielleicht. Weil dann alles ans Tageslicht kommt.«

»Vielleicht«, erwiderte Bardi. »Vielleicht auch nicht. Denn du würdest erst mal alles beweisen müssen.«

»Aldo wäre mein Zeuge.«

Bardi sah sich suchend um. »Ich sehe keinen Aldo.«

Mirri schüttelte abermals den Kopf und vergrub dann das Gesicht in seinen Händen. »Du hast ja recht«, drang seine Stimme nach einer Weile dumpf zu Bardi hinüber.

Bardi wartete einen Augenblick. »Erzähl mir vom letzten Freitag. Was geschah auf dem Weinberg?«

60. Kapitel

»Mit dem Weinberg, das war meine Idee«, begann Mirri. »Nachdem der Brief an Padre Adriano nichts bewirkt hatte, drängte Aldo bei einem meiner Besuche in Livorno darauf, endlich etwas gegen Padre Vincenzo zu unternehmen. Er hatte seinen Plan bis ins letzte Detail ausgeklügelt. Nur einen geeigneten Ort für die Entführung hatte er noch nicht gefunden. Wir konnten Padre Vincenzo ja schlecht direkt im Kloster ergreifen. Wobei …« Mirri atmete geräuschvoll aus. »Letztendlich haben wir ihn uns ja doch quasi vor den Augen des Abtes geschnappt.«

»Und so kamst du auf den Weinberg«, warf Bardi ein.

Mirri nickte. »Ich habe Padre Vincenzo in den Wochen zuvor beschattet, wie ein richtiger Detektiv. Dabei wurde schnell klar, dass er Monte Rosso jeden Morgen zu einem ausgedehnten Spaziergang verließ. Immer zur gleichen Zeit und immer mit derselben Route. Der Weinberg erschien uns für eine Entführung am besten geeignet. Man kann ihn gut unbemerkt erreichen.«

»Signora van Laak pflegt dort ebenfalls ihren Morgenspaziergang zu machen.«

»Ich habe sie zweimal dort gesehen. Allerdings erschien sie immer mindestens eine Viertelstunde nach Padre Vincenzo.«

»Was passierte am Freitag?«

»Ich hab Aldo mit dem Lieferwagen auf halbem Weg nach Livorno bei Valdera abgeholt. Natürlich kam Aldo zu spät. Wir sind dann in halsbrecherischem Tempo zurück Richtung San Pietro gefahren und haben den Wagen im Wäldchen unterhalb des Weinbergs versteckt. Zunächst war abgemacht, dass Aldo Padre Vincenzo mit dem vermaledeiten Revolver in Schach halten sollte, damit ich ihm von hinten einen Sack über den Kopf stülpen konnte. Doch Aldo hatte Angst und zitterte wie Espenlaub. Er tat mir leid, deshalb nahm ich den Revolver und wartete oben zwischen den Rebstöcken auf Padre Vincenzos Erscheinen. Weißt du, was komisch war?«

Bardi schüttelte den Kopf ob dieser rhetorischen Frage.

»Ich wusste von Anfang an, dass etwas schiefgehen würde. Ich mit einem Revolver … das passt nicht zusammen.«

»Und dann tauchte Padre Vincenzo auf.«

Mirri nickte. »Er war so groß und fit. Als er mich sah, schien er nicht im Geringsten erstaunt. Den Revolver beachtete er gar nicht. Er meinte nur, ich sei schon immer ein dummer Junge gewesen, und ging einfach davon.«

»Was hast du dann getan?« Bardi musterte Mirri interessiert.

Mirri wich vor Scham Bardis Blick aus. »Mich wie ein dummer Junge verhalten.«

»Will heißen?«

»Ich habe mich hingehockt und geweint. Schließlich schaffte es Padre Vincenzo nach all den Jahren immer noch, mich zu demütigen. Er hatte weiterhin Macht über mich. Es war, als hätte ich das Internat erst vorgestern verlassen. Und dann …« Mirri schüttelte sich und blickte zu Bardi auf. »Du hältst mich für einen Schwächling, oder?«

»Nein«, murmelte Bardi. »Aber was geschah dann?«

»Ich erinnere mich nur an einen dumpfen Schlag, den ich hörte. Dann war alles schwarz. Als ich wieder erwachte, kniete Aldo neben mir und stammelte, dass er kein Blut sehen könne …« Mirri lachte bitter auf. »Aber dann im Lieferwagen hat er wieder eine dicke Lippe riskiert, dabei musste ich die Wunde selbst mit Mull aus dem Verbandskasten versorgen. Tat höllisch weh. Wir haben uns dann vor dem Klostergarten auf die Lauer gelegt. Ich wusste ja durch meine Beobachtungen, dass Padre Vincenzo dort oft allein arbeitete … Den Rest kennst du ja.«

Bardi nickte. »Sind wir uns einig, dass du diese Vorkommnisse für dich behältst?«

»Aber Carla …«, wandte Mirri ein.

»Auf Carla können wir uns verlassen. Und ich denke, Paola wird Aldo und Padre Adriano zuliebe auch nichts verraten.«

»Du bist ein wahrer Freund.«

Bardi atmete tief durch, erhob sich von seinem Stein und tätschelte Mirri die Schulter.

»Wollen wir hoffen, dass die andere Seite sich auch an die Abmachung hält.«

Er hob die Uniformjacke vom Boden auf, fischte sein *Telefonino* aus der Innentasche und wählte Abt Covitos Nummer.

Der Klostervorsteher meldete sich nach dem ersten Läuten.

»Ich habe Padre Vincenzo gefunden«, erklärte Bardi.

»Haben Sie etwas dagegen, wenn ich auf Lautsprecher stelle, damit mein Kollege vom Vatikan mithören kann?«

Epilog

Fünf Monate später wurde an einem kalten Sonntag Anfang März das kleine Museum in der alten Sakristei der Chiesa del Gesù eröffnet. Den Mittelpunkt der Ausstellung bildete die verschwundene und dann wiederbeschaffte Marienstatue.

»Die mit dem bangen Blick«, wie sie Padre Adriano bei seiner kleinen Segnungsrede mit ironischem Seitenhieb auf seinen Küster nannte.

Emanueles Onkel Eugenio, der Kunstprofessor aus Florenz, hatte sie einer genauen Untersuchung unterzogen und war – wie übrigens auch zwei weitere Experten – zu dem Schluss gekommen, dass sie tatsächlich von einem Schüler Donatellos stammte. Daraufhin war die Statue in Turin einer sanften Restaurierung unterzogen worden. In der Kunstwelt war es eine kleine Sensation, aber auch RAI und einige internationale Medien hatten darüber berichtet. Plötzlich waren seitens der Kirche und des Staates die Mittel vorhanden, um das lecke Dach zu stopfen und die Sakristei in Windeseile zu einem den modernen Anforderungen an Sicherheit und Klima entsprechenden Museumsraum umzubauen. Schließlich wollte man an höherer Stelle beweisen, dass Italien immer noch eine Kulturnation war.

Der Schulchor unter Leitung von Padre Adriano hatte vor dem großen steinernen Altar einen Choral aus der Zeit Donatellos und das unvermeidliche *Ave Maria* gesungen. Ein Staatssekretär aus Rom, Padre Adriano und Bürgermeister Tavano hatten mehr oder minder launige Reden gehalten und es Emanueles Onkel überlassen, die Statue zu enthüllen. Die geladenen Gäste applaudierten in angemessener Lautstärke, Paola und ihre Mutter servierten *Frizzante*. Nach und nach bildeten sich kleine Grüppchen, die sich angeregt unterhielten.

Zunächst gesellte sich Bardi zu Emanuele und seinem Onkel Eugenio, einem überaus freundlichen älteren Herrn.

»Emanuele lobt Sie in den höchsten Tönen, Capitano«, sagte der Onkel und prostete Bardi zu.

»Das Lob kann ich nur zurückgeben. Emanuele hat mir schon einige Male das Leben gerettet«, erwiderte Bardi lächelnd und sah, wie sein Assistent vor Stolz und Scham rot wurde.

»Übertreiben Sie jetzt nicht etwas?«, fragte der Professor ebenfalls lächelnd. Sein Gesicht verriet, dass er Bardi kein Wort glaubte.

»Keineswegs, Professore, keineswegs.«

»Wie ich höre, sind Sie ein ausgezeichneter Weinkenner.«

»Sagt das auch Emanuele?«

»Na, immerhin haben Sie den zweiten Platz beim *Concorso del vino toscano* belegt. Ich wäre selbst gern unter den Zuschauern gewesen, doch leider hatte ich berufliche Verpflichtungen, die mich nach Schottland führten.«

Bardi und Emanuele schauten sich lächelnd an. Der Weinwettbewerb in Florenz war ein schönes Ereignis gewesen, auf dem sie beide bewiesen hatten, dass sie ein gutes Team waren – Emanuele als *Aiutante*, Bardi als Weinkenner. Mit ihren Uniformen waren sie der Blickfang der Veranstaltung gewesen und hatten San Pietro alle Ehre gemacht.

»Nur eines muss Ihr Neffe dringend ändern«, sagte Bardi plötzlich mit strengem Gesichtsausdruck.

Emanuele schaute seinen Chef ängstlich an, der Professore hingegen neugierig.

»Seine kulinarischen Vorlieben. Fehlt nur noch, dass er Red Bull mit Chianti mischt.«

Der Professore lachte, Emanuele wurde erneut rot.

Jetzt verstummten die Gäste für kurze Zeit. Ein neuer Gast war eingetreten: Abt Covito. Erfreut schüttelte Padre Adriano seinem Ordensbruder die Hand und reichte ihm ein Glas mit perlendem *Frizzante*. Die Gespräche setzten wieder ein. Als Abt Covito Bardi entdeckte, prostete er ihm zu.

»Entschuldigen Sie mich«, bat Bardi den Professore und schlenderte zu dem Abt und Padre Adriano, die am anderen Ende des Raums Stellung bezogen hatten.

»Capitano Bardi. Lang nicht mehr gesehen«, begrüßte ihn der Abt.

»Abt Covito«, erwiderte Bardi mit einem zackigen Kopfnicken.

»Mein Bruder hat mir gerade interessante Neuigkeiten erzählt, die auch Sie und Mirri interessieren dürften. Wo steckt Mirri eigentlich? Er wird doch nicht schon wieder …«, sagte Padre Adriano auf die für ihn so charakteristische ruhige Art.

»Keine Angst. Aber Sie kennen doch Mirris Aversion«, erwiderte Bardi grinsend.

Padre Adriano nickte mit leicht bekümmertem Gesichtsausdruck. »Immerhin sind seine Söhne eine Stütze des Kirchenchors.«

»Nun spannen Sie mich nicht so auf die Folter«, sagte Bardi.

Abt Covito nickte und blickte sich vorsichtig um. Ugo, der rasende Reporter, stand Interesse heuchelnd vor der Marienstatue, seine unruhigen Augen verrieten jedoch, dass er – immer auf der Suche nach der nächsten Sensation – den Worten der Umstehenden lauschte.

»Wie wir alle wissen, hat Padre Vincenzo sich bei einem seiner Ausflüge verirrt und ist auf einem verlassenen Gehöft leider einem Herzinfarkt erlegen«, erklärte Abt Covito mit fester Stimme.

»Friede seiner Seele«, fügte Padre Adriano hinzu und stellte zufrieden fest, dass Ugo seine Augen verdrehte und ans andere Ende des Raums schlenderte, wo Tavano sich angeregt mit dem Staatssekretär unterhielt.

Abt Covito wartete, bis der Journalist endgültig außer Hörweite war. Dann endlich ließ er die Katze aus dem Sack: »Im Nachlass von Padre Vincenzo befand sich ein Schlüssel zu einem Bankschließfach in Mailand.«

Bardis Miene verdüsterte sich. Was mochte dieser Mann in seinem Schließfach aufbewahrt haben? Vor seinem inneren Auge tauchten Festplatten und CDs mit Kinderpornografie auf …

»Kein neuer Sprengstoff«, beruhigte ihn der Abt, als er Bardis sorgenvollen Gesichtsausdruck bemerkte. »In dem Fach befand sich lediglich ein Briefumschlag. Dieser Umschlag enthielt Padre Vincenzos Testament. Für einen Ordensbruder war er sehr wohlhabend. Offensichtlich war er Alleinerbe seines Vaters, der eine kleine Tuchfabrik besessen hatte. Als sein einziges Kind eine Kirchenlaufbahn einschlug, verkaufte der Vater die Firma. Der Erlös betrug mit Zinsen fast drei Millionen Euro, die auf dem Konto einer Schweizer Bank liegen. Padre Vincenzo hat das Geld all die Jahre nicht angerührt, ja nicht einmal Kontoauszüge angefordert.«

Abt Covito trank einen Schluck *Frizzante* und musterte Bardi über den Rand des Kelches hinweg. Dumpf ertönte Händels *Halleluja*. Mit einer entschuldigenden Geste holte der Abt sein *Telefonino* hervor und trat, begleitet von einem spöttischen Grinsen seitens Padre Adrianos, ein paar Schritte zur Seite, um in Ruhe reden zu können.

»Wer erbt das Geld?«, fragte Bardi den Padre.

»Die Abtei Monte Rosso.«

»Dann kann Abt Covito ja weiter expandieren«, erwiderte Bardi.

»Sie haben ein vollkommen falsches Bild von mir«, hörte er Covitos Stimme hinter sich. Dieser trat wieder in die Runde und musterte Bardi lächelnd. »Sie mögen die Kirche und alles, was damit zusammenhängt, nicht besonders, oder?«

»Haben Sie das auch schon bemerkt?«, warf Padre Adriano ein und alle drei mussten lachen. Sofort zogen sie die Blicke der anderen auf sich.

Abt Covito trat mit verschwörerischer Miene näher an Bardi heran. »Wir wollen Padre Vincenzos Geld nicht. Wie Sie wissen, ist er nach seinem tödlichen Herzinfarkt auf dem Friedhof unseres Klosters beerdigt worden. Er hat eine ruhige Ecke für sich. Und das ist für seinen, unseren und den Frieden aller gut so.«

»Dann fällt das Geld an den Staat«, mutmaßte Bardi und fügte in Gedanken hinzu, ›wo es versickern wird‹.

Abt Covito schüttelte den Kopf. »Wir haben es als anonyme Spende auf ein Konto der GASPA überwiesen.«

»Das ist diese Selbsthilfegruppe für sexuell missbrauchte Menschen«, erinnerte Bardi sich laut und Abt Covito nickte.

Dann berührte er Bardi leicht am Ärmel. »Danke, dass Sie Stillschweigen bewahrt haben.«

Der Capitano nickte. Er war sich nicht sicher, ob sein Stillschweigen der richtige Weg war. Oft musste er an die Opfer solcher Leute wie Padre Vincenzo denken. Offensichtlich gab es viele dieser Fälle und beileibe nicht nur in der katholischen Kirche. Fast wöchentlich wurde darüber in den Medien berichtet. Augenscheinlich war Abt Covito nicht bereit, seine Macht in den Dienst der Aufklärung zu stellen. Oder aber er war nicht so mächtig, wie Bardi angenommen hatte. Daran, dass die Kirche sich nur im Schneckentempo für eine Aufklärung der Missbrauchsfälle unter ihrem Dach einsetzte, änderte dies jedenfalls in Bardis Augen nichts.

»Wir haben einen Deal«, erwiderte Bardi kühl. »Und daran halte ich mich.«

»So kann man es auch sehen.« Abt Covito ließ Bardis Arm los und wandte sich der Statue zu.

* * *

Am Ausgang entdeckte Bardi Mirris Frau Carla mit ihren Zwillingen. Er stellte sein Glas auf Paolas Tablett, zwinkerte ihr zu und eilte hinter Carla her.

Am Glockenturm vor der Kirche erwartete Mirri frierend seine Familie. Er begrüßte alle mit einem Kuss und fragte nach dem Konzert. Die Jungs nannten ihren Vater spaßhaft einen Feigling, weil er sich offenbar nicht in die Kirche traute. Dafür erhielten sie jeder von ihm einen Knuff in die Seite.

Als Mirri Bardi sah, verschwand das Lächeln aus seinem Gesicht. »Neuigkeiten?«

Bardi nickte.

»Wir gehen schon einmal vor. Wenn du willst, Bardi, kannst du nachher gern auf eine Tasse Kaffee zu uns kommen«, sagte Carla, die sofort gemerkt hatte, dass die beiden Männer unter sich sein wollten.

Bardi nickte dankbar und sah Carla nach, als sie mit ihren Söhnen die verlassene Piazza überquerte und in der Gasse verschwand, in der sich ihr Lebensmittelladen befand.

Mirri stapfte von einem Fuß auf den anderen und schaute Bardi dabei erwartungsvoll an.

Dieser führte seinen Freund zu der Eiche, unter der sich in den wärmeren Jahreszeiten die San Pietroer gern zum Plausch trafen. An diesem ungemütlichen Märzabend war freilich niemand hier. Bardi holte seine Schnupftabakdose hervor. »Willst du auch etwas?«

»Nein. Immer noch nicht.«

Ungeduldig sah Mirri Bardis Schnupftabakprozedur zu. Er unterdrückte den Niesreiz und begann, von der unverhofften Erbschaft der Abtei zu berichten.

»Das macht mir diese Popen auch nicht sympathischer«, murmelte Mirri ungerührt, nachdem Bardi ihm alles erzählt hatte.

»Aber jetzt habt ihr doch noch euren Willen bekommen«, wandte Bardi ein. Doch Mirri zuckte nur gleichgültig mit den Schultern.

»Was von Aldo gehört?« Bardi wusste, dass Mirri täglich die Nummer seines *Telefoninos* wählte, das Aldo mitgenommen hatte. Bisher war aber immer nur die Mailbox angesprungen. Bardi nahm an, dass sich das Gerät längst auf dem Meeresboden oder unter einem Müllhaufen befand. Diese Vermutung behielt er aber für sich, schließlich wollte er seinen Freund nicht entmutigen.

Mirri schüttelte den Kopf. »Aber dieser Fernsehtyp ruft fast täglich an.«

»PiPi?«

»Genau der«, stöhnte Mirri. »Eine echte Plage. Bei unserem letzten Gespräch fragte er sogar, ob er uns nicht einmal besuchen kommen könne. Die Zwillinge fänden das sicher toll.« Mirri lächelte.

Bardi nickte. »PiPi mochte deinen Cousin wirklich gern. Ich hoffe nur, du erzählst ihm nicht alles.«

»Dem ganz bestimmt nicht.« Entrüstet blickte Mirri Bardi ins Gesicht. »Der glaubt immer noch an das Märchen, dass ich Aldo zum Hafen nach Neapel begleitet habe, von wo aus er ein Schiff nach Übersee genommen hat.«

»Und was glaubst du?«, fragte Bardi und erntete ein hilfloses Schulterzucken.

Zwölf Tage nachdem Lana vom Anwesen seiner Großeltern verschwunden war, hatten Carabinieri Mirris Lieferwagen in der Nähe des Hafens von Neapel entdeckt. Von Lana fehlte seitdem jede Spur. Vielleicht hatte er seinen Traum verwirklicht und sein Mexiko gefunden – wo immer es liegen mochte.

»Mir ist kalt«, sagte Mirri.

»Dann komm.«

Sie überquerten die Piazza Grande und bogen in die Gasse ab, in die ein paar Minuten zuvor Carla mit ihren Söhnen gegangen war.

Mirri fummelte eine Packung Filterlose aus seiner Flanelljacke.

»Auch eine?«

»Nein, immer noch nicht.«

Beide lachten rau und fast fühlte es sich für Bardi an wie früher.

Zeitfracht Medien GmbH
Ferdinand-Jühlke-Straße 7
99095 Erfurt, Deutschland
produktsicherheit@kolibri360.de

Druck:
CPI Druckdienstleistungen GmbH
im Auftrag der
Zeitfracht Medien GmbH
Ein Unternehmen der Zeitfracht - Gruppe
Ferdinand-Jühlke-Str. 7
99095 Erfurt